난세의 영웅 2

난세의 영웅 2

초판1쇄 인쇄 | 2023년 6월 22일
초판1쇄 발행 | 2023년 6월 27일

지은이 | 이원호
펴낸이 | 박연
펴낸곳 | 한결미디어

등록 | 2006년 7월 24일(제313-2006-000152호)
주소 | 서울시 마포구 모래내로 83 한올빌딩 6층
전화 | 02-704-3331
팩스 | 02-704-3360
이메일 | okpk@hanmail.net

ISBN 979-11-5916-210-7 979-11-5916-208-4(set) 04810

난세의 영웅 2

내란(內亂)

이원호 지음

한결미디어
HANGYEOL MEDIA

차례

1장
광해와 이별하다

다음 날 아침.

이산이 눈을 떴다. 이곳은 현청 안쪽의 관사 안이다. 밖에서 수선거리는 소리에 잠이 깬 것이다. 그때 박대길의 목소리가 울렸다.

"선전관, 기침하셨소?"

이산이 문을 열었을 때 토방에 서 있던 박대길이 말했다. 옆에는 김막동이 서 있다.

"오달산에서 80여 명이 내려왔습니다."

마루로 나온 이산에게 박대길이 말을 이었다.

"나머지는 흩어진 것 같습니다."

김막동이 말을 받는다.

"어젯밤에 모여서 의논을 했다는데 일부는 왜군한테 간 것 같습니다."

이산이 고개를 끄덕였다. 예상했던 일이다.

"돌아온 자들은 죄를 묻지 말고 받아주도록 하게."

"그래야지요."

"앞으로 마석군 의병의 공적은 모두 기록해서 세자 저하께서 포상하실 거네."

"우리는 포상도 바라지 않습니다."

김막동이 머리까지 저었다.

"간신들이 공을 가로채지나 않으면 됩니다."

이산과 박대길이 서로의 얼굴만 보았다.

유구무언(有口無言)이다.

사시(오전 10시) 무렵.

마석군 의병대를 나온 이산과 박대길이 이천 분조(分朝)로 출발했다. 국도에는 통행인이 뚝 끊겼고 잡초만 무성하다. 일행이 10리(4킬로)쯤 나아갔을 때다. 앞쪽에서 말굽 소리가 울리더니 산모퉁이를 돌아오는 2기의 기마인이 보였다. 관군 아니면 왜군이다.

"아군입니다!"

앞장을 선 군관이 소리쳤다. 마상에서 눈을 가늘게 뜬 이산이 달려오는 기마인을 보았다.

그 순간 이쪽을 본 둘이 말고삐를 채어 멈춰 섰다. 2백 보쯤 앞이다. 먼지가 일어나 둘의 주위를 덮었다가 곧 가라앉았다. 이윽고 둘도 이쪽을 알아본 모양이다. 다시 말을 달려 다가왔다.

그때 다가온 둘을 본 이산이 눈을 크게 떴다. 둘 다 낯이 익다. 이천에 남아있던 조병기와 군관 이동곤이다.

"주인!"

이산을 본 조병기가 버럭 소리쳤다.

"마석군으로 가는 중이었습니다!"

"무슨 일이냐?"

이맛살을 찌푸린 이산이 묻자 조병기와 이동곤이 바짝 다가왔다.

그때 이동곤이 입을 열었다.

"의주 행재소에서 선전관청의 선전관이 왔습니다."

이동곤이 이산과 박대길을 번갈아 보았다.

"순찰사께서 우리를 보내셨습니다."

순찰사 최경훈이다. 최경훈은 세자 광해의 지시를 받았을 것이다. 숨을 죽인 둘에게 이동곤이 말을 이었다.

"행재소에서 선전관을 압송해 오라고 했답니다. 주상께서 직접 문초를 하시겠다는 것입니다."

"나를 압송해서 데려간다고?"

이산이 묻자 이동곤이 목소리를 낮췄다.

"예, 이천에서 여럿을 죽인 죄를 묻겠다는 것입니다."

유근수 일당을 소탕하면서 이산이 병마사 고병진을 죽였고 별장도 둘이나 베어 죽인 것이다. 그것이 다 행재소의 임금 귀에 들어갔다.

그때 쓴웃음을 지은 이산이 박대길을 보았다.

"나를 잡으려고 임금까지 나섰군."

"몸을 피하시오."

박대길이 잇새로 말했다.

"세자께서도 그걸 바라시는 것이오."

그때 이동곤이 가슴에서 보자기에 싼 편지를 내밀었다.

"세자께서 선전관께 보내신 밀지요. 순찰사가 주셨소."

이산이 보자기를 받았을 때 조병기가 말을 받았다.

"주인, 내자께서도 이천을 나와 기다리고 계시오."

"이런."

고개를 든 이산이 박대길을 보았다.

"이보시오, 박 판관."

"예, 선전관."

"부디 세자 저하 모시고 충성하시오."

"선전관."

갑자기 박대길의 눈에서 주르르 눈물이 쏟아졌다. 그러더니 이를 악물었다가 풀었다.

"귀공은 영웅이오. 난세를 만났으니 영웅의 진가를 보이시오."

둘이 남았다.

판관 박대길이 눈물로 작별한 후에 기마군을 이끌고 이천 분조(分朝)로 떠난 것이다. 기마군의 먼지마저 보이지 않을 때 조병기가 고개를 돌려 이산을 보았다. 놀랍게도 얼굴에 웃음이 떠올라 있다.

"주인, 기쁘시지요?"

"무슨 말이냐?"

정색한 이산이 되물었더니 조병기가 대답했다.

"주인은 조선 벼슬에 연연하시지 않으셨습니다. 맞지요?"

"이놈아, 난 영의정이 되려고 했다."

"당치도 않습니다."

이제는 조병기도 정색했다.

"주인은 서출(庶出)입니다. 본색이 들통나면 힘듭니다."

"내 서출 부인은 어디 있느냐?"

이산이 웃지도 않고 묻자 조병기가 서둘러 대답했다.

"이천 남쪽 옥장골의 서운사에 계실 것입니다. 그곳에 모셔다드리고 왔습니다."

"이천에는 남아있지 못했지만 함께 다닐 수는 없어."

말고삐를 채면서 이산이 말을 이었다.

"근처의 민가에 안돈시킨 후에 떨어지는 것이 낫겠다."

"주인."

말 머리를 나란히 하면서 조병기가 이산을 보았다.

"순찰사께서 도피 자금으로 금붙이를 주머니로 가득 주셨소."

"……."

"그것을 마님께 드리고 왔습니다."

"잘했다."

고개를 끄덕인 이산을 조병기가 물끄러미 보았다.

"주머니를 드렸더니 소인을 물끄러미 보시면서 주인을 모시고 돌아올 것이냐고 물으셨습니다."

이제는 앞을 향한 채 속보로 말을 걸리면서 조병기가 말을 잇는다.

"그때 소인을 바라보시는 마님의 눈이 마음에 걸립니다."

"……."

"슬픈 눈이었소."

"이놈이 정서가 풍부하구나."

이산이 쓴웃음을 지었다.

"코는 기쁜 코더냐?"

"주인."

"시끄럽다."

"한 번도 마님 방에 들어가시지 않았지요?"

"닥쳐라."

"한 번 들어가셨다면 슬프지 않으셨을 텐데요."

"미친놈."

이산이 말에 박차를 넣었고 말이 뛰었다. 뒤를 따르면서 조병기는 말을 잇지 않았다.

신시(오후 4시)가 되었을 때 기마인 2기가 옥장골의 서운사로 들어섰다.

서운사는 고려시대에 창건된 고찰이지만 조선조에 이르러 거의 폐사가 되었다. 억불승유 정책이 지속되면서 스님은 중으로 불린다. 그리고 지금 중은 천민 축에 드는 것이다.

잡초가 무성한 대웅전 마당을 지나서 뒤쪽의 허물어진 요사채에 다가갔을 때 말굽 소리를 들은 스님 하나가 반쯤 무너진 부엌에서 나왔다. 그리고 그 뒤로 정지연의 모습이 보였다.

"아씨, 여기 계시군요."

말에서 뛰어내리면서 조병기가 말했을 때 정지연이 얼굴을 펴고 웃었다. 정지연의 시선이 뒤쪽의 이산에게서 떨어지지 않는다.

그날 밤.

자리에 누워있던 정지연은 문이 열리는 기척에 눈을 떴다. 놀라지는 않았다. 방의 불을 꺼놓았지만 들어서는 그림자가 누구인지 알았다.

상반신을 일으킨 정지연이 시선만 주었을 때 이산이 다가왔다. 다가선 이산이 물었다.

"괜찮겠소?"

그러자 정지연이 잠자코 옆으로 비켜 앉았다. 자리를 만든 것이다.

허물어진 사찰에 풍경 하나가 남아있는 것 같다.

깊은 밤.

풍경 소리가 울리고 있다.

방 안은 뜨거운 열기가 가득 차 있다. 이산의 품에 안긴 정지연의 숨결이 아직도 거칠다. 이산이 정지연의 허리를 당겨 안았다.

"낭자, 근처 산골짜기에 고복리란 마을이 있소. 그곳에서 왜란을 피하도록 하시오."

이산이 말을 이었다.

"난 내일 낭자를 그곳에 안돈시키고 나서 떠날 거요."

정지연은 이산의 가슴에 얼굴을 묻은 채 입을 열지 않는다.

"나는 전(前) 호조판서 이윤기의 서자(庶子)요."

순간 정지연이 숨을 죽였고 이산의 말이 이어졌다.

"내 어머니는 반역자로 처형당한 경성 부사 김경업의 딸이었소. 그래서 종이 되었다가 이 판서의 소실이 된 것이오."

고개를 든 정지연이 이산을 보았다. 어둠 속에서 두 눈이 반짝이고 있다. 정지연도 이조참판 정선규의 서녀(庶女)인 것이다. 그때 이산이 말을 이었다.

"나는 양반과 상놈의 세상에 염증이 난 사람이오. 세자께서 나한테 정(情)을 주셨지만 이 조정에서 관리가 되어서 출세를 할 생각은 꿈에도 없소."

"……."

"나는 내 어머니를 죽인 왜장을 찾아 다시 떠납니다. 그것이 다시 내가 사는 목적이오."

그때 정지연이 입을 열었다.

"기다릴게요."

이산의 허리를 두 팔로 감아 안은 정지연이 말을 이었다.

"일을 마치면 저를 찾겠다고 약속해주세요."

이산이 정지연의 머리끝에 턱을 붙였다. 정지연의 방으로 들어온 이유가 있다. 그것을 정지연도 아는 것이다.

"그러지요."

이산이 정지연의 몸을 당겨 안았다.

"찾겠소."

정지연이 이제는 거침없이 몸을 붙인다.

다음 날 오후.

이산과 조병기가 산길로 북상하고 있다. 대로를 기마로 달리면 금세 표시가 났기 때문에 말을 버리고 도보로 걷는다.

미시(오후 2시) 무렵.

정지연을 서운사에서 가까운 고복리에 데려다준 다음에 길을 떠난 것이다. 둘 다 등짐에 칼을 찼고 이산은 등에 활과 살통까지 메었다. 상인 행색이다. 난리 통이어서 길 떠난 남자는 자위용으로 무장하고 있는 것이 당연한 세상이다.

"임금이 의주에 있다니 이젠 조선 땅은 모두 왜군 차지가 되었습니다."

조병기가 작대기로 풀을 헤치면서 말을 잇는다.

"이순신 장군이 연전연승을 하는 바람에 전라도 땅은 왜군이 건드리지 못한다고는 합니다."

그렇다.

이순신이 조선을 구해내고 있다. 이순신 때문에 의병이 일어나고 관군의 사기가 올라가는 중이다. 임금은 국경에 붙은 행재소에서 애타게 명의 원군과 자신의 월경을 기다리고 있다.

앞장서 오르던 조병기가 이산을 보았다.

"주인, 오른쪽으로 꺾어지면 함경도가 나옵니다. 2번대 가또군과 3번대 구로다군의 구역이지요."

이산이 고개를 끄덕였다.

1번대 고니시군은 지금 4, 5, 6번대와 함께 평양성에 주둔하고 있다. 평양성도 함락된 것이다.

"서둘 것 없다."

앞을 지나는 뱀을 작대기로 건져 던지면서 이산이 말을 이었다. 왜말이다.

"이천을 지나 의주 쪽으로 가자. 내가 앞질러 가야 할 일이 있다."

"주인, 왜말이 느셨소."

"네 말도 쏙쏙 귀에 들어온다."

"주인, 아씨의 심성이 좋습니다."

"무슨 말이냐?"

"주인을 보내실 때 아무 말 않고 쳐다만 보시지 않았습니까?"

"그것이 어쨌단 말이냐?"

"주인께 짐이 되시지 않으려고 애를 쓰시는 것이었소."

"네가 어떻게 알아?"

"보면 압니다."

"네가 대마도 점술가냐?"

"덕을 갖추신 분이었소."

이산이 입을 다물었다. 도망친 것이 아니라고 말해주고 싶었지만 참았다.

정욕은 얼마든지 다스릴 수 있는 이산이다. 여색에 빠지지도 그렇다고 억지로 절제하지도 않는다. 그렇게 6년을 수련했다.

"저기."

앞서가던 조병기가 발을 멈추더니 손으로 앞쪽을 가리켰다.

술시(오후 8시) 무렵.

산속에서 잘 곳을 찾으려고 바위틈을 찾는 중이었다. 이산도 앞쪽에서 반짝이는 불빛을 보았다.

짙은 숲속. 나뭇잎 사이로 보이는 불빛은 2개. 거리는 2백 보쯤 되었다.

"이곳에 밭을 일굴 수는 없고, 사냥꾼이거나 피란민일지도 모릅니다."

조병기가 이산을 돌아보며 말했다.

"이곳에 산적이 소굴을 만들 수는 없겠지요. 짐을 옮기기에 편해야 되니까요."

이산이 잠자코 앞장을 섰다. 어쨌든 오늘 밤 숙소로 삼을 작정인 것이다.

이산이 걸음을 멈췄다.

앞쪽 50여 보 거리에서 인기척을 느꼈기 때문이다. 바위 옆쪽에 몸을 붙이고 앉은 사내. 둘이다. 그 순간 이산이 등짐을 내려놓고는 활과 살통을 빼 들었다.

"산적이다."

이산이 낮게 말했다.

"네가 틀렸다."

"아니, 이렇게 깊은 산속에……."

낮게 투덜거린 조병기가 나무둥치 사이로 앞쪽을 보았다. 그때 이산이 발을 떼었다. 그 뒤를 조병기가 따른다.

20보쯤 거리로 다가간 이산이 숨을 들이켰다.

사내들의 목소리가 울렸기 때문이다. 왜말이다. 다시 놀란 이산이 고개를 돌려 조병기를 보았다. 조병기도 눈을 크게 뜨고 있다. 그때 왜말이 똑똑하게 들렸다.

"고타, 대장은 내일 출발이신가?"

"그래. 마쓰오카는 함경도로 돌아가게 될 거야."

다른 사내가 말을 받는다.

"대장은 이천으로 갈 것이고."

"이천은 어떻게 되는 거야?"

"유성룡이 집정으로 내려온다고 했어."

"그럼 광해한테 잡혀있던 유근수는 풀려나겠군."

"대장이 먼저 가는 것이지."

"그 광해가 끌어들인 선전관 놈을 압송하려고 의주에서 도사가 내려갔다면서?"

"선전관청의 3품 선전관까지 갔어. 지금쯤 그놈을 잡았을 거야."

그때 이산이 고개를 돌려 조병기를 보았다. 두 눈이 번들거리고 있다.

"돌아가자."

이곳은 고니시 밀정대의 연락사무소 역할이다.

상주 인원은 셋뿐이지만 평안도와 함경도의 접경지역이어서 위치가 적당하다. 이곳에서 의주 행재소는 물론 이천 분조(分朝), 그리고 2번대 가또군의 동정을 살피는 밀정이 만나는 것이다.

안방에 앉은 기노가 마쓰오카를 보았다.

"마쓰오카, 함경도에 간 임해군과 순화군을 고니시 님이 잡으려고 할 거야."

"당연하지요."

마쓰오카가 눈을 가늘게 떴다.

"멍청한 임금이 왕자들을 이곳저곳에 뿌려놓고 제 몸을 지키려는 수작 아닙니까?"

마쓰오카는 30대 후반으로 부산포 왜관에서 10여 년간 장사를 하면서 밀정 노릇을 해왔다. 조선어에 유창한 데다가 지리도 훤하다. 어깨를 부풀린 마쓰오카가 말을 이었다.

"고니시 님의 밀정대가 이미 두 왕자를 추적하고 있을 것입니다."

"이번에 유근수 대신으로 유성룡이 이천으로 오게 되어서 일이 어렵게 되었어. 유성룡은 인빈의 입김이 통하지 않는 인물이야."

기노가 이맛살을 찌푸렸다.

"유근수가 집정으로 있을 때는 수시로 만나 분조(分朝)의 동향을 듣고 주군의 말씀까지 전할 수가 있었는데 아쉽다."

"그놈 때문이 아닙니까? 선전관이 된 놈 말입니다."

"행재소에서 선전관하고 의금부 도사까지 분조(分朝)로 내려갔어. 나보다 먼저 갔으니까 지금쯤 도착했을 거다."

기노도 의주 행재소에서 임금의 조처를 확인하고 내려가는 길이었다. 도중에 연락소인 이곳에 들러 기다리고 있던 마쓰오카를 만난 것이다. 기노의 얼굴에 쓴 웃음이 번졌다.

"임금의 명이니까 그놈을 압송해가는 것을 막지 못하겠지."

기노가 말을 이었다.

"유근수 대신 유성룡이 내려오는 것이 걸리지만 그놈을 처리하게 되었으니 비겼어."

"의주 행재소로 데려가면 처형되겠지요?"

"정4품 병마사와 별장 둘, 비장 하나까지 넷을 죽인 놈이야. 가자마자 목을 베겠지."

방 안에 켜놓은 촛불이 흔들렸다.

나무껍질로 지붕을 얹은 통나무집이다. 위아래로 3칸짜리 2채가 세워져 있는데, 상주 인원은 셋. 지금은 기노와 마쓰오카의 일행까지 8명이 늘어나 있다. 그때 기노가 말을 이었다.

"궁술이 뛰어나서 우리 척후대 10여 명을 쏴 죽였다는 거야. 과장된 소문이겠지만 어쨌든 잘되었다."

"저는 그럼 내일 일찍 함경도로 가겠습니다."

마쓰오카가 인사하자 기노가 고개를 끄덕였다.

"임해군, 순화군 측근에 서둘러 사람을 보내도록 해. 고니시 님 밀정이 왕자들의 행적을 알려주었을 테니까."

"알겠습니다."

"고니시 님한테 왕자들이 잡히면 목소리가 커질 테니까."

기노가 말을 맺는다.

눈을 뜬 이산이 숨을 들이켰다. 밥 익는 냄새 때문에 잠에서 깨어난 것이다.

이곳은 산기슭의 폐가 안.

어젯밤 이곳에서 잠을 잔 것이다. 문짝이 떨어진 창밖이 환하다.

그때 밖에서 조병기의 목소리가 울렸다.

"주인, 깨셨습니까? 밥 다 되었소."

식사를 마친 이산과 조병기는 아래쪽 황야로 내려왔다.

사시(오전 10시) 무렵.

햇살이 밝게 비치는 날씨. 하늘에는 구름 몇 점이 떠있을 뿐이다.

이곳은 이천 서북방 1백여 리(40킬로) 지점이다. 남쪽으로 가면 이천이고 북쪽은 의주 행재소로 통한다. 주위를 둘러본 조병기가 말했다.

"주인, 이곳도 왜군의 점령지역입니다. 대로(大路)는 서쪽에 있는 것 같은데요."

고개를 끄덕인 이산이 위쪽 산을 보았다. 어젯밤에 올랐다가 내려온 산이다. 왜인들의 숙소가 중턱에 있다.

"저 산에서 내려와 이천으로 가려면 이곳을 통과해야 될 것 아니냐?"

"그렇습니다."

"어제 왜놈들이 말한 대장이 이천으로 가려면 이곳을 지나야 할 것이다."

"그렇군요."

조병기가 고개를 끄덕였다.

"이곳에 덫을 놓기 딱 좋은 곳입니다."

"말을 들으니 대장 놈은 행재소와 이천을 이 길로 자주 왕래했어."

"위쪽 산의 막사에 들르려면 이곳을 지나야겠지요."

이산이 황무지의 바위 옆에 자리를 잡고 기대섰다.

이곳에서는 사방으로 시야가 트였다. 잡초가 무릎까지 찬 자갈투성이의 황무지다. 그러나 사방 2리(800미터) 정도는 다 드러났다. 이산이 등짐에서 활과 살통을 꺼내 놓았다.

"사냥하기 좋은 곳이군요."

조병기가 주위를 둘러보면서 말했다.

다섯이다.

다섯 명이 일렬종대로 다가오고 있다. 산에서 내려온 일행이다. 모두 상민 여행자 차림으로 머리에 두건이나 삿갓을 썼고 등짐을 메었다. 제각기 긴 지팡이를 쥐었는데, 위장한 칼이다.

거리는 3백여 보.

이쪽으로 다가오는 중이다. 조병기가 숨을 죽이고 이산의 눈치를 보고 있다. 이산의 솜씨를 아는 터라 두려운 기색은 아니다. 눈이 호기심으로 반짝이고 있다.

"주인, 세 번째가 대장 같습니다."

바위 위에 엎드린 조병기가 말했다.

"이천으로 내려가는군요."

이산이 살통에서 살을 꺼내면서 주위를 둘러보았다. 도망칠 곳도 없다. 사방이 탁 트였으니 흩어져도 천천히 쏘아 잡을 수가 있다. 조병기가 말을 잇는다.

"앞쪽 두 놈은 첨병 노릇입니다. 질서가 잡혔군요."

"억!"

갑자기 옆쪽에서 외마디 외침이 울렸기 때문에 기노가 고개를 들었다. 맨 앞에서 가던 이노가 가슴을 움켜쥐면서 앞으로 쓰러지고 있다.

"살이다!"

다음 순간 이노 뒤에서 걷던 치요타가 소리쳤다. 기노가 몸을 움츠렸을 때다.

"으악!"

치요타는 기노의 다섯 걸음쯤 앞에 있었기 때문에 화살이 선명하게 드러났다. 가슴에 박힌 화살을 움켜쥔 치요타가 커다랗게 비명을 지르고는 넘어졌다.

"피해라!"

저도 모르게 기노가 날카롭게 외쳤다.

"복병이다!"

세 번째 화살을 시위에 먹이던 이산이 눈을 크게 떴다.

여자 목소리, 세 번째로 걷던 대장이 소리친 것이다.

여자인가?

그것을 조병기도 들었다.

"주인, 여자입니다!"

엎드린 조병기가 다급하게 소리쳤을 때 이산이 시위를 만월처럼 당겼다가 놓았다.

"쌕!"

파공음을 내면서 날아간 살이 바위 옆에 엎드린 네 번째 사내의 이마에 박혔다.

거리는 1백 보 정도. 백발백중이다.

"대장! 이쪽으로 오시오!"

다섯 번째 사내의 외침이 선명하게 들렸다.

기노는 고마쓰가 부르는 쪽으로 뛰었다.

고마쓰는 5자(1.5미터)가 넘는 바위 뒤로 몸을 피한 상태다.

기노가 바위 뒤쪽으로 뛰어들었을 때 화살이 옆쪽 바위에 맞고 튕겼다. 튕긴 살대가 기노의 어깨를 치고 떨어졌다.

네 번째 화살이 바위에 맞고 튕겼다.

"저런!"

그것을 본 조병기가 안타깝다는 듯이 소리쳤을 때 이산은 쓴웃음을 지었다.

일부러 바위를 쏜 것이다. 1백 보 거리다. 이 거리에서는 백발백중이다. 안악산에서는 50보 거리의 주먹만 한 산새를 잡았다.

활은 손에 쥔 채 이산이 발을 떼었다. 놈들 둘이 숨은 바위로 가려는 것이다.

"앗. 놈들이 옵니다."

고마쓰가 소리쳤기 때문에 기노는 바위틈으로 한쪽 눈만 내놓고 보았다.

온다.

잡초를 헤치면서 두 사내가 다가오고 있다. 앞장선 사내는 손에 활을 쥐었고 허리에 장검을 찼다. 이쪽을 응시한 채 천천히 발을 뗀다. 사냥꾼의 몸짓이다.

기노는 숨을 들이켰다.

갑자기 눈앞이 흐려졌고 심장박동이 빨라졌다. 입 안이 마른 느낌이 든다. 이런 분위기는 처음이다.

그때 고마쓰가 지팡이에서 장검을 쑥 뽑았다. 칼날이 4자(120센티)나 되는 장검이 지팡이 속에 숨겨져 있는 것이다. 고마쓰의 두 눈이 번들거리고 있다.

고마쓰는 주군인 가또가 경호 역으로 붙여준 검사(劍士)다.

10보 거리로 다가갔을 때다.

바위 뒤에서 사내 하나가 뛰어나왔다. 손에 장검을 쥐었다.

한 걸음, 두 걸음째 장검을 들어 올렸고 세 걸음째는 허공에서 뛰어내리면서 내려쳤다. 엄청난 검력(劍力)이다.

그 순간 이산이 활을 내던지면서 허리에 찬 칼을 휘두르면서 받아쳤다.

"쨍!"

칼날이 부딪치는 소리.

다음 순간 사내가 옆으로 떨어졌고 이산이 몸을 비틀면서 두 손으로 장검을 고쳐 쥐었다.

이제 둘은 마주 보고 섰다.

사내의 뒤에는 대장으로 보이는 사내가 모습을 드러내었다. 이산의 뒤쪽에는 조병기가 서 있다. 이산이 숨을 골랐다. 그때 칼을 쥔 사내가 발끝을 움직여 조금씩 다가오기 시작했다. 그러나 발끝은 꿈틀거리지만, 위쪽의 몸은 전혀 움직이지 않는다.

이산이 다시 숨을 들이켜면서 칼끝을 올렸다. 그 순간이다. 이산의 칼끝에 자극을 받았는지 사내가 다시 칼을 내려쳤다. 마치 바위라도 쪼갤 것 같은 기세다.

"얏!"

기합이 황야를 울렸다.

순간, 이산이 오히려 사내를 향해 뛰어들었다. 그러고는 곧장 칼을 내질렀다.

"억!"

사내의 입에서 외침이 울렸다.

이산의 칼이 사내의 가슴을 뚫고 등판으로 빠져나온 것이다.

기노가 어금니를 물었다.

고마쓰의 등판을 뚫고 나온 장검의 칼날이 한 뼘이나 된다. 그 순간 칼날이 쑥 들어가더니 고마쓰가 엎어졌다. 그리고 눈앞에 사내의 모습이 드러났다.

다섯 발짝쯤 앞이었지만 바로 눈앞에 서 있는 것 같다.

그때 사내가 다가왔다. 피가 뚝뚝 흘러내리는 칼을 내려 들고 있다. 두 발짝 앞에 선 사내의 이맛살이 찌푸려졌다.

이맛살을 찌푸린 이산이 앞에 선 사내를 보았다.

머리에 두건을 썼고 갸름한 얼굴. 눈이 맑고 콧날이 곧다.

여자다.

여자가 대장이다.

이산이 한 걸음 다가섰다. 여자와의 간격은 두 걸음. 그때 이산이 칼끝으로 여자의 가슴을 가리켰다. 여자가 두 손을 늘어뜨리고 있었기 때문이다.

"네가 밀정이지?"

이산이 물었다.

"밀정 대장이다. 그렇지?"

그때 여자가 똑바로 이산을 보았다.

"넌 누구냐?"

유창한 조선말이다. 그때 이산이 쓴웃음을 지었다. 여자 목소리가 울린 것이다.

"나는 뱀 잡이다."

다음 순간 한 걸음 다가선 이산이 팔꿈치를 휘둘러 여자의 옆머리를 쳤다. 무딘 충격음이 울리면서 여자가 썩은 나무처럼 쓰러졌다.

눈을 뜬 기노가 서너 번 눈을 깜빡이고 나서야 사물이 드러났다.

위에 사내의 얼굴이 떠 있다. 사내가 내려다보고 있는 것이다.

바로 그놈, 조선 검사(劍士)다.

사내의 위쪽으로 천장이 보인다. 지금 자신은 방에 누워있는 것이다. 그리고 팔다리가 천 조각으로 묶여 있다. 그때 시선이 마주친 상태로 사내가 물었다.

"넌 이천으로 내려가는 밀정대 대장이야, 그렇지?"

놀란 기노가 숨을 들이켰지만 입을 열지는 않았다.

사내가 기노의 묶인 팔목을 잡아당겼기 때문에 앉을 수 있게 되었다. 그러자 사내가 앞쪽에 마주 앉는다. 방문 문짝이 떨어져서 마당과 앞쪽 숲이 보였다. 이곳은 산속이다.

사내가 다시 물었다.

"마쓰오카는 함경도로 갔나?"

기노가 몸을 굳혔고 사내가 다시 묻는다.

"넌 이천으로 가서 유성룡 대감이 내려오는 것을 못 보게 되겠구나."

"넌 누구냐?"

다시 기노가 기절하기 전에 물었던 질문을 했다. 그때 사내가 쓴웃음을 지었다.

"지금쯤 짐작이 갈 텐데."

"……."

"내 궁술도 보았을 것이고."

그 순간 기노가 눈을 치켜떴다.

"그러면……."

"그래."

사내가 고개를 끄덕였다.

"맞다."

기노가 아직 입 밖으로 말을 내놓지 않았는데도 이런다.

"주인, 어떻게 하실 겁니까?"

민가 뒤쪽 비탈에 선 조병기가 이산에게 물었다.

산 중턱의 폐가는 한쪽이 무너졌지만 묵을 만했다. 지금 밀정대 대장인 여자는 방에 묶여 있다.

조병기가 말을 이었다.

"저놈들 등짐에서 나온 금붙이가 2천 냥 가깝게 됩니다. 행랑채, 사랑채까지 딸린 저택을 20채 살 재물입니다."

조병기가 얼굴을 펴고 웃었다.

"주인, 저년을 없애고 가십시다."

이산이 고개를 끄덕였다.

"서둘 것 없다. 하지만 먼저 저 여자한테 알아낼 것이 있다."

이산이 다시 방으로 들어서자 기노가 고개를 들었다. 벽에 등을 붙이고 앉은 기노가 앞에 선 이산을 올려다보았다.

"그대, 쫓기는 신세 아닌가? 조선 땅에서 발붙이고 살 수 없을 텐데."

이산은 쳐다만 보았고 기노가 말을 이었다.

"어때, 우리하고 합류하는 것이? 내가 주군께 말씀드릴 테니까."

"……."

"그대의 무술과 선전관을 지낸 경력이면 장수급으로 받아주실 것이다."

"……."

"그대도 알고 있겠지만 난 가또 님의 가신이야. 가또 님께 가지 않겠나?"

"……."

"그대의 능력이면 장수가 되고도 남아. 내가 보장한다."

그때 이산이 고개를 돌리고 밖을 향해 소리쳤다.

"거기 있느냐?"

"예, 주인."

근처에 있었는지 바로 대답 소리가 들리더니 마당에 조병기의 모습이 나타났다. 이산이 지시했다.

"너, 나갔다가 한 시진쯤 뒤에 돌아오너라."

"어디로 갑니까?"

"아래쪽 개울가에서 망을 보란 말이다!"

이산이 목소리를 높이자 조병기가 몸을 돌렸다.

이산이 다가서자 기노는 숨을 들이켰다.

그러고는 엉덩이를 끌고 뒤로 한 뼘쯤 물러났다. 그러나 등이 벽에 닿았기 때문에 눈을 치켜떴다. 기노는 팔이 등 뒤로 묶인 채다.

그때 이산이 바지 끈을 풀었다.

"뭐하는 거야?"

기노가 다급하게 물었을 때 바지를 내린 이산이 대답했다.

"일단 너하고 합체를 하자."

허리를 굽힌 이산이 기노의 바지를 난폭하게 잡아당겼다. 바지 끈이 찢어지면서 내려갔다. 이산이 기노의 어깨를 움켜쥐더니 방바닥에 던지듯이 밀었다.

"조선과 왜국의 합체다."

미시(오후 2시)가 지났을 때 조병기가 부서진 대문 밖에서 조심스럽게 불렀다.

"주인."

대답이 없었기 때문에 조금 크게 불렀다.

"주인, 저올시다."

"……."

"주인, 들어가도 됩니까?"

이산이 무슨 의도로 자신을 내보냈는지를 눈치챈 조병기다. 한 시진이 지났기 때문에 온 것이다. 조병기가 마당으로 들어섰을 때 방에서 이산이 나왔다.

"왜 그러느냐?"

"오늘 여기서 묵으실 건가요?"

당황한 조병기의 눈동자가 흔들렸다.

"그러시다면 제가 저녁 준비를 하려고."

"저녁때까지 길목에서 감시를 해라."

"예, 주인."

서둘러 마루로 다가온 조병기가 기둥 옆에 세워둔 칼을 집어 들고 몸을 돌렸다. 몸을 돌리면서 조병기의 시선이 방을 스치고 지나갔다. 방에는 기노가 반듯이 누워있다. 그런데 맨몸 위에 옷가지가 덮여 있을 뿐이다.

조병기가 집을 나갔을 때 이산이 몸을 돌려 다시 방으로 들어섰다.

그때 눈을 뜬 기노가 이산을 올려다보았다.

"난 가또 님의 가신(家臣)인 다케우치의 딸 기노야."

기노의 몸 위에 덮인 것이 이산의 겉옷이다. 옷 끝으로 드러난 몸을 가리면서 기노가 말을 이었다.

"나도 가또 님한테서 3백 석 녹봉을 받는 가신이야."

이산의 시선을 받은 기노의 얼굴이 붉어졌다.

"그대가 나를 가진 것은 내 제의에 응할 의사가 있다는 것으로 받아들였어."

"……."

"그렇지 않다면 날 베었을 테니까."

그때 기노의 옆에 앉은 이산이 기노의 몸을 덮은 옷자락을 걷었다. 다시 기노의 맨몸이 드러났다.

기노가 이산의 품에 안겨있다. 가쁜 숨을 뱉으면서 이산의 가슴에 얼굴을 붙이고 있다.

신시(오후 4시)쯤 되었다.

문짝이 없는 방이었지만 방 안에는 아직도 열기가 덮여 있다.

그때 기노가 입을 열었다.

"나를 겁탈한 건 아냐."

기노가 고개를 들고 이산을 내려다보았다. 두 눈이 번들거리고 있다.

"내가 당한 것도 아니고."

숲을 훑고 들어온 바람이 방 안으로 몰려 들어왔다. 기노가 물었다.

"가또 님한테 갈 거야?"

이산이 기노와 시선을 맞췄다.

"내가 할 일이 있어."

"뭔데?"

"유근수를 잡아야 돼."

"유근수?"

놀란 기노가 눈을 동그랗게 뜨더니 다시 물었다.

"왜?"

"나하고 원한이 있어."

그때 한동안 이산을 바라보던 기노가 머리를 떨구었다. 이산의 가슴에 얼굴을 붙인 기노가 긴 숨을 뱉었다. 만족한 한숨이다.

"유근수가 곧 이쪽으로 올라올 거야."

기노가 말을 이었다.

"나도 여기서 기다릴게."

이산이 잠자코 기노의 허리를 당겨 안았다.

유근수의 행렬이 황야에 나타났을 때는 다음 날 미시(오후 2시) 무렵이다.

북상(北上) 행렬이다.

"기마군이 20기가 넘습니다."

산비탈에 선 조병기가 당황한 표정으로 이산을 보았다.

기마군 행렬은 1리(400미터)쯤 앞쪽 황야를 횡단하고 있었는데 질서정연했다.

조선군 정예다. 앞쪽에 첨병 2기가 나서서 길을 텄고 1백 보쯤 뒤로 기마대가 2열로 나아가고 있다. 모두 가죽 가슴 덮개를 찼고 관복 차림이다.

속보로 전진하는 대열 중간쯤에 유근수가 끼어있을 것이다.

그때 이산의 옆에 서 있던 기노가 말했다.

"여기서 20기 기마군을 다 상대할 수는 없어."

이산의 시선을 받은 기노가 말을 이었다.

"유근수는 이곳에서 70리 북쪽의 태음현에서 오늘 밤 쉴 거야. 그곳이 이천을 오가는 관리들이 묵는 곳이야."

그때 조병기가 고개를 돌려 이산을 보았다. 감동한 표정이다.

"그렇군."

이산이 고개를 끄덕였다.

"말을 구해야겠다."

"말 구할 데가 있어."

그러자 조병기가 끼어들었다.

"말을 살 돈은 충분합니다."

기노 일행의 등짐에서 빼낸 금붙이를 말한다. 기노의 시선을 받은 조병기가 외면한 채 말했다.

"제가 가진 금붙이로 10필은 삽니다."

그때 기노가 조병기를 보았다.

"너, 일본인이지?"

왜말로 물은 것이다. 놀란 조병기가 숨을 들이켰을 때 기노가 왜말을 이었다.

"네 조선말 억양을 보면 알 수가 있어."

그때 이산이 물었다.

"그럼 내 왜말은 어떠냐?"

이산의 왜말을 들은 기노가 숨을 들이켰다. 얼굴이 환해졌다.

"당신도 왜말을 해?"

"그래. 배우는 중이야."

"다행이야."

기노가 고개를 끄덕였다.

"그럼 앞으로 우리끼리는 왜말을 하지."

그때 조병기가 거들었다.

"주인과 내가 둘이 있을 때는 왜말로 이야기했소."

태음현령 주경우는 문관이지만 의병 3백여 명을 지휘해서 왜군의 침탈에 대비했다.

태음현은 왜군 1, 2번대의 통로에서 150여 리(60킬로)나 떨어져 있어서 가끔 순찰대나 지나갈 뿐으로 아직 침입을 받지 않았다.

왜군이 부산포에 상륙한 지 두 달이 지난 6월 중순이다.

주경우가 현청에서 유근수가 보내온 전령을 맞는다.

신시(오후 4시) 무렵.

"나리, 이천의 유 대감이 술시(오후 8시)경에 도착할 것이오."

"알았네. 내가 관사를 비워놓았어."

주경우가 마루방에 서서 말했다. 유근수가 구금당했다가 풀려났다는 것도 알고 있다.

“인원이 모두 몇인가?”

“호위 군관까지 21기올시다.”

“말이 21필이군.”

고개를 끄덕인 주경우가 옆에 선 비장 박용대를 보았다.

“마구간도 치우게.”

비장 박용대가 숙소로 돌아왔을 때는 해시(오후 10시) 무렵이다.

현청에서 1리(400미터)쯤 떨어진 3칸짜리 초가집을 숙소로 삼고 있었는데 집에는 40대 하인 하나가 시중을 든다. 마당으로 들어선 박용대에게 하인 석동이 다가왔다.

“나리, 마님이 오셨습니다.”

“어, 그래?”

놀란 박용대가 눈을 크게 뜨고는 서둘러 발을 떼었다.

헛기침 소리와 함께 방문이 열렸기 때문에 이산과 기노가 고개를 들었다.

“아이구, 오셨습니까?”

박용대가 들어서면서 기노를 향해 인사를 했다. 고개를 끄덕인 기노가 옆에 앉은 이산을 소개했다.

“인사해. 선전관님이시다.”

“예, 처음 뵙습니다. 비장 박용대입니다.”

앞쪽에 앉은 박용대의 시선이 기노에게 옮겨졌다. 묻는 것 같은 시선이다.

그때 이산이 말했다.

“내가 이번에 선전관과 금부도사가 잡으러 내려간 그 선전관이야.”

“앗.”

저도 모르게 놀란 외침을 뱉은 박용대가 다시 기노를 보았다.

이산의 말이 이어졌다.

"이곳에 온 것은 조금 전에 도착한 유근수를 만나려고 왔어."

"아아, 예."

박용대가 다시 기노를 보았다.

박용대는 43세. 3년 전부터 기노에게 포섭된 고정 밀정이다. 지금은 기노에게 은신처를 제공하고 있다.

그때 기노가 말했다.

"나는 선전관을 돕고 있는 거야. 그렇게 알면 돼."

"알겠습니다."

박용대가 고개를 끄덕였다.

"저도 돕지요."

늦은 저녁상을 물린 유근수가 밖에 대고 소리쳤다.

"김 별장, 거기 있느냐?"

그때 밖에서 시위 군관이 대답했다.

"밖에 있으니 불러오겠습니다."

그러더니 잠시 후에 인기척이 났다.

"대감, 부르셨습니까?"

"음, 들어오라."

유근수가 말하자 방문이 열리면서 장검을 찬 김석호가 들어와 앞에 앉았다.

30대 후반쯤의 건장한 체격. 정5품의 별장이다. 유근수가 북방 6진의 병마절제사였을 때부터 측근 시위였던 인물. 검술이 뛰어나서 훈련원 교관을 지냈다.

유근수가 김석호를 보았다.

"그놈이 어디로 도망간 것 같으냐?"

"그것은 순찰사 최경훈을 문초하면 알 수 있을 것입니다."

김석호가 바로 대답했다. 가는 눈을 치켜뜬 김석호가 말을 이었다.

"행재소에서 선전관, 금부도사가 왔다고 이산에게 기별해준 것이 최경훈이니까요."

"그놈 최경훈도 내가 행재소로 가면 포박해서 끌고 오도록 할 것이다."

잇새로 말한 유근수가 말을 이었다.

"전국에 그놈을 찾는 방문을 붙여야 돼. 역적이다."

"최경훈도 공모죄로 처형해야 됩니다."

"여부가 있나?"

"대감, 행재소 소문을 들으니 무반(武班)은 모두 전장(戰場)으로 보낸다고 합니다. 소인은 대감 곁에 남도록 해줍시오."

"걱정할 것 없다."

유근수가 말을 이었다.

"너를 전장(戰場)에서 개죽음시키지는 않을 테니까."

"솔직히 말씀드려서 이런 조정(朝廷)을 위해 목숨을 바치기는 아깝습니다."

"쉿, 목소리가 크다."

낮게 꾸짖었지만 유근수의 얼굴에 쓴웃음이 떠올랐다.

"임금은 국경에서 명(明)만 쳐다보고 있는 꼴이 가관을 넘어서 가엾다."

"그 처첩들인 비빈들을 보시지요."

김석호가 따라 웃었다.

"백성의 코가 다 떼어지건, 굶어 죽건 아랑곳하지 않고 제 아들을 후계자로 만들려고 온갖 짓을 다 하지 않습니까?"

"가만 보다가 시류를 타고 끼어들면 되는 거다. 그게 난세를 사는 요령이야."

"고니시군에서는 함경도로 간 임해군, 순화군을 잡으려고 하겠지요?"

"가또군도 마찬가지야."

유근수가 목소리를 낮췄다.

"기노가 진즉 알려주었을 테니까."

고개를 든 유근수가 김석호를 보았다.

"조선 조정의 대세는 이미 인빈한테 기울었다. 인빈의 치맛자락만 잡고 있으면 돼."

"그대는 여기 남아있어."

이산이 말하자 기노가 고개를 저었다.

"내가 현청 내부 지리를 알아. 박 비장하고 들어가 보았거든."

이산의 시선을 받은 기노가 입술 끝을 올리고 웃었다. 둘은 박용대의 사택 벽 옆에 서 있다.

깊은 밤, 해시(11시) 끝 무렵이다.

기노가 말을 이었다.

"그리고 나도 내 앞가림은 해. 그대의 검술에는 미치지 못하지만 말야."

이산이 입맛을 다셨다.

조병기까지 떼어놓고 단신으로 유근수를 처리할 계획이었다. 이산이 기노를 훑어보았다. 기노는 무장한 의병 차림이다. 머리에는 두건을 썼고 바지저고리에 허리에는 칼을 찼다.

이윽고 이산이 고개를 끄덕였다.

뒤쪽 담장을 뛰어오른 이산이 담장 위에서 아래쪽으로 손을 내밀었다. 기노가 손을 내밀자 이산이 끌어올렸다.

"월장은 처음이야."

담장 위에 엎드린 기노가 어둠 속에서 이를 드러내고 웃었다.

"이제야 내가 전장(戰場)에 있다는 실감이 나네."

그때 이산이 잠자코 몸을 일으키더니 몸을 날려 안쪽 마당으로 뛰어내렸다. 담장 높이는 10자(3미터)쯤 되지만 소리도 나지 않는다.

아래에 선 이산이 위를 쳐다보면서 두 팔을 벌렸다. 뛰어내리면 받겠다는 시늉이다. 그것을 본 기노의 두 눈에 열기가 올랐다. 부끄러웠기 때문이다. 그러나 서둘러야 한다.

상반신을 일으킨 기노가 아래로 뛰었다. 그 순간 이산이 기노를 받아 안았다. 기노가 엉겁결에 이산의 목을 두 팔로 감아 안았다가 풀었다. 그때 이산이 기노를 내려놓으면서 몸을 돌렸다.

기노가 뒤를 따른다.

사랑채의 옆쪽 담장에 기대서서 있던 군관 하도성이 고개를 들었다.

하도성은 28세. 김석호의 심복이다. 훈련원 검술교관 출신으로 회령에서 여진족과 수십 번 접전을 치른 경험이 있다.

그때 이쪽으로 다가오는 사내가 보였다. 모퉁이를 돌아 거침없이 다가온다.

"동보냐?"

동료 군관인 송동보가 사랑채 반대쪽에서 번을 서고 있다.

사랑채 안에는 유근수가 자고 있다.

사내가 물었지만 이산은 곧장 다가갔다.

거리가 10보에서 8보, 6보, 5보로 가까워졌을 때 사내가 바로 섰다.

"누구냐?"

이제는 긴장이 섞인 목소리로 사내가 물었지만 살기는 섞여 있지 않았다. 이산의 태도가 자연스러웠기 때문이다.

4보로 가까워진 순간이다.

이산이 펄쩍 뛰어오르면서 허리에 찬 칼의 손잡이를 쥐었고 땅에 발을 딛는 순간에 후려쳤다.

"턱!"

칼날이 사내의 목을 치는 소리다.

세 명째.

이산의 뒤쪽에서 기노가 담장 옆에 서 있던 사내가 쓰러지는 것을 보았다. 사랑채 좌측과 뒤쪽, 그리고 우측에서 경비하던 경호원을 베어 죽인 것이다.

사랑채는 관아의 맨 끝 쪽에 있는 독립채다. 사랑채에는 경호원 셋이 숨어있었다. 그것을 모두 1합에 베어 죽였다.

이윽고 이산이 마루 위로 가볍게 뛰어올랐다.

사랑채에는 마루방을 가운데 두고 좌우로 방이 2개다. 방의 불은 다 꺼져있다.

이산은 거침없이 우측 방으로 다가갔다. 박용대가 알려준 유근수의 침소다.

문이 열리는 기척에 유근수가 눈을 떴다. 이 생각 저 생각을 하다가 막 잠이 들려는 참이었다.

"누구냐?"

고개를 들면서 유근수가 물은 순간이다. 갑자기 머리끝에 충격을 받은 유근수가 베개에 머리를 떨어뜨렸다. 그러나 의식은 있었기 때문에 잇새로 묻는다.

"누구냐?"

"죽기 전에 기억해라."

머리맡에 선 사내가 낮은 목소리로 말했기 때문에 유근수는 숨을 들이켰다.

"경성 부사였던 김경업을 아느냐?"

"김경업?"

유근수가 눈을 크게 떴을 때 칼날이 목에 붙여졌다. 사내가 다시 묻는다.

"대답해라."

"넌 누군가?"

"나는 김경업의 외손이다."

"으음."

신음을 뱉은 유근수가 어둠 속에서 이를 드러내며 웃었다.

"외조부의 복수인가?"

"내 얼굴을 똑바로 보아라."

그때 눈을 크게 떴던 유근수가 입을 딱 벌렸다.

"아니, 너는……."

이산의 얼굴을 알아본 것이다.

"선전관 아니냐?"

"그렇다. 이제 저승에 가서 기다리고 있는 내 외조부를 만나거라."

다음 순간 이산의 칼이 유근수의 목을 베었다. 성대까지 잘린 유근수가 놀란 얼굴로 숨이 끊어졌다.

방문 밖에서 망을 보던 기노는 방을 나온 이산의 뒤를 잠자코 따른다.

넘어 들어왔던 담장을 다시 넘고 중간채 마당으로 뛰어내렸을 때다. 먼저 뛰어내린 이산이 허리를 편 순간이다.

바로 옆에서 빛줄기가 날아왔다.

어둠 속에서 섬뜩한 줄기.

바로 검광(劍光)이다.

"쨍!"

이산이 겨우 몸을 틀었기 때문에 칼날이 담장의 돌에 부딪혔다.

고개를 든 이산이 눈앞에 떠 있는 사내의 눈을 보았다.

거리는 5자(1.5미터) 정도.

이산은 복면을 써서 눈만 내놓고 있다. 사내의 입에서 다시 외침이 울렸고 다시 검풍(劍風)이 일어났다.

이번에는 옆구리.

엄청난 검력.

그 순간 이산이 몸을 젖히면서 등에 멘 칼을 후려쳤다.

"쨍!"

칼날이 부딪치면서 날카로운 금속음이 일어났다.

그때 이산이 소리쳤다.

"뛰어!"

왜말이 어둠 속에 울렸다.

"먼저 돌아가!"

뒤쪽에서 주춤했던 기노가 입을 벌렸을 때 이산이 다시 소리쳤다.

"먼저 가!"

다음 순간 이산이 엉켜 있던 칼을 앞으로 밀면서 발을 들어 상대의 사타구니를 찼다.

"억!"

사내가 몸을 틀었지만, 허벅지를 차였다. 그 순간 몸이 비틀린 사내가 소리쳤다.

"여기다! 여기 괴한이다!"

어둠 속에서 사내의 목소리가 울렸다.

"왜놈이 침입했다!"

다음 순간 사내가 칼을 떼면서 몸을 비틀었고 동시에 칼끝이 이산의 가슴을 찔렀다. 그러나 빗나갔다.

"앗!"

칼날이 비껴가면서 사내의 외침이 울렸다. 놀란 외침이다.

그 순간 이산이 사내의 어깨를 어깨로 밀면서 허리춤에 끼워 놓은 소도(小刀)를 한 손으로 빼냈다.

"억!"

소도가 사내의 배에 깊게 박힌 순간 비명이 터졌다.

그때 어지러운 발소리가 울렸다.

이산이 발길로 사내의 가슴을 차 칼을 빼내면서 몸을 날렸다. 조금 전 기노가 내달린 옆쪽 담장으로 내달린 것이다.

사내의 칼부림은 현란했지만 숨 세 번 쉴 동안 만큼만이었다.

단숨에 기노를 따라잡은 이산이 담장을 돌았을 때 달려오는 군관 둘과 마주쳤다.

"여기다!"

앞장선 군관이 소리치면서 허리에 찬 칼을 빼 들었다.

거리가 10보.

군관이 주춤 멈춰 서면서 두 손으로 장검을 쥐고 치켜올린 순간 이산이 돌진했다.

속세로 나와 칼날에 피를 묻힌 이산이다. 이미 수십 명을 베어 죽였다. 군관이 칼을 치켜올린 그 순간에 이산의 장검이 군관의 가슴을 꿰뚫었다.

"어억!"

군관의 비명. 이어서 군관의 배를 차면서 칼을 빼낸 이산이 그대로 옆으로 후려쳤다.

"악!"

또 하나의 군관. 칼을 빼 들었던 군관의 허리에서 반대쪽 어깨까지가 베어졌다.

"이쪽으로!"

군관이 쓰러지기도 전에 이산이 뒤쪽 담장으로 달려가면서 소리쳤다.

왜말이다.

별장 김석호는 이산과 삼 합(三合)을 겨룬 후에 소도에 배를 찔렸지만 살아남았다. 김석호는 정5품 무반(武班)이다.

배를 헝겊으로 동여매고 유근수의 시신 앞에 서 있다. 불을 환하게 밝힌 방은 피비린내에 덮여 있다.

유근수는 목이 반쯤 잘린 처참한 형상이다.

"왜적이다."

어깨를 부풀린 김석호가 번들거리는 눈으로 둘러선 군관들을 보았다.

"왜적이 대감을 살해했다."

제 귀로 눈앞의 왜적이 왜말을 하는 것을 들은 것이다. 왜적은 둘이 침입했다.

배를 한 손으로 덮은 김석호가 잇새로 말했다.

"행재소에 이 사실을 알려야겠다."

유근수는 임금이 신임하는 신하인 것이다.

박용대의 저택 안.

방 안에 이산과 기노가 앉아 있다. 가쁜 숨을 가라앉힌 기노가 고개를 들었다.

"방 밖에서 다 들었어."

기노가 말을 이었다.

"그대의 내력 말이야."

"……."

"유근수하고의 악연이 그렇게 이어졌군."

지금 기노는 왜말을 하고 있다.

"외조부가 경성 부사를 지내셨구나."

그때 이산이 입을 열었다.

"내 어머니의 한(恨) 중에서 한 가지를 풀었다."

"또 한이 남았어?"

"야마시다."

"야마시다라니?"

"고니시의 선봉장이었던 놈."

"알고 있어."

고개를 끄덕인 기노의 눈빛이 강해졌다.

"고니시 님의 중신(重臣)이야. 지금은 중군(中軍) 소속이 되어 있어."

"그놈이 내 어머니를 살해한 진범이야."

기노의 시선을 받은 이산이 말을 이었다.

"이제 그놈을 처리하는 일이 남았다."

"그러고 나서 나 따라갈 거야?"

기노가 묻자 이산은 입을 다물었다. 가또의 부하가 되라는 말이다.

닭이 울었다.

그러나 아직 날은 밝지 않았다.

이산의 가슴에 얼굴을 붙이고 누워 있던 기노가 고개를 들었다.

"난 이천으로 가야 돼."

기노의 입김이 이산의 가슴을 훑고 지나갔다.

"세자 옆에서 지켜봐야 돼. 지금은 이천 분조(分朝)가 조선의 중심 역할을 하고 있기 때문에."

"……."

"내가 가또 님께 말씀드릴 테니까 일 마치면 돌아와."

기노가 이산의 허리를 두 팔로 당겨 안았다.

6월 9일에 임금이 평양 사수를 좌의정 윤두수에게 맡기고 평양에서 몰래 도망쳤다.

그러나 소문이 퍼져 평양 백성들이 요소를 막고 임금 행차에 돌을 던지고 몽둥이를 휘둘렀다.

"또 도망가느냐!"

노인 하나가 10여 보 앞에 있는 임금에게 악을 썼다.

"우리를 죽이고 떠나거라!"

"백성을 버리고 너만 살겠다고 도망질이냐!"

다른 사내가 소리치자 거리는 고함과 울음소리로 가득 찼다.

깊은 밤.

드문드문 횃불을 켠 평양성 거리는 난장판이 되었다. 호위 군사가 칼을 휘둘러 가로막는 백성 셋을 베어 죽이자 분노는 극에 달했다.

임금은 겨우 백성들 사이에서 탈출했는데, 옷이 찢어졌고 갓은 떨어져서 맨상투 차림이 되었다.

임금이 도망치자 백성들은 창고에 불을 질렀고 성문을 활짝 열어 놓았다.

수비를 맡았던 윤두수는 병사들을 시켜 무기를 강물에 처넣은 후에 철수했다.

성안에 쌓아둔 양곡 수십만 석은 건드리지도 못했기 때문에 그대로 왜군 수중에 떨어졌다.

이때 일본군의 고니시 휘하 선봉대장 야나가와가 기병 1백여 기를 몰고 평양성에 들어와 재빨리 양곡을 접수했다.

야나가와는 42세. 1,500석을 받는 고니시의 가신(家臣)이다.

야나가와가 쓴웃음을 지은 얼굴로 옆에 선 겐쇼에게 말했다.

"내가 수십 번 전쟁을 했어도 이런 전쟁은 처음이야."

겐쇼는 산같이 쌓인 양곡 더미에 얼이 빠져 있고 야나가와가 말을 이었다.

"세상에! 적에게 이런 막대한 군량을 넘겨주다니. 이게 도대체 제정신인가?"

"이런 왕을 모시는 백성들이 불쌍하지."

겐쇼가 그렇게 말을 받았다. 할 말이 그것뿐이다.

6월 11일이다.

명군(明軍)이 의주에 도착한 것은 7월 2일이다.

3,500명이다.

임금 선조는 용만관(龍灣館)에서 그들을 맞았다. 임금이 평양에서 도망친 지 20일이 지난 후다.

임금은 명의 참장(參將) 대모와 유격 장군 사유를 맞아 울면서 하소연을 했다.

참장(參將)은 부총병 다음의 관명으로 하급 무장이고 유격 장군은 그 아래 관등이니 임금 꼴이 말이 아니다.

"장군께서 제가 명(明)에 귀부하러 가는 것을 허락해 주셨으면 하오."

그럴 능력도 없는 하급 무장에게 통사정했지만, 그것은 오히려 둘을 기고만장하게 만들었다.

이제 명군(明軍)은 조선의 군사 지휘권을 박탈하고 장수와 군졸을 지휘하게 되는 것이다.

또한 왜군과의 외교권도 명이 갖는다. 명군(明軍)의 모든 장비, 군량도 조선이 부담해야 된다. 군사와 백성, 마소까지 징발하여 모든 부역을 감당해야 한다.

명군(明軍)의 약탈, 강간이 수시로 일어났다. 그것을 항의조차 할 수 없게 된 것이다.

이제 조선 백성은 왜군보다 명군에게 쫓겨 피란 가는 상황이 되었다.

"주인, 야마시다가 평양성에 있습니다."

조병기가 말했을 때는 신시(오후 4시) 무렵.

황주 동쪽 50리(20킬로) 지점의 온성현 주막 안이다.

기노와 헤어진 이산은 조병기와 함께 고니시군의 후미에 따라붙는 중이었다.

주막 안에는 7, 8명의 주객이 모여 있었는데 주민이다.

이곳은 왜군이 휩쓸고 지나지 않은 지역이라 불안한 기색이 감돌고는 있지만 평온했다.

그것은 현령이 자리를 지켰고 육방관속이 제 일을 했기 때문이다.

그리고 근처의 대찰(大刹)인 태원사에 승병 4백여 명이 모여 동쪽 진입로를 차단하고 있는 영향도 있다.

조병기는 서쪽 깊숙이 들어가 정탐을 하고 돌아온 것이다. 앞쪽에 앉은 조병기가 말을 이었다.

"야마시다는 고니시군의 중군(中軍) 소속으로 평양성 수비를 맡고 있습니다."

이곳에서 평양성까지는 200리(80킬로)로 하룻길이다.

이산이 고개를 끄덕였다.

"내일 평양으로 가자."

"그럼 오늘은 이곳에서 쉬시지요."

조병기가 일어서더니 주막 서방한테 다가갔다. 주막 서방한테 말해서 방을 잡으려는 것이다.

저녁을 먹고 주막 뒷방에서 쉬고 있던 이산에게 조병기가 문지방에 걸터앉아 말했다.

"주인, 평양성에서 돌아다니려면 '통행증'이 필요합니다."

이산의 시선을 받은 조병기가 말을 이었다.

"통행증을 평양 아래쪽 순천현에서 발급하더군요."

"내일 아침 일찍 출발하자."

"주인."

조병기가 이산을 보았다.

"기노 님이 저한테 평양에서 묵을 곳을 알려주셨습니다."

"묵을 곳?"

"예, 기노 님이 이것을 보이면 된다고 하더군요."

조병기가 소매 안에서 은전 하나를 꺼내 내밀었다.

은전 표면에 가등청정(加藤清正)이라는 한자가 박혔고 뒷면에 三(삼) 자가 있다.

가또 기요마사의 증표다.

"이런."

은전을 본 이산이 쓴웃음을 지었다.

"이 정도면 조선은 왜인 세상이 다 되겠구나."

"철저하게 준비를 한 겁니다."

조병기가 한숨까지 쉬었다.

"조선은 곧 망하겠습니다."

"망하거나 말거나 내가 임금 덕 본 일 없으니까 상관없다."

"주인."

"뭐냐?"

조병기가 불러놓고 외면했기 때문에 이산이 이맛살을 찌푸렸다.

"왜 불렀느냐?"

그때 조병기가 이산을 보았다.

"주인, 야마시다를 베고 나서 뭘 하실 겁니까? 기노 님께서는 저한테 꼭 연락하라고 하십니다."

"허! 밀정 대장이 재빠르게 나한테도 밀정을 박아놓았구나."

"기노 님은 주인께서 가또 님의 수하가 되시면 중용(重用)되실 것이라고 했습니다."

"흥!"

"가또 기요마사는 일본 관백 도요토미 히데요시의 총애를 받는 가신(家臣)입니다. 고니시 유키나가와는 경쟁 관계지요."

"흥!"

"주인, 코웃음 치실 일이 아닙니다."

"히데요시가 말 부리는 종 출신이었다면서?"

"예, 젊었을 때는 오다 노부나가의 마구간지기였고 아침마다 오다의 신발을 가슴에 품고 있었다고 합니다."

"신발을 훔친 거야?"

"아닙니다. 신발을 덥혀서 오다가 발이 시리지 않도록 한 것입니다."

"미친놈."

"히데요시는 일자무식이어서 글도 모른다고 합니다. 그런데도 일본 천하를 통일했지요."

"……."

"주인, 가또 님 휘하에 들었다가 독립해서 영주가 되시지요."

"내가 가또의 신발을 가슴에 품고 있으란 말이냐?"

불쑥 물었던 이산이 곧 얼굴을 누그러뜨리며 웃었다.

"두고 보자, 난세에는 내일 일도 알 수가 없으니까."

그런데 한 시진도 안 되어서 일이 터졌다.

해시(오후10시) 무렵이다.

안쪽 주막이 술렁거리더니 곧 뒷방 문 앞에서 인기척이 일어났다.

사내의 목소리가 울렸다.

"손님, 주무시오?"

문 쪽에 누워 있던 조병기가 벌떡 상반신을 일으켰을 때 사내가 다시 물었다.

"의병이오. 문 좀 여시오."

조병기가 문을 열었다. 방의 불을 꺼놓았기 때문에 밖에서는 안이 보이지 않을 것이다.

몸을 일으킨 이산은 마당에 서 있는 사내들을 보았다.

의병이라면 태원사의 승병일 텐데 모두 상투를 틀었고 상민 차림이다. 제각기 손에 창과 칼을 들어서 분위기가 거칠다.

그때 조병기가 문을 가로막듯이 서서 묻는다.

"의병이 무슨 일이오?"

"우리는 현에서 나온 의병이오."

사내 하나가 한 걸음 나서면서 말을 이었다.

"어디서 온 손님이오? 호패를 봅시다."

"호패라……."

조병기의 얼굴에 쓴웃음이 떠올랐다.

"요즘 호패 지니고 다니는 사람이 있소? 여기는 유별난 고을이네."

"네 이놈! 너 왜적의 밀정이지?"

외침이 일어났기 때문에 조병기의 얼굴에서 웃음이 지워졌다.

유별난 고을이다, 주막에서 왜적 밀정을 색출하다니. 왜군으로 조선 8도가 덮였는데.

"이놈, 방에 있는 한 놈도 밖으로 나오너라!"

다시 사내가 소리친 순간이다.

이산이 밖으로 나왔다. 조병기를 젖히고 마루 끝에 선 이산이 사내들을 내려다보았다. 주위가 조용해졌고 이산의 목소리가 울렸다.

"관군 의병이라고 했나?"

"그렇다. 호패를 보자."

사내 하나가 한 발짝 다가섰는데 이미 손에는 장검을 들고 있다.

사내들은 모두 5명. 그리고 또 있다. 뒤쪽 싸리나무로 만든 담장 사이로 보이는 인기척이 서너 명이다. 그때 이산이 고개를 돌려 조병기에게 말했다.

왜말이다.

"이놈들은 왜군의 용병이다."

"옛, 정말입니까?"

놀란 조병기가 왜말로 물었다.

"관군 의병이라고 하지 않았습니까?"

"봐라, 저놈들 표정을."

이산이 턱으로 사내들을 가리켰다.

"당황하고 있지 않느냐?"

조병기가 사내들을 보았다.

과연 그렇다. 앞장선 사내는 칼을 늘어뜨리고 있다. 그때 고개를 든 이산이 사내에게 물었다.

"이제는 우리 본색을 알았느냐?"

사내가 어깨를 늘어뜨렸다.

"누, 누구십니까?"

이산이 이제는 조선말로 말한다.

"먼저 너희들의 본색을 밝혀라."

"우리는 고니시 님의 중군 대장인 야마시다 님 휘하의 의병입니다."

"그렇군."

그때 조병기가 나섰다. 어깨를 부풀린 조병기가 유창한 왜말로 묻는다.

"너희들의 수괴가 누구냐?"

"죄송합니다."

사내가 쩔쩔매면서 조선말로 대답했다.

"저희들이 왜말을 모릅니다."

"이런 개 같은."

조병기가 발로 마루를 굴렀다.

"너희들 때문에 우리 본색이 탄로났다. 너희들 수괴가 누구냐?"

조선말로 소리치자 사내가 대답했다.

"제가 온성현의 왜군 의병 대장입니다."

"우리는 가또 님 휘하 전령이야!"

"예, 나리."

"다 베어 죽이기 전에 꺼져!"

"예, 나리."

고개를 깊게 숙인 사내가 몸을 돌리자 수하들도 숨소리까지 죽인 채 사립문 밖으로 사라졌다.

"왜군 의병이 있다니요."

둘이 남았을 때 조병기가 어이없다는 표정을 짓고 이산을 보았다.

"이곳은 안전한 곳인 줄 알았는데 오히려 왜군의 소굴이었습니다."

"그렇다면 현령이나 관속들도 내통하고 있을 것이다."

이산이 말을 이었다.

"태원사에 있다는 승병들도 의심이 되는군."

고개를 든 조병기가 주위를 둘러보았다.

"뱀의 굴에 들어온 것 같습니다."

깊은 밤이다.

이번 소동을 다 들은 앞쪽 주막 식구들도 숨을 죽이고 있을 것이다.

"무엇이? 가또 님의 전령이라구?"

놀란 이문성이 눈을 치켜떴다.

현령 이문성은 정4품 문관으로 42세. 고니시에게 투항한 후에 온성현을 왜군의 기지로 만들었다. 육방관속까지 모두 왜군의 일당이 된 것이다.

이문성은 관속 외에 형방 비장 소속으로 관(官)의 의병을 만들었는데 숫자가 3백여 명이 되었다. 그때 배석규가 대답했다.

"예, 둘이 다 왜말에 유창했습니다."

"가또 님 전령이 왜 이곳을 지날까?"

"그럴 수도 있지요."

주막을 덮쳤다가 이산에게 망신을 당한 배석규가 말했다.

"이곳이 평양으로 가는 통로니까요."

"가또 님 측에서도 이곳이 고니시 님 영역이라는 건 알고 있을 게야."

그렇게 자위한 이문성이 입맛을 다셨다.

"가또 님도 함경도에 이런 고을을 만들어놓았을 테니까."

"주인, 어쩌시려는 것입니까?"

담장에 붙어선 조병기가 이산에게 물었다.

둘은 현청의 담장에 붙어 서 있었는데, 어둠에 덮인 주위는 조용하고 인적도 없다. 그때 이산이 말했다.

"나는 저런 놈은 살려두고 싶지 않다."

이산의 두 눈이 번들거렸다.

"내가 이씨 조정(朝廷)을 위해서 이러는 게 아냐. 그렇다고 백성을 위한 것도 아니다."

"……."

"조정(朝廷)의 녹을 먹으면서 배신하는 관리 놈이 싫을 뿐이다."

"……."

"내 외조부도 저런 관리 놈에게 당했어."

담장에서 몸을 뗀 이산이 조병기를 보았다.

"넌 마을 입구의 정자에서 기다려라."

사랑채 앞으로 다가간 이산이 곧 옆쪽 벽에 몸을 붙였다.

집 안에서 인기척이 난다. 사랑채는 가운데의 마루방 좌우로 방이 2개씩 붙은 구조다. 방 세 곳에서 인기척이 났는데, 맨 안쪽 방이 안방이다. 현령의 침소인 것이다.

그러나 마루방을 통과하려면 좌우의 방을 거쳐야 한다. 경호 무사들의 숙소다.

이윽고 이산이 마루 위로 올랐다. 마루방을 세 발짝 걸었을 때 곧 우측 방문이 열리면서 사내 하나가 나왔다. 빈손이다. 자다가 나온 것이다.

"누구냐?"

불도 켜지 않은 마루방은 어둡다. 사내가 낮게 물은 것은 안방의 현령을 의식했기 때문이다.

이산은 이미 담장 안팎에서 경비하던 무사 셋을 베어 죽이고 온 참이다. 그래서 거침없이 마루에 올라온 이산을 동료로 안 것이다.

그 순간 이산의 칼이 날았고 성대를 잘린 사내가 쓰러졌다.

"쿵!"

머리와 몸통이 마루에 부딪히는 소리가 요란하게 울렸다. 그 순간 이산이 안방문을 열어젖히고 뛰어들었다.

누워있던 현감은 소음에 놀라 몸을 일으키는 참이었다. 한걸음에 다가간 이산이 칼을 휘둘러 현령의 목을 쳤다. 그대로 머리통이 떨어진 현감의 몸통만이 앉아 있는 것을 둔 채 이산은 밖으로 뛰쳐나왔다.

그때는 이미 양쪽 방에서 경호 무사들이 뛰쳐나온 후다.

모두 넷.

넷은 모두 장검을 쥐었다.

이산이 뛰쳐나오자마자 앞에 선 사내가 칼을 내려쳤다.

"쨍!"

몸을 비튼 이산이 칼등으로 칼날을 막았다.

다음 순간 사내가 발길질을 했는데 이산이 발을 들어 사내의 떠 있는 종아리를 차올렸다. 그때 옆쪽 사내의 칼이 빈틈을 가르면서 이산의 옆구리를 후려쳤다. 이산이 한 발짝 옆으로 피하면서 칼로 세 번째 사내를 내려쳤다.

"악!"

세 번째 사내의 어깨가 갈라지면서 처음으로 비명이 터졌다.

"에익!"

분이 난 첫 번째 사내가 두 번째 칼질로 이산의 가슴을 곧장 찔렀을 때다. 이산이 몸을 틀면서 네 번째 사내의 머리통을 내려쳤다.

"으악!"

좁은 마루방 안이어서 이쪽저쪽으로 몸만 비틀고 있던 네 번째 사내가 등에 칼을 맞고 신음을 뱉었다.

사방 20자(6미터) 규모의 마루방 안이다. 이곳에서 다섯 명이 제각기 3자(90센티) 길이의 장검을 휘두르고 있다.

칼질을 한 사내는 이산을 포함해서 셋. 이산은 2번 칼을 내려쳐 둘을 베었다. 그 때 공간이 생겼고 첫 번째 사내가 번쩍 칼을 치켜들었다. 그 순간 이산이 허리에 끼워 놓았던 소도(小刀)를 빼내자마자 던졌다.

"억!"

소도가 사내의 목에 깊숙이 박힌 순간 이산이 몸을 날렸다. 두 번째 사내는 칼을 겨눈 채 주춤거리던 중이다. 놀란 사내가 당황해서 칼끝이 불쑥 오른 순간이다. 이산의 칼이 곧장 사내의 가슴에 박혔다.

"억!"

단말마적 비명.

칼을 뽑아낸 이산이 몸을 돌렸다. 첫 번째 사내의 목에 박힌 소도(小刀)를 빼내면서 다른 손에 쥔 장검으로 심장을 찔러 숨을 끊었다.

대살육이다.

현령과 사랑채 안의 경호무사 넷, 그리고 사랑채 주변의 경호원 셋, 모두 여덟을 죽이고 온성현 현청 관사를 무덤으로 만들었다.

"주인, 밤새도록 걸어야겠습니다."

깊은 밤.

산길을 타고 가면서 조병기가 말했다.

"대동강에서 배를 타고 건너야 합니다."

이산은 잠자코 발을 떼었고 조병기가 말을 이었다.

"온성현에서 현령까지 참살당했다는 소문이 금세 퍼질 테니까요."

조병기가 앞을 가로막는 잡초를 헤치면서 이산을 돌아보았다.

"주막 주인 내외가 소문을 낼 겁니다."

"그런 걱정할 것 없다."

이산이 말을 이었다.

"내가 너 만나기 전에 주막에 들렀다."

"……."

"주인 내외 입을 막고 온 거다."

조병기가 숨을 들이켰고 이산은 더 이상 입을 열지 않았다.

평양성 안.

대동문 근처의 저택에서 야마시다가 부장 사꾸마에게 말했다.

"이봐, 향도증 발급을 제한해야겠다. 향도가 된다는 놈들이 너무 많아."

"알겠습니다."

사꾸마가 고개를 끄덕였다.

"우리가 발급한 것이 3천 장이 넘습니다. 조선군 밀정들이 향도증을 받아간다는 소문도 있습니다."

"그럴 가능성이 있어."

미간을 좁힌 야마시다가 사꾸마를 보았다.

"이천에서 행재소로 가던 유근수가 우리 측에 의해 살해되었다는 것도 미심쩍어. 도대체 어떤 놈이 그랬단 말인가?"

"가또 님 측에서도 밀정대를 운용하고 있으니 알 수 없지요."

"가또 님 측은 우리를 의심하는 모양이야."

사꾸마가 입을 다물었다.

야마시다는 선봉대장에서 물러난 후에 이제는 중군 소속으로 후방 작전 및 정보 업무를 맡고 있다.

고개를 든 야마시다가 사꾸마를 보았다.

"기무라를 불러라."

기무라는 44세.

고니시의 밀정대장으로 부산포 왜관에서 10여 년을 지낸 인물이다. 7, 8년 전부터 고니시의 밀명을 받고 조선 각 지역을 수십 번 여행했다. 지도까지 제작한 공로로 2백 석 녹봉까지 받는 무사 계급이 되었다.

야마시다의 앞에 앉은 기무라는 조선인 양반 차림이다. 말총 갓을 썼고 도포까지 입었다.

"이봐, 기무라. 그 선전관 놈은 아직 찾지 못했나?"

"예, 야마시다 님."

기무라가 긴 얼굴을 들고 야마시다를 보았다.

"조선 조정에서 각 지방 수령, 하다못해 의병대에까지 수배령을 내렸습니다."

기무라가 말을 이었다.

"잡히면 바로 금부도사가 내려가 참형할 겁니다."

"이번에 유근수를 암살한 놈이 누구라고 생각하나?"

"글쎄요. 왜말을 썼다는데 그것이 의문입니다."

"유근수는 가또 님과 불편한 사이였나?"

"그건 모르겠습니다만."

고개를 기울인 기무라가 말을 이었다.

"가또 님 밀정대장은 기노라는 여자입니다. 저보다 연하인데 유근수하고도 밀접한 관계로 알고 있습니다."

"이천에 새 집정으로 유성룡이 갔지 않나?"

"예, 유성룡은 유근수보다 중량감이 있는 인물이어서 인빈도 함부로 못 하는 것 같습니다."

그때 야마시다가 정색하고 말했다.

"명군이 남하하기 시작했으니 앞으로는 명군과의 전쟁이 될 거야. 조금 골치가 아프게 되었어."

그때 나갔던 사꾸마가 서둘러 들어섰다.

"주군, 온성현령이 어젯밤 피살되었습니다!"

상기된 얼굴로 말한 사꾸마가 앞쪽에 앉았다.

"밤에 괴한이 가택으로 침입해서 경호무사까지 여덟을 죽였습니다."

눈만 크게 뜬 야마시다에게 사꾸마가 말을 이었다.

"주막 주인 내외도 살해되었는데 의병들의 말을 들으면 가또 님의 전령이 주막에 묵었다가 사라졌다는 것입니다."

"가또 님?"

갈라진 목소리로 물은 야마시다의 눈이 흐려졌다.

"전령이 주막에 묵었다고?"

"예, 둘이라고 했습니다."

"둘?"

"예, 지금 의병단이 혼란에 빠져 있습니다. 죽은 경호원 중에 의병대장도 끼어있기 때문에……."

그때 야마시다가 혼잣소리처럼 말했다.

"그놈인가?"

"누구 말씀입니까?"

야마시다가 사꾸마를 보았다. 다시 눈이 흐려져 있다.

"그놈. 잠깐 잊고 있었던 그놈 말이다."

순간 사꾸마가 숨을 들이켰다.

뒤를 쫓던 조선 검객, 야마시다의 진막에서 죽은 여자의 친지.

그놈이 다시 나타났는가?

기노가 온성현령 이문성의 피살 소식을 들었을 때는 유시(오후 6시) 무렵이다.

야마시다보다 늦게 들은 것은 온성현이 고니시 관할이었기 때문이다. 물론 이문성과 육방관속, 왜군 의병 또한 제1번대 소속인 것이다.

"이산 님이 지나간 곳입니다."

기노의 심복 하라다가 말했다.

"후방을 관리하는 야마시다에게 보고가 올라갔을 것입니다."

"피바람을 몰고 가는군."

기노가 혼잣소리처럼 말했다.

"유근수에 이어서 온성현의 참극이 동일인의 소행인 줄 알까?"

"아직 알 리는 없겠지요."

"지금쯤 평양에 닿았을지 모르겠다."

기노의 눈에 초점이 잡혔다.

2장
양반 의병, 천민 의병

이천의 분조(分朝).

청 안에서 세자 광해가 새 집정으로 온 유성룡과 마주 앉아 있다.

좌우에는 분조의 신하들이 벌려 앉아 있었기 때문에 제법 엄숙한 분위기다.

진시(오전 8시) 무렵.

흐렸던 날씨가 오늘은 맑다.

유성룡은 1542년생이니 51세.

왜란이 발발하자 임금을 따라 의주까지 갔다가 이곳에 온 것이다.

유성룡은 영의정까지 지낸 정승이니 유근수는 비교가 안 된다.

인사를 마친 유성룡이 광해에게 말했다.

"저하, 좌우를 물리쳐 주시지요."

둘만의 독대를 하겠다는 말이다. 그러고는 유성룡이 주위를 둘러보았기 때문에 모두 위축되었다.

그때 광해가 고개를 끄덕였다.

"모두 물러가라."

그러자 신하들이 우르르 일어났을 때 광해가 다시 말했다.

"순찰사는 남으라."

최경훈을 지적했다.

셋이 남았을 때 유성룡이 광해에게 말했다.

"유근수 대감이 태음현에서 피살되었다는 소문을 들으셨지요?"

"들었습니다."

광해가 유성룡을 보았다.

"왜군의 소행이라고 하더군요."

"저도 그렇게 듣고 왔습니다."

유성룡이 말을 이었다.

"분조(分朝)의 모든 정보가 왜군 측에 전달되고 있다는 증거입니다."

광해의 시선이 최경훈에게 옮겨졌다. 그때 최경훈이 고개를 끄덕였다.

"예, 대감. 분조 안에 왜군의 밀정이 있습니다. 그리고……."

숨을 고른 최경훈이 유성룡을 보았다.

"유 대감의 행적이 밀정들에 의해서 파악되고 있었을 것입니다."

그때 유성룡이 길게 숨을 뱉었다.

"그것은 의주 행재소도 마찬가지요. 행재소의 기밀이 모두 왜군에게 새나가고 있소."

유성룡의 시선이 광해에게 옮겨졌다.

"선전관 이산이 도주한 것에 대해서 행재소에서 저하께 책임을 물을 것입니다."

"……."

"이산은 별장을 포함한 관리 셋을 죽인 혐의만으로 처형을 당해야 합니다."

"대감."

최경훈이 나섰다. 긴장으로 몸을 굳힌 최경훈이 유성룡을 보았다.

"유 대감은 왜군 밀정과 내통하고 있었습니다."

유성룡이 고개를 들었다.

"그 증거가 있나?"

"예, 자백을 받았습니다. 소인도 들었소."

"밀정을 잡았다는 말인가?"

"자백을 받고 죽였소."

그때 유성룡이 광해를 보았다.

"그것으로는 해명이 안 됩니다."

유성룡이 말을 이었다.

"저하, 소신이 이곳에 온 이유가 있습니다."

"……."

"유근수와는 달리 저는 이곳에 자원해서 온 것입니다."

유성룡의 두 눈이 번들거렸다.

"저하를 보호하기 위해서지요. 유근수처럼 인빈의 꼭두각시가 아닙니다."

순간 광해와 최경훈이 동시에 숨을 들이켰다.

그때 유성룡이 목소리를 낮췄다.

"저에게는 저하만이 조선의 희망이올시다. 지금 의주에서 명(明)으로 넘어가기만을 고대하시는 주상은 더 이상 희망이 없습니다."

"……."

"임금 주변에는 온통 제 목숨만 살려는 간신배들, 인빈의 치마폭을 잡고 쥐꼬리만 한 권세를 쥐려는 모리배만 득실거리고 있습니다."

유성룡의 눈에서 눈물이 흘러내렸다.

"난세올시다. 의지할 곳 없는 백성들은 오히려 왜군에 부역해서 잘살자고 하는 세상이 되었습니다. 임금이 백성을 버리고 국경까지 도망가 있는 상황을 다 알고 있기 때문이지요."

그때 최경훈이 손등으로 눈물을 씻었고 광해는 이를 악물었다.

이윽고 눈물을 닦은 유성룡이 말했다.

"저하, 조선보다 백성을 더 살펴주시옵소서. 백성이 있어야 조선이 잔명을 보존할 수 있나이다."

평양성.

남문 근처의 민가 방 안에서 이산이 고 서방에게 물었다.

"야마시다의 숙소는 어딘가?"

"예, 왜군은 다 압니다. 서문(西門) 근처의 서른 칸짜리 기와집인데 전(前) 판서의 집이었지요."

고 서방이 바로 대답했다.

고 서방은 가또의 밀정으로 거간상이다. 왜군이 침입해 오자 제 세상을 만난 것처럼 설치는 중이다.

어젯밤에 고 서방의 집에 도착한 이산과 조병기는 안방을 차지하고 있다.

이번에는 옆쪽에 앉은 조병기가 물었다.

"고 서방, 자네는 향도증이 있지 않나?"

"예, 있지요."

"우리는 드러내 놓고 다닐 입장이 못 되어서 그러는데, 야마시다 님 숙소의 경비 상태를 알아봐 주게."

"그러지요."

선선히 대답한 고 서방이 자리에서 일어섰다.

고니시와 가또 간의 관계는 경쟁을 넘어 적이나 같다는 것을 고 서방도 아는 것이다.

고 서방이 방을 나갔을 때 조병기도 따라서 일어섰다.

"저도 나가서 민심을 살펴보고 오겠습니다."

사시(오전 10시) 무렵이다.

동쪽으로 함경도 북단까지 북상해 있던 2번대장 가또 기요마사에게 전령이 달려왔을 때는 오시(낮 12시) 무렵이다.

"주군, 임해군과 순화군 두 왕자를 회령에서 잡았습니다."

전령이 소리쳐 말했기 때문에 가또는 깜짝 놀랐다.

"뭣이? 누가 잡았느냐?"

"예, 그것이……."

전령 장수가 이마에 밴 땀부터 닦았다.

회령은 함경도 최북단이다. 가또는 고니시와 함께 함경도로 파견된 두 왕자를 쫓고 있었다.

전령 장수가 고개를 들고 가또를 보았다.

"예, 조선인입니다."

"조선인?"

"예, 회령부의 아전 국경인이란 자가 왕자들을 잡았습니다."

"흥. 어쨌든 잘됐다."

쓴웃음을 지은 가또가 버럭 소리쳤다.

"말을!"

질풍처럼 말을 달린 가또 기요마사가 회령부에 닿은 것은 유시(오후 6시) 무렵이다.

장수들의 안내를 받은 가또가 청으로 들어서자 묶여 있던 두 왕자가 끌려 일어섰다. 둘 다 상투가 틀어졌고 옷이 찢어진 부랑자 행색이다.

"저런!"

눈을 치켜뜬 가또가 뒤를 따르는 역관에게 버럭 소리쳤다.

"내 말을 그대로 통역해!"

"옛!"

긴장한 역관이 소리쳐 대답했을 때 가또가 목소리를 더 높였다.

"어떤 놈이 왕자들을 저렇게 묶었느냐?"

역관의 조선어가 청을 울렸다. 왕자들에게 다가간 가또가 두 손을 모으고 공손하게 말했다.

"가또 기요마사라고 합니다."

임해군, 순화군은 뒤에서 묶인 밧줄을 푸는 상황이라 어리둥절한 상태다.

역관의 말을 들은 임해군이 당황한 목소리로 대답했다.

"임해군이오."

"순화군입니다."

왕자들의 대답을 들은 가또가 고개를 숙였다.

"부하들이 예의를 지키지 못했습니다. 사과드립니다."

"아니오."

가또 기요마사는 왜군 중에서도 가장 무자비하고 난폭한 장수라고 소문이 났다. 두 왕자의 두려운 표정도 아직 가시지 않았다.

그때 가또가 말을 이었다.

"두 분은 지금부터 제 귀빈이십니다. 성의껏 모시겠습니다."

가또가 다시 고개를 숙였다.

가또 기요마사는 당시 31세.

일본의 지배자 도요토미 히데요시의 심복이며 친척이기도 하다. 가또의 어머니가 히데요시의 생모와 육촌 사이여서 어려서부터 히데요시가 키웠기 때문이다.

고니시도 히데요시의 시동 출신으로 함께 자랐지만 어려서부터 경쟁 관계다.

고니시가 천주교 신자인 것과 반대로 가또는 독실한 불교 신자다.

청을 나온 가또가 두 왕자를 잡은 회령부 아전 국경인을 만난다.

국경인(鞠景仁)은 두 왕자와 종신(從臣)인 김귀영, 황정욱 등 7명을 함께 잡았다. 일망타진한 것이다.

"잘했어."

가또가 웃음 띤 얼굴로 국경인을 치하했다.

회령 부윤의 사랑채 안이다.

"그대의 무리가 몇이나 되나?"

"2백여 명이 됩니다."

어깨를 편 국경인이 대답했다.

국경인은 본래 전주 사람이나 죄를 짓고 회령에 귀양을 온 인간이다. 그러나 언변이 좋고 이재에 밝아서 죄가 풀렸어도 회령에 남아 재산가가 되었다. 아전을 하면서 재산이 수십 배로 늘어난 것이다.

그때 가또가 말했다.

"그대를 회령 부사로 임명하겠다. 그러고 나서 곧 함경 감사를 시켜주마."

고니시와의 영향력 경쟁인 것이다. 조선 땅뿐만 아니라 조선의 관리도 장악해야 된다. 조선 인구의 절반 이상이 되는 천민은 이미 왜군 편이다.

일본 왕 히데요시가 말 부리는 종 출신이었다는 말을 들은 천민이 혹하지 않을 리가 없다.

임금이 도망쳤을 때 백성들이 가장 먼저 한 일이 노비 관리를 했던 장예원과 형조 건물에 불을 지른 것이 그 증거다.

술시(오후 8시)가 되었을 때 고 서방이 돌아왔다.

고 서방은 고니시군이 발급한 통행증도 2장 가져와 내밀었다.

"통행증 발급하는 향도를 잘 압니다. 이 통행증은 밤에도 사용할 수 있습니다."

"야마시다 숙소는 돌아보았나?"

이산이 묻자 고 서방이 넓은 얼굴을 펴고 웃었다.

"야마시다 얼굴까지 보고 왔습니다."

옆쪽에 앉았던 조병기까지 다가앉았고 고 서방이 말을 이었다.

"저택은 33칸짜리로 정원이 2개나 있는 데다 후원에는 연못도 갖췄습니다. 하지만 뒤쪽이 바로 대나무 숲이더군요."

고 서방이 곧 소매 안에서 접힌 종이를 꺼내 펼쳤다. 약도를 그려온 것이다.

"야마시다는 저택을 지휘부로 사용하고 있어서 안에 1백여 명의 장수, 군사가 머물고 있습니다."

고 서방이 손끝으로 맨 뒤채 왼쪽 방을 가리켰다.

"뒤채가 야마시다의 숙소입니다. 뒤채는 방이 5개, 오른쪽 방 3개가 경호병 숙소인 것 같습니다."

"수고했어."

이산이 치하했다.

"이만하면 충분해."

"야마시다를 만나실 겁니까?"

"응, 나와 해결할 일이 있어."

고 서방이 눈을 가늘게 떴다.

"물론 이 일은 가또 님 지시겠지요?"

"그렇지만 그대는 입 다물고 있는 것이 이로울 것이네."

"여부가 있습니까?"

어깨를 늘어뜨린 고 서방의 눈이 흐려졌다.

"그럼, 두 분이 들어가시는 것이군요?"

"아니. 나 혼자네."

이산이 눈으로 조병기를 가리켰다.

"이 사람은 그대와 함께 이곳에 있을 거네."

"주인은 마치 밤마실을 가는 한량처럼 보이십니다."

고 서방이 나갔을 때 조병기가 굳은 얼굴로 말했다.

"이번 일은 다른 경우와 다릅니다. 적진 깊숙이 들어온 데다 경비 태세가 철통 같을 것입니다."

"인연을 다 끝내는 것이지."

상체를 반듯이 편 이산이 쓴웃음을 지은 얼굴로 조병기를 보았다.

"나에게 왜군의 조선 침탈은 별 의미가 없어. 내 어머니를 잔혹하게 살해한 놈을 제거하면 끝나는 일이야."

"주인, 살아 돌아오시면 생각이 달라지실 것입니다."

"난 생사(生死)는 이미 초월했다."

이산이 천천히 고개를 끄덕였다.

"하지만 난세(亂世)다. 내일 일은 알 수가 없는 법이지."

밤.

자시(밤 12시)가 지나면서 저택은 조용해졌고 오가던 군사들이 사라졌다. 모퉁이마다 횃불이 붙어 있고 서너 명의 경비병이 모여 있다.

오늘 밤은 흐리다. 습기가 덮여서 후텁지근한 날씨다.

대숲에서 나온 이산이 담장 밑에 섰다.

이곳은 밖에 경비병이 좌우 끝 쪽에 한 명씩뿐이다.

이산은 두건을 썼고 등에는 장검을 메었는데 허리춤에 왜병한테서 빼앗은 소도(小刀)를 끼웠다.

담장 높이는 10자(3미터).

잠깐 담장 위를 올려다본 이산이 껑충 뛰어오르면서 담장 끝을 두 손으로 움켜쥐었다. 그러고는 두 발로 담장을 차면서 몸을 비틀어 담장 위로 뛰어올랐다.

몸이 담장 위에 사뿐하게 얹혔을 때 이산이 안쪽으로 굴러떨어졌다. 이산의 두 발이 땅바닥에 닿은 순간 한쪽 손이 땅바닥을 치면서 상반신이 세워졌다.

담장 앞은 후원으로 연못 건너편이 뒤채다.

뒤채의 불은 다 꺼졌기 때문에 이산은 담장에 붙어선 채 주위를 둘러보았다. 그 순간 이산의 눈빛이 강해졌다.

연못 뒤쪽의 바위 뒤에 사내 하나. 그리고 뒤채의 좌우 벽에 붙어선 사내 두 명. 뒤쪽에는 셋이 경비를 서고 있다.

달도 없는 흐린 밤이다.

이산이 담장에 붙은 채 왼쪽으로 발을 떼었다.

거리는 20보 정도.

뒤채의 벽에 붙어선 사내는 얼굴을 옆쪽으로 향한 채 팔짱을 끼고 서 있다.

장신. 두건을 썼고 허리에 장검을 찼다. 턱수염이 짙어서 멀리서도 표시가 난다. 사방이 어둠에 덮여서 사물 윤곽이 흐리기는 하지만 구별이 된다.

어느덧 거리가 10보로 가까워졌다.

발끝을 움직여 그쪽으로 다가가던 이산이 숨을 멈췄다.

사내가 이쪽을 주시하고 있다. 사내의 눈이 이쪽을 향한 채 움직이지 않는다.

거리는 이제 7보.

숨결이 느껴질 만한 거리다.

짙은 어둠 속이었지만 사내의 턱수염도 선명하게 드러났다. 사내와 시선을 마주친 것은 찰나다. 그저 눈 깜빡하는 순간이었다.

이산과 사내가 동시에 달려들었다. 날아올랐다는 표현이 맞을 것이다, 둘 다 껑충 뛰어올랐으니까.

이산은 뛰어오르면서 등에 멘 장검을 후려치듯이 뽑아 내려쳤다. 동시에 뛰어오른 사내도 허리에 찬 칼을 뽑았다.

칼바람이 와락 일어났다. 검풍(劍風)이 휘몰아치면서 검기(劍氣)가 덮였다.

그 순간 이산의 소맷자락이 밑동에서 '썩' 베어졌다. 사내의 칼날이 베고 지나간 것이다. 동시에 이산의 칼날이 사내의 팔을 베었다.

"악!"

칼을 쥔 팔목이 잘린 사내의 입에서 낮은 신음이 터졌다. 동시에 둘의 발이 땅바닥에 닿았다. 이산이 몸을 비틀어 중심이 흔들린 사내의 옆구리에서 어깨까지 베어 올렸다.

"으윽!"

상체가 거의 두 조각으로 절단된 사내의 입에서 다시 신음이 터졌다.

그때다.

옆쪽 방에서 외침이 일어났다.

"괴한이다!"

집 안의 경호군 같다.

이산은 곧장 집 안으로 달려 들어갔다. 오히려 외침이 울린 쪽으로 내달린 것이다.

다섯 보를 뛰었을 때 이쪽으로 달려오는 사내하고 부딪쳤다.

바로 뒤채의 토방이다.

곧장 달려온 이산이 칼을 치켜들었을 때 사내가 불쑥 장검을 내질렀다. 기다리고 있었다.

"엣!"

사내의 기합이 마당을 울렸다.

그 순간이다.

이산이 손에 쥐고 있던 주머니를 던졌다. 그 순간 사내의 장검은 이산의 겨드랑이 사이로 빠져나갔고 주머니는 사내의 얼굴에서 터졌다.

"으악!"

사내의 비명이 뒤채를 울렸다.

주머니 안에 고춧가루가 들었다. 기노가 암습용으로 고춧가루 주머니 10여 개를 주고 간 것이다. 그 순간 이산의 칼이 사내의 목을 쳤다.

"여기다!"

그때 왜말 외침이 울리면서 뒤채 옆쪽에서 두 사내가 달려왔다. 사내 하나가 앞장을 섰고 하나가 뒤를 따른다. 그때 뒤채 안쪽 방에서 불이 켜졌다.

야마시다의 침실이다.

그 순간 이산이 청으로 뛰어올랐다. 단 세 걸음에 침실로 달려간 이산이 발길로 문을 차 열었다. 문짝이 부서지면서 불을 켠 방 안이 드러났다.

야마시다, 야마시다가 보인다. 잠옷 차림의 야마시다가 손에 장검을 쥐고 서 있다.

장신.

두 눈을 치켜뜬 야마시다와 이산의 시선이 마주쳤다.

"이놈!"

갑자기 뒤에서 외침이 울렸다. 어느새 경호원 하나가 청으로 뛰어오르는 중이다. 그 순간 이산은 방 안으로 뛰어들었다.

"에잇!"

기합 소리와 함께 야마시다의 칼날이 날아왔다. 이산이 칼을 들어 칼날을 막았다. 엄청난 검세(劍勢)다.

"쨍!"

날카로운 쇳소리와 함께 둘의 몸이 와락 밀착되었다.

"이놈!"

뒤에서 외침이 울리면서 경호원이 방 안으로 뛰어들었지만 칼을 휘두르지는 못한다. 그 순간 이산이 야마시다를 밀면서 팔을 뻗어 멱살을 움켜쥐었다.

"엑!"

이산의 기합 소리와 함께 야마시다의 몸이 '훌떡' 뒤집히면서 방바닥에 넘어졌다.

"쿵!"

야마시다가 넘어지는 순간에도 칼을 휘둘렀지만 허공을 베었다. 그 순간 경호원의 칼날이 날아왔다. 빈틈을 노린 칼날이 이산의 허리를 벤 것이다.

그러나 이산이 몸을 비틀어 칼을 피하면서 경호원의 가슴을 찔렀다.

전광석화 같은 움직임이다.

"으악!"

처절한 비명이 방 안에 울렸다.

다음 순간 또 한 명의 경호원이 뛰어들었지만 이산의 칼이 날아서 막 상체를 일으키려는 야마시다의 뒷머리를 쳤다.

"윽!"

칼등으로 뒷머리를 맞은 야마시다가 털썩 쓰러졌다. 그때 이산이 칼을 고쳐 쥐었다.

"이놈! 네가 살아나갈 것 같으냐!"

앞에 선 경호원이 버럭 소리쳤다.

덤비지 못한 것은 이산이 야마시다의 등을 발로 밟고 서 있기 때문이다. 이산이 칼로 찍으면 순식간에 죽는다.

이산이 두 손으로 칼을 움켜쥐었다.

침실 안이다.

방 안에는 지금 넷이 들어와 있다.

이산과 경호원 셋.

야마시다는 기절한 채 방바닥에 엎드려 있다. 그리고 방 밖의 마루에 경호원 둘. 그리고 그 뒤쪽에 경호병 넷. 마루방에 올라온 경호병이다. 그리고 마당에는 소동에 달려온 군사가 10여 명이다.

그때 이산이 왜말로 소리쳤다.

"나는 야마시다를 죽이려고 왔다!"

이산의 목소리가 어둠에 덮인 정원까지 울려 퍼졌다.

"보라!"

벽력처럼 소리친 이산이 칼을 휘둘러 엎어져 있는 야마시다의 목을 쳤다.

그것을 본 경호원들이 숨을 들이켠 순간이다.

이산이 몸을 날려 앞쪽의 경호원을 쳤다.

이산이 칼을 휘두른다.

막아선 경호원을 후려치면서 방을 뛰쳐나왔을 때 칼 빛이 번쩍였다. 칼날이 날아 이산의 등을 찢었다. 옷자락이 갈라졌다.

"에잇!"

밖에서 대기하던 경호원 넷은 당황했다.

제각기 칼을 고쳐 쥐고 정면에 선 둘이 동시에 칼부림했지만 빗나갔다. 서로 조심했기 때문이다.

그 칼날의 사이로 이산이 빠져나왔지만, 이번에는 어깨를 칼끝이 베고 지나갔다.

"으윽!"

신음이 울린 것은 둘 중 하나의 옆구리를 이산이 베었기 때문이다. 단숨에 청을 빠져나온 이산이 마당으로 뛰어내렸다.

이곳에는 10여 명이다.

"잡아라!"

뒤에서 외침이 울리면서 사내들이 따라붙는다. 이산이 앞을 가로막는 왜병의 어깨를 내려쳤다.

"으악!"

처절한 비명이 울렸지만 곧장 발을 뗀 이산의 칼이 두 번째 왜병의 가슴을 찌르고는 담장을 향해 두 발짝을 더 달렸다.

이제 담장과의 거리는 10보.

"이놈!"

뒤에서 일어나는 칼바람보다 늦게 기합이 울렸다.

머리를 젖혔지만 칼끝이 두건을 베는 바람에 복면까지 다 벗겨졌다. 이산의 얼굴이 다 드러났다.

그러나 다시 세 발짝을 더 뛰면서 칼을 휘둘러 왜병 하나를 더 베었고 왜병이 내지른 창끝이 허리의 옷을 찢고 지나갔다.

"에익!"

두 발짝을 더 달리면서 휘두른 칼날에 왜병 하나가 소리도 지르지 못하고 엎어졌다. 엎어지다가 옆쪽 왜병의 칼질을 몸으로 막아준 셈이 되었다.

다시 뒤쪽에서 칼바람이 일어난 순간, 이산이 힘껏 도약했다.

앞쪽 담장을 향해서다.

안악산에서 바위 사이를 뛰던 그 다리가 사슴처럼 도약했다. 축지법은 말만 그렇지 실행은 안 된다. 단련해야 된다.

그 순간 이산의 몸이 담장으로 날아올랐다.

옆쪽 담장은 높이가 10자(3미터)가 넘는다. 다음 순간 이산의 발이 담장 윗부분에 닿았고 반동을 받은 몸이 허공으로 솟아오르면서 한 바퀴 돌았다.

그러더니 발이 담장 끝에 닿는 순간 어둠 속으로 사라졌다.

고니시의 진막 안.

축시(오전 2시) 무렵.

침상에서 상반신만 일으킨 고니시에게 호위장 오카다가 입을 열었다.

"침소 안으로 침입한 괴한이 경호원 여덟을 죽이고 야마시다 님을 살해했습니다."

고니시가 눈만 치켜떴고 오카다가 말을 이었다.

"목격자가 10여 명이 되는데 범인은 일본인이었고 단신으로 침투했습니다."

"단신?"

고니시가 물었다.

"혼자란 말이냐?"

"예, 주군."

"혼자 쳐들어와서 야마시다를 죽였어?"

"예, 주군."

"일본인이었다고?"

"예. 일본어를 했다고 합니다."

그때 고니시가 눈썹을 모으고 오카다를 보았다.

"야마시다가 원한을 산 일이 있느냐?"

"조사해 보겠습니다."

"삼엄한 경계를 뚫고 단신으로 쳐들어오다니 보통 놈이 아니다."

"지난번 오가사와라가 진막 안에서 피습당한 적이 있습니다만 이것은 일본인입니다."

"그놈과 관련이 있을지도 모른다."

눈의 초점을 맞춘 고니시가 지시했다.

"찾아라. 그리고 야마시다는 병으로 죽은 것으로 해라."

가능한 일이다. 주변 목격자의 입을 철저히 막으면 된다.

만신창이다.

고 서방의 집으로 돌아온 이산의 몸을 말한다. 등을 베였고 어깨에 두 번, 허리에 한 번, 다리에 두 번 칼을 맞았다. 모두 경상이지만 온몸이 피범벅이 되어 있는 것이다.

방에 엎드린 이산의 몸에 약을 바르면서 조병기가 탄식했다.

"주인, 당분간은 움직이지 않는 것이 낫겠소."

어깨와 등, 허리는 각각 20여 바늘이나 꿰맸기 때문이다.

"마침 약이 있어서 다행이오."

고 서방 집에는 약도 있는 것이다. 그때 고개를 든 이산이 말했다.

"곧 왜군들의 가택 수색이 있을 거다."

"당연하지요."

"박 거간한테 이야기해."

"알겠습니다."

다시 베개에 얼굴을 붙인 이산이 말을 이었다.

"난 이틀 후에 이곳을 떠나겠다."

조병기가 숨을 들이켰지만 입을 열지는 않았다.

그 시간의 의주 행재소.

선조가 앞에 앉은 한응인, 유홍을 보았다. 노기 띤 얼굴이다.

"그놈, 선전관이란 놈을 아직도 잡지 못했단 말인가?"

한응인은 고개만 숙였고 유홍이 대답했다.

"산으로 숨어 산적이 되었을 가능성이 많습니다."

"저런 고약한!"

선조가 손바닥으로 팔걸이를 쳤다.

"광해의 책임이 크다. 유근수가 도중에 피살당한 것도 광해의 책임이야."

둘이 입을 다문 것은 동조하는 뜻이다. 선조가 말을 이었다.

"임해, 순화군까지 가또에게 잡힌 상황이니 광해를 불러 벌을 줄 수는 없지만 왜란이 끝나면 책임을 물을 것이다."

"지당하신 말씀입니다."

한응인이 바로 대답했다.

한응인은 38세. 8도 도순찰사로 도원수 김명원과 함께 임진강에서 왜군을 맞았으나 대패해서 수만 명을 죽이고 도망쳐 나왔다. 그러나 임금은 죄를 묻지 않았다. 한응인이 가장 먼저 도망질을 쳤지만, 군사들이 흩어지는 바람에 패전했다고 보고를 했기 때문이다.

한응인은 병법(兵法)의 병(兵) 자도 모르는 문신으로 재작년, 정여립의 옥사에 기여한 공으로 정난공신에 봉해져서 출세한 인물일 뿐이다.

그때 고개를 든 유홍이 말했다.

"전하, 전라도에서 의병이 일어나 왜군의 통로를 막았소이다."

선조의 시선을 받은 유홍의 말이 이어졌다.

"고흥에서 안덕쇠라는 의병 대장이 1,500 의병을 이끌고 왜군의 진입을 저지했다고 합니다."

"의병 대장이 누구라고 했는가?"

"예, 안덕쇠입니다."

"이름을 들으니 천민 아닌가?"

"예, 고리 백정이라고 합니다."

"백정이라……."

"예, 전하."

"백정이 의병 1,500을 거느린다구?"

"예, 전하."

그때 선조가 입을 다물었기 때문에 유홍과 한응인이 선조의 얼굴을 보았다.

유홍은 1524년생이니 이때 68세다. 우의정으로 행재소에서 선조를 보필하는 재상인 것이다. 그때 선조가 입을 열었다.

"그 1,500 의병 중에 상민, 양반도 포함되어 있을 것 아닌가?"

"그럴 리는 없습니다."

한응인이 먼저 말을 받는다.

"양반 의병은 따로 있습니다."

유홍이 말을 이었다.

"천민 의병 중에 간혹 상민이 포함되어 있기는 합니다."

"그러다가 천민이 양반을 부리는 세상이 되지 않겠는가?"

마침내 선조가 똑바로 둘을 번갈아 보았다.

"내가 서울을 떠난 후에 천민들이 궁을 불사르고 장예원의 노비 문서를 꺼내 태웠다고 하지 않는가?"

둘은 숨을 들이켰고 선조의 목소리가 높아졌다.

"천민들이 왜군의 앞잡이로 나선다고 들었어. 이 세상을 뒤집는다고 말이야."

"……."

"일본 왕 히데요시가 말 부리는 종 출신이라고 왜군들이 선동한다고 하지 않는가? 조선도 곧 천민 세상이 될 것이라고 말이야."

"전하."

유홍이 상체를 세우고 말했다.

"조선은 왜국과 다릅니다. 그럴 리가 없습니다."

그러나 다시 말을 잇지는 못했다.

"야마시다를 죽인 것이 그자라고?"

소리치듯 물은 가또 기요마사가 기노를 보았다.

이곳은 함경도 북청.

기노가 이곳까지 주군 가또를 만나려고 온 것이다.

"예, 주군."

고개를 든 기노의 눈이 번들거렸다.

"지금 부상을 입고 평양의 제 정보원 집에서 치료하고 있습니다."

"으음."

탄성과 비슷한 신음을 뱉은 가또의 얼굴에 웃음이 떠올랐다.

"굉장한 검사(劍士)다, 그렇지 않으냐?"

"예, 주군. 야마시다 님까지 9명을 베었다고 합니다."

"그중에 곤도, 마쿠노라는 일류 검사도 포함되어 있어."

가또의 목소리가 열기를 띠었다. 야마시다가 암살된 지 사흘이 지나면서 소문이 전(全) 왜군에게 퍼진 것이다.

"그런데 그자가 일본말을 썼다고 했다. 일본말을 한단 말이냐?"

"예, 주군. 지금도 배우고 있습니다."

"그렇다면 그자가 우리 측에 가담할 의사가 있다고 봐도 되겠군."

"그렇습니다."

기노가 똑바로 가또를 보았다.

북청 현청 안이다. 좌우에 중신(重臣)급 무장들이 벌려 앉았기 때문에 청은 엄숙한 분위기다.

유시(오후 6시) 무렵.

기노는 이천에서 만 하루 동안 달려왔기 때문에 남장한 옷이 먼지투성이다. 기노가 말을 이었다.

"이제 어머니의 원수까지 갚았으니 그자가 조선에서 할 일은 다 한 셈입니다."

"그자 아비가 대감이라고 했나?"

"예, 판서를 지낸 대감이지만 그자는 종의 배에서 난 서출(庶出)입니다."

"그렇지. 조선에서는 천민은 대를 이어서 천민이 되지."

가또가 커다랗게 고개를 끄덕였다.

"일본에서는 얼마든지 출세할 수 있는 재목이다."

상반신을 기울인 가또가 기노를 보았다.

"기노, 그자를 데려와라."

"예, 주군."

"내가 중신(重臣)으로 받아들이겠다고 해라."

"예, 주군."

가또의 얼굴에 다시 웃음이 떠올랐다.

"네 수단을 다 발휘해 보아라."

이틀 후에 떠나겠다고 했지만 이산의 몸은 떠날 상황이 안 되었다.

그래서 사흘을 더 묵고 닷새째 되는 날 오후에 고 서방의 집으로 기노가 찾아왔다. 깜짝 놀란 조병기가 주인 아씨를 만난 것처럼 반겼다.

"여기는 웬일이십니까?"

"내가 이곳을 알려준 사람이야."

핀잔을 주듯이 말한 기노가 방으로 들어섰다. 기척을 들은 이산이 자리에서 일어나 앉은 참이었다.

"왔나?"

기노의 시선을 받은 이산이 물었다.

"주군의 지시를 받고 온 거야."

앞쪽에 앉은 기노가 말을 이었다.

"야마시다를 처형한 것도 다 알고 계셔."

"……."

"굉장한 검사(劍士)라고 하셨어."

기노의 얼굴이 밝아졌다.

"일본말을 배우고 있다니까 기뻐하셨어."

"……."

"우리 주인은 히데요시 관백님의 가장 측근이야. 그대의 출세는 보장된 것이나 같아."

그때 이산이 고개를 들었다.

"출세 따위를 바라는 거 아니다."

기노의 시선을 받은 이산이 쓴웃음을 지었다.

"조선이 싫다고 왜군 장수가 되어서 조선인을 죽이라는 말이냐?"

"일본 영주가 되는 거야."

기노가 바로 말을 받는다.

"조선인은 죽이지 않아도 돼."

"가또 님 가신이 되면 어쩔 수 없지."

"무능한 조선 조정을 뒤집어엎고 새 세상을 만들어야 돼. 그래야 백성이 살아."

기노의 목소리에 열기가 띠어졌다.

"이대로 가면 조선 백성은 일본인의 종이 돼. 지금 천민들이 천민 세상이 된다고 일본군 편에 붙지만 그것이 제대로 될 것 같아?"

눈을 크게 뜬 기노의 목소리가 높아졌다.

"이번에는 조선인 전체가 일본인의 종이 될 뿐이야. 하지만 그대 같은 무장(武將)은 다르지."

기노가 정색하고 이산을 보았다.

"그대는 일본인도 지배할 수 있어. 일본인 가신(家臣)을 둔 영주가 될 수도 있는 거야."

"……."

"오직 무장(武將)만이 가능한 일이야. 그리고 그 기회가 그대에게 온 것이라고."

"……."

"무장으로 인정을 받으면 그대의 할 일이 많아질 테니까."

그때 이산이 고개를 끄덕였다.

"네 말이 맞다."

이제는 기노가 입을 다물었고 이산의 말이 이어졌다.

"고맙다. 내 앞길이 보이는구나."

깊은 밤.

자시(밤 12시)가 넘자 성안을 달리는 말발굽 소리도 뚝 끊겼다. 평양성은 조선 북방의 대성(大城)으로 서경(西京)이라고 불렸다.

왜군이 점령한 후에는 오히려 인구가 늘어서 10만 가깝게 되었다. 그중 절반이 왜군과 부역자들이다.

이산이 부스럭거리는 기노의 어깨를 당겨 안았다.

"내가 닷새 후에 북청으로 갈 테니 그곳에서 만나자."

"기다릴게."

기노가 이산의 가슴에 얼굴을 묻었다.

"주군도 우리 사이를 아시는 것 같아."

"네가 말을 했겠지."

"미쳤어?"

고개를 든 기노가 눈을 흘겼다. 어둠 속에서 기노의 눈 흰자위가 드러났다.

"내가 말하지 않아도 짐작하시는 거야."

"가또 님 녹봉은 얼마나 돼?"

"구마모토의 45만 석."

이산의 가슴에 얼굴을 붙인 기노가 말을 이었다.

"전쟁이 끝나면 논공행상에 따라 봉토가 더 늘어날 거야."

"가또 님이 함경 감사라고 하면서 다닌다던데."

"함경도뿐이야? 경상도까지 주군께서 차지하고 계시는데."

기노의 목소리에 다시 열기가 띠어졌다.

"일본군이 조선을 넘어 명으로 들어가면 조선 땅보다 수십 배 넓은 영지가 있어. 그쯤은 내줘도 돼."

"네 욕심이 이 정도니 가또 님은 알아볼 것도 없군."

그때 기노가 이산의 허리를 두 팔로 감아 안았다.

"내 꿈을 말해줄까?"

"너도 꿈을 꿔?"

"꿈 안 꾸는 사람도 있나?"

"말해봐."

"우리가 명(明)의 대륙 한쪽에 조선 땅만 한 영지를 받는 거야. 물론 가또 님이나 히데요시 관백님이 주셔도 좋고."

기노의 더운 숨이 이산의 가슴을 훑고 지나갔다.

"그 영지의 영주는 그대고 나는 영주 부인이야."

기노가 고개를 반대쪽으로 돌렸기 때문에 얼굴은 보이지 않았다. 그때 기노가 말을 이었다.

"자식은 왕자 둘, 공주 둘이면 돼."

"적은데."

순간 고개를 든 기노의 시선과 마주쳤다. 어둠 속에서 얼굴이 선명했다. 기노도 그렇게 보았을 것이다.

다음 날 아침.

날이 밝기도 전에 기노가 고 서방 집을 떠났다. 기노는 경호원 셋을 데리고 왔는데 모두 왜인 무사다. 닷새 후에 북청에서 만나기로 하고 떠난 것이다.

광해의 이천 분조(分朝).

광해가 청에서 순찰사 최경훈과 앉아 있다.

술시(오후 8시) 무렵.

유성룡이 집정으로 오면서 분조(分朝)의 위상이 썩 높아졌다. 이젠 의주에서도 수시로 전령이 왔는데 유성룡이 우의정 유홍에게 협의를 했기 때문이다. 유근수가 집정이었을 때는 이런 협의를 하지 못했다.

광해가 최경훈에게 물었다.

"이산의 소식은 듣지 못했는가?"

"소문으로는 북쪽으로 갔다고 합니다. 북쪽에서 산적 두령이 되었다고 하는군요."

최경훈이 정색하고 대답했다.

“이산은 본래 관직에 미련이 없는 사람이었습니다.”

“내가 알지.”

광해가 한숨을 쉬었다.

“서출(庶出)이어서 제대로 된 관직을 받을 수도 없는 신분이었네.”

“저하께서도 잘 아십니다.”

“내가 캐어물었더니 그렇게만 비치더구만.”

“어렸을 때부터 한(恨)이 쌓였던 사람이었습니다.”

“신분제를 타파해야 돼.”

고개를 든 광해가 최경훈을 보았다. 두 눈이 번들거리고 있다.

“의주에서는 천민 의병한테 양반 의병에 복속하라는 지시나 내리고 있어. 의병까지 차별하다니 말이나 되는가?”

최경훈이 외면했다.

그래서 천민 의병 1개 부대는 왜군에 투항해 버린 것이다.

“저하, 이곳 분조(分朝)에 박혀 있는 왜군 밀정들을 아직 찾지 못했습니다.”

고개를 든 최경훈이 말을 이었다.

“밀정들이 저하의 동태를 감시하고 있을 것입니다. 부디 옥체를 보중하시옵소서.”

광해는 입을 다물었다.

그야말로 사면초가다.

인빈이 보낸 첩자들뿐만 아니라 왜군의 밀정까지 세자 주위에 포진해 있는 상황인 것이다. 그나마 다행인 것은 유성룡이 중심을 잡아주고 있다는 것뿐이다.

“이산이 그립다.”

다시 광해가 이산을 찾는다.

야마시다의 암살에 가장 충격을 받은 왜군이 있다.

바로 첨병조장 오가사와라의 부장이었던 세끼다. 세끼는 오가사와라가 진막에서 이산에게 살해된 후에 첨병조장이 되어 있다.

해시(오후 10시) 무렵.

고니시의 부장 미하라 앞에 선 세끼는 잔뜩 굳은 모습이다.

이곳은 평양성 안.

평양 감영의 청에서 미하라가 세끼를 응시하고 있다. 청에는 미하라의 부하 10여 명이 둘러서 있었는데 모두 5백 석 이상의 무장이다.

미하라는 고니시의 최측근 중 한 명으로 7천 석 녹봉을 받는 원로다. 지금 미하라는 야마시다의 암살 조사를 나온 것이다. 미하라가 입을 열었다.

"세끼, 나는 이 사건이 오가사와라하고 연관이 있는 것 같은데, 네 생각은 어떠냐?"

세끼가 눈만 크게 떴다.

섣불리 대답할 질문이 아니다.

세끼 긴자에몬은 녹봉 70석. 졸개 6명을 거느린 하급 무사다. 영주급인 7천 석짜리 미하라가 당장에 죽일 수도 있다. 더구나 주군인 야마시다가 죽어서 주인 없는 신세 아닌가?

그때 미하라가 긴 얼굴을 들고 웃었다.

"그 여자, 네가 포로로 잡아서 오가사와라에게 바친 여자 말이다."

"……."

"오가사와라가 그 여자를 다시 야마시다한테 상납을 했고. 그렇지?"

"예, 미하라 님."

겨우 대답한 세끼가 입 안의 침을 삼켰다.

맞다.

그래서 오가사와라가 진막 안에서 참변을 당했다. 그 여자와 관계가 있는 사내다. 그런데 그 여자를 죽인 것은 야마시다다. 그놈은 그것을 알고 있었다.

그때 미하라가 다시 물었다.

"야마시다를 죽인 놈이 그놈 아닐까?"

"야마시다 님을 습격한 자는 일본인이었다고 합니다."

세끼가 겨우 말했을 때 미하라가 고개를 저었다.

"일본 말 몇 마디 했다고 일본인이라고 할 수는 없지."

"……."

"칼 솜씨 말이다."

"……."

"야마시다가 자랑하던 검사(劍士) 마쿠노가 팔이 잘렸어, 몸통이 두 조각이 났고. 엄청난 검력(劍力)이지."

미하라가 고개를 저었다.

"검시관 오카다의 말을 들으면 오가사와라 진막을 습격한 자와 비슷한 검세(劍勢)라는 거야. 어떻게 생각하느냐?"

"저는……."

"야마시다는 중신(重臣)이야. 주군이 선봉대장을 맡길 정도로 용맹스러운 무장이기도 했다."

어깨를 편 미하라가 세끼를 보았다. 얼굴에 다시 웃음이 떠올라 있다.

"세끼 긴자에몬."

"예, 미하라 님."

"너에겐 야마시다가 주군 아닌가?"

"그렇습니다."

"네가 주군의 죽음에 원인을 제공한 것 같다."

청 안이 조용해졌고 미하라의 목소리가 이어졌다.

"말을 들으면 그놈이 여러 곳에 칼을 맞았다고 한다. 네가 책임지고 그놈을 찾아야겠다."

"예, 미하라 님."

세끼의 목소리가 떨렸다.

이제 자신의 목숨이 걸려 있는 것이다. 그래야 고니시 가문의 체면이 선다. 못 찾으면 책임자를 할복이라도 시켜야 한다.

10보 거리의 통나무에 단검 5자루가 나란히 박혀 있다.

이산이 던진 것이다.

통나무의 둥근 면적은 5치(15센티) 정도.

이산이 다가가 통나무에 박힌 단검을 빼내었다.

기노가 떠난 지 사흘째 되는 날 아침이다. 그때 뒤에서 조병기가 말했다.

"주인, 아직 멀었습니다."

"뭐가 말이냐?"

고개만 돌린 이산이 묻자 조병기가 고개부터 저었다.

"그 몸으로 먼 길을 떠날 수는 없습니다."

"평양성만 벗어나면 된다."

"이곳이 그래도 안전하오."

다가온 조병기가 목소리를 낮췄다.

"밖은 지금 나리 잡으려고 눈이 뒤집혀 있습니다. 범인이 조선인일지도 모른다는 말도 떠돌고 있소."

고 서방의 저택이 안전하긴 하지만 마음을 놓을 수는 없다.

술시(오후 8시) 무렵.

방에서 쉬고 있는 이산에게 고 서방이 찾아왔다.

"나리, 이 집은 안전합니다만, 행랑채를 오가는 왜군들이 많습니다."

윗목에 앉은 고 서방이 조심스럽게 말했다.

고 서방은 왜군에게 물자를 대고 있다.

행랑채에는 하인이 10여 명이고 옆쪽 창고에는 왜국에서 가져온 물자와 조선에서 걷어온 온갖 생필품이 가득 차 있다.

이곳 안채에는 고 서방 처자만 산다. 행랑채 하인들도 출입하지 못한다.

"지금 평양성 안의 모든 민가를 수색하는 중인데 이곳은 여러 번 비껴갔지요."

고 서방이 흐려진 눈으로 이산을 보았다.

"조금 전에 이곳에서 2리(800미터)쯤 떨어진 백필수의 집에 왜군이 들이닥쳐 수색했다고 합니다. 백필수는 4번대 시마즈군(軍)과 6번대 고바야카와군(軍)에 납품하는 거상(巨商)이지요. 그런데……."

고 서방이 입맛을 다셨다.

고 서방은 가또군(軍) 거간상인 것이다. 지금 눈이 뒤집혀서 가택 수색을 하는 왜군들은 고니시군(軍)이다.

가또군(軍) 거간상인 고 서방을 봐줄 수가 없다.

그때 이산이 고개를 끄덕였다.

"지금 떠나지."

"나리."

"그동안 고생 많이 했어."

"그렇다면 제가 성 밖까지 모셔다드리겠습니다."

결연한 표정이 된 고 서방이 이산을 보았다.

"제가 초소장 대부분을 다 압니다. 성 밖의 왜군에게 가져가는 군수품을 메고 같이 가시지요."

해시(오후 10시) 무렵.

고 서방의 대문을 네 사내가 나왔다. 앞장선 사내는 고 서방. 손에 왜군이 쓰는 등불을 들었는데 기름종이 표면에 '특송'이라고 적혀 있다.

뒤를 따르는 셋은 제각기 등짐을 메었는데 모두 패랭이를 썼고 다리에 각반을 찼다. 거간꾼 행색이다.

그 셋 중 둘이 이산과 조병기다.

넷이 어둠에 덮인 거리를 곧장 걷는다.

"어, 고 서방이신가?"

길가의 첫 초소.

초소장인 왜군이 고 서방을 보더니 웃으며 손을 내저었다.

"어서 가게. 오늘은 어디 가는가?"

"성 밖의 모리 님한테 후추를 가져가는 거야."

"어이구, 그 귀한 것을."

"말린 홍합이 좀 있는데, 먹게."

고 서방이 건네준 주머니를 받은 초소장이 비켜섰고 일행은 초소를 지났다.

길모퉁이를 꺾었을 때 이산이 고 서방에게 말했다.

"이제 우리는 샛길로 빠져 성벽을 넘겠네."

"나리, 좀 편하게 가시지요. 두 번째 초소만 지나면 눈앞이 대동강이오."

"그동안 고생 많았네."

만류하는 고 서방의 어깨를 만진 이산이 몸을 돌렸다.

함께 있다가 사고가 나면 고 서방뿐만이 아니다. 처자식까지 함께 죽는다.

"주인, 괜찮습니까?"

앞장서서 걷던 조병기가 뒤를 돌아보며 물었다.

평양성 남문 근처다.

이곳은 천민 거주지여서 길이 좁고 대문도 없는 집이 대부분이다. 그러나 깊은 밤인데도 주위는 작은 소음으로 가득 찼다.

아이의 울음소리, 두런거리는 사내, 낮게 꾸짖는 여자, 그리고 여자의 신음까지 들렸다.

"앞이나 똑바로 봐."

이산이 낮게 꾸짖었기 때문에 조병기가 잠자코 발을 떼었다.

이때 앞쪽에서 인기척이 났다. 어지러운 발소리. 절그럭거리는 금속음.

병사다.

두 사람이 겨우 지날 수 있는 골목길이다.

이산이 조병기의 어깨를 움켜쥐고는 옆쪽 집 안으로 뛰어들었다. 10자(3미터)도 안 되는 좁은 마당이다.

초가의 옆쪽 벽에 둘이 붙어 섰을 때 왜군 셋이 지나갔다.

순찰병이다.

앞장선 조장 뒤로 창을 든 병사 둘이 따른다. 허리에 찬 칼이 갑옷에 부딪혀 덜그럭거리는 소리를 냈다.

셋이 지나갔을 때 조병기가 한숨을 쉬었다.

"이놈들이 이곳도 수색하는군요."

그때다.

방 안에서 외침이 터졌다. 여자 목소리다.

"누구냐!"

이어서 날카로운 외침.

“집에 누가 들어왔어!”

이산이 조병기의 소매를 쥐고 뛰었다. 왜군보다도 더 겁나는 상대다.

대동강 강가에 닿았을 때는 한 식경쯤 지난 후다. 밥 한 끼 먹을 시간쯤 지난 것이다.

가쁜 숨을 고른 조병기가 어둠에 덮인 강변을 둘러보면서 말했다.

“주인, 배가 보이지 않습니다.”

이산이 고개를 끄덕였다.

“아래쪽으로 내려가자. 서둘 것 없다.”

내려가면 강을 건너지 않아도 남행이 가능한 것이다. 다만, 한참이나 돌아가게 된다.

앞장을 선 조병기가 산 쪽으로 발을 떼었다.

“하긴 그렇습니다. 가또 님한테 서둘러 가실 필요도 없지요.”

어둠에 덮인 대기는 습기를 머금고 있어서 곧 비가 내릴 것 같다.

두 주종은 잡초를 헤치고 황야를 나아가기 시작했다.

“누구냐?”

인시(오전 4시) 무렵.

평양에서 동쪽으로 50여 리(20킬로)쯤 떨어진 산비탈.

가다 쉬다를 반복하면서 이만큼이나 왔을 때다. 앞에서 울리는 외침에 조병기가 깜짝 놀라서 몸을 움츠렸다.

빗방울이 한두 방울씩 뿌리는 밤. 바로 눈앞도 보이지 않는 황무지다.

그 순간 앞쪽에서 서너 명의 인기척이 일어났다. 손에 무기를 든 것도 드러났다.

거리는 10여 보.

금세 다가온 사내들과의 거리는 이제 대여섯 보.

멈춰 선 사내 중 하나가 다시 소리쳤다.

“어디 가는 자들인가?”

“우린 함경도로 가는데 길을 잃었소.”

조병기가 대답했을 때 사내가 한 걸음 더 다가섰다.

“함경도 어디?”

그때 이산이 되물었다.

“그건 알아서 뭐하려는가?”

“무엇이?”

서로 얼굴을 돌아본 사내가 쥔 칼을 치켜들었다.

칼을 겨눈 자세로 한 걸음 다가섰기 때문에 이산과의 간격은 5자(1.5미터) 거리가 되었다.

조병기가 슬슬 뒤로 비켜나면서 사내와 이산의 눈이 똑바로 마주쳤다.

사내의 한 걸음 뒤에는 세 사내가 벌려 서 있다. 이산이 어깨를 늘어뜨리고 사내를 응시했다.

30대 중반쯤, 보통 체격이나 칼끝에서 찬바람이 일어났다.

매섭다.

머리에 수건을 동여매었고 다리에는 왜군처럼 각반을 찼지만 향도는 아니다. 향도는 어디서건 표식을 붙이고 다니기 때문이다.

그때 이산이 입을 열었다.

“의병인가?”

이산은 칼자루만 쥔 채 손을 늘어뜨리고 있다. 이산이 묻자 사내는 ‘씩’ 웃었다.

“의병? 무슨 의병 말인가?”

되묻더니 칼끝이 1치(3센티)쯤 위로 올라갔다.

사내가 말을 이었다.

"내가 어떤 놈을 위한 의병이란 말이냐?"

"그렇다면 왜군의 향도냐?"

그 순간이다.

칼끝에 가려 사내의 눈이 보이지 않더니 불쑥 칼끝이 밀려왔다. 눈에 보이지도 않았지만 이산은 머리를 비틀어 칼날을 피했다. 다음 순간 이산이 칼을 뽑아 후려쳤다.

"엣!"

기합 소리는 사내한테서 났다. 이산의 칼날을 피하려고 뛰어올랐기 때문이다.

칼을 후려친 이산이 숨을 들이켰다. 빗나간 것이다.

빠르다.

그 순간 둘은 한 걸음씩 물러섰다.

한 칼씩 주고받았다.

일 합(一合).

그때 사내가 잇새로 말했다.

"음, 검사(劍士)로군."

"다시 묻는다."

이산이 칼을 천천히 치켜올리면서 말했다. 어둠 속에서 이산의 눈이 번들거렸다.

사내 뒤쪽의 셋은 모두 숨을 죽이고 서 있다.

이산의 차분한 목소리가 주위를 울렸다.

"대답하지 않으면 이 합째는 벤다."

"이놈! 오만하구나."

사내가 이를 드러내고 웃었을 때다. 이산의 칼끝이 위아래로 한 치(3센티)쯤 흔들렸다.

"네 왼쪽 소매 끝을 보아라."

그 순간 칼을 쥔 왼쪽 손의 소매 끝을 본 사내가 숨을 들이켰다. 소매 끝이 깨끗하게 잘려나간 것이다.

그때 이산이 칼을 내렸다. 그러고는 사내의 칼끝을 응시하면서 말했다.

"어떠냐? 말할 테냐?"

사내가 그대로 칼끝을 내밀고 있었기 때문에 이산이 말을 이었다.

"나는 세자 저하의 선전관이었다가 뛰쳐나온 사람이다. 간신 몇 놈을 죽이고 나왔지."

"아니, 그렇다면……."

그때 칼을 내린 사내가 어깨를 늘어뜨리면서 이산을 보았다. 그러더니 칼을 내던지고 털썩 무릎을 꿇었다.

"저는 훈련원 도사였던 박균이올시다. 임진강 싸움에서 군사를 사지에 몰아넣고 도망치던 부사를 죽이고 의병이 되었소. 그러나 왕을 위한 의병은 아니오."

"그럴 줄 알았어."

이산이 고개를 끄덕였다.

"나도 왕 따위한테 목숨을 바칠 생각이 없어."

"이천 분조(分朝)에서 인빈의 똥구멍이나 핥던 집정 유근수와 심복들을 처형한 선전관 명성을 들었습니다."

박균이 말하자 이산이 쓴웃음을 지었다.

"내가 그렇게 유명한가?"

"의병대에서 선전관을 모르는 이가 없습니다."

"그럼 내가 지금 임금이 찾고 있는 수배자라는 것도 알겠군."

"알다 뿐입니까?"

자리에서 일어선 박균이 두 손을 모으고 말했다.

"산채가 가깝습니다. 모시고 가지요."

산채는 5리(2킬로)쯤 떨어진 산 중턱에 자리 잡고 있었는데 커다란 동굴이었다. 입구는 장정 셋이 들어갈 만한 넓이였지만 안으로 들어가자 사방이 2백 자(60미터)가 넘는 넓이에다 높이도 1백 자(30미터) 가깝게 되었고, 깊어서 끝도 보이지 않는다.

그곳에 1백 명 가까운 의병이 모여 있는 것이다.

"뒤쪽은 출구가 4개나 있어서 탈출이 용이합니다."

동굴로 안내한 박균이 말했다.

"외진 곳의 동굴이어서 숨어 지내기에는 알맞은 곳이지요."

안쪽에 자리 잡고 앉았을 때 박균이 지그시 이산을 보았다.

"나리, 피해 다니신다면 이곳에 머무시면서 우리를 이끌어 주시지요."

"내가 의병장이 되라는 말인가?"

"산중군주가 되시는 것입니다."

이산의 얼굴에 쓴웃음이 번졌다.

왕이 되라는 말이나 같다. 산중왕(山中王)이다.

옆에 앉은 조병기가 힐끗 이산을 보았다. 그때 박균이 고개를 들었다.

"임진강 싸움에서 한응인의 휘하였던 풍산 부사 오금복이 3백여 명의 관군을 지휘하고 선봉을 섰습니다. 저는 오금복의 휘하 막장으로 기마군 50기를 이끌었지요."

박균의 눈이 흐려졌다.

"왜군이 이쪽으로 다가오자 오금복은 우리를 앞으로 내몰더니 휘하 군관들과 함께 한응인 옆에 붙더군요. 눈치를 챈 저는 오금복을 주시했습니다.

"……."

"오금복이 돌격 명령을 내렸습니다."

박균이 얼굴을 찌푸리며 웃었다.

"부하들은 왜군을 향해 일제히 돌격했지요. 장관이었습니다. 북방의 기마군은 용맹하고 여진과의 싸움에서 잘 단련되었지요. 허나 조총대가 겨누고 있는 평지에서 정면 공격을 하는 것이 아니었습니다. 과녁으로 만든 것이지요."

"……."

"오금복은 말도 고삐를 쥔 하인이 끌어야 타는 문관으로 풍산 부사로 부임한 지 두 달도 되지 않았지요."

그때 부하들이 그들 앞에 육포와 더운물을 가져다 놓았다. 아직 이른 시간이었지만 허기라도 채우라는 배려다.

물그릇을 든 이산에게 박균이 말을 이었다.

"기마군 3백여 명이 조총대 앞에서 낙엽이 떨어지는 것처럼 쓰러질 때 오금복은 한응인과 함께 도주했습니다. 저는 말 머리를 돌려 뒤를 좇아 오금복을 베어 죽였지요."

"……."

"오금복이 말을 끌리면서 도망쳤기 때문에 마상에서 목을 벨 수가 있었습니다."

"……."

"하지만 8도 도순찰사 한응인은 베어 죽이지 못하겠습디다. 두 손을 모으고 살려 달라고 빌어서 놔주었지요."

그러고는 박균이 길게 숨을 뱉었다.

"제가 의병이지만 '백성을 위한 의병'이 된 이유올시다."

아침 식사를 마친 후에 이산이 동굴 안쪽의 침소에서 잠깐 눈을 붙였다가 오후에야 깨어났다, 상처가 다 낫지 않은 상태로 강행군을 했기 때문이다.

"주인, 이제 깨셨소?"

옆에 앉아 있던 조병기가 반색하면서 물었다.

동굴 안은 아늑하다. 바닥에 짚과 곰 가죽을 깔아서 비단 보료 부럽지 않다.

"아주 곤히 주무셨소. 박 두령이 두 번이나 보러 왔는데, 지금은 왜군이 난민을 잡아가고 있다는 말을 듣고 밖에 나갔습니다."

자리에서 일어나 앉은 이산이 말했다.

"내 등의 상처에 새 고약을 붙여라."

조병기가 잠자코 등짐에서 고약을 꺼내더니 이산의 저고리를 벗겼다.

"어이구, 상처가 터졌습니다."

놀란 조병기가 등판을 보고 말했다.

"피가 번져 나옵니다, 주인."

"썩지는 않은 것이니 닦고 고약을 붙이면 된다."

이산이 등을 맡긴 채 입맛을 다셨다.

"씻을 물을 가져오겠소."

조병기가 서둘러 나가더니 곧 여자 하나에게 물동이를 들린 채 돌아왔다. 동굴에는 여자들도 있는 것이다. 피란민들이라고 했다.

여자와 시선을 마주친 이산이 금세 외면했지만 잔영이 머릿속에 남았다.

미색이다.

"이분이 봐주시겠답니다."

조병기가 여자를 눈으로 가리키며 말했다.

"내의원에서 어의녀를 하셨는데 이번에 임금을 따라나섰다가 낙오했답니다."

그때 시선을 내린 여자가 이산의 뒤로 돌아가 앉는다.

"어의녀라니?"

이산이 앞을 향한 채 물었다.

"임금을 치료했단 말이오?"

"주상과 왕비 마마는 어의와 수의녀가 보았지요."

여자의 목소리가 뒤에서 울렸다. 맑고 울림이 강한 목소리다.

"저는 왕자와 공주들을 맡았습니다."

"내가 잠깐 광해군을 모셨소."

"들었습니다."

여자가 능숙한 손놀림으로 이산의 상처를 씻더니 고약을 떼었다.

"왜(倭)의 약을 쓰셨군요."

"그렇소. 잘 아시는군."

"왜(倭)의 자상 치료약은 청(淸)보다도 낫습니다. 수백 년간 전쟁을 일삼았기 때문인 것 같습니다."

"왜군에게 물자를 납품하는 왜상(倭商)이 준 약이오."

"상처도 잘 꿰맸습니다만 며칠 안정을 취하셔야겠습니다."

여자가 가져온 주머니에서 약을 꺼내더니 어깨와 허리 상처까지 꼼꼼하게 바르고 천으로 묶었다. 칼자국이 난자한 몸을 돌보면서도 여자는 묻지 않았다.

이윽고 치료를 마친 여자가 몸을 일으켰다.

"저녁때 다시 오겠습니다."

"고맙소."

고개를 숙여 보인 여자가 시선도 들지 않고 몸을 돌렸다.

박균이 돌아왔을 때는 저녁 무렵이다.

의병 50여 명을 데리고 나갔던 박균은 부녀자 10여 명을 데려왔는데 사상자가 많았다.

왜군과 격전을 치러서 5명이 죽고 8명이 부상을 입었다. 그중 중상자가 두 명이다.

박균이 말했다.

"왜군을 기습해서 우리도 14명을 죽였습니다. 7, 8명은 도주했지요."

격전을 치른 박균은 머리가 산발이고 칼이 부러져서 빼앗은 왜군의 장검을 차고 있다.

이산이 동굴을 둘러보았다.

"동굴 안에는 몇이나 있소?"

"제 수하가 이제는 110명이 되었고 민간인이 150명쯤 됩니다. 동굴이 워낙 길고 넓은 천연굴이어서 1천 명이 들어와도 쉽게 눈에 띄지 않을 것입니다."

"천연수도 흐르던데 곡식만 저장하면 요새가 되겠군."

"그러나 앞뒤 입구를 막으면 수천 명이 다 독 안의 쥐가 되지요."

그때 고개를 든 박균이 이산을 보았다.

"어의녀에게 치료를 받으셨습니까?"

"내가 운이 좋았어. 이곳에서 어의녀를 만나다니."

"산에 숨어있던 분을 구했더니 아예 이곳에 머물러 치료를 맡아줍니다. 부상자뿐 아니라 아이들 배탈, 아낙네 산후 통증도 고쳐 주고 있습니다."

"의병단의 보물이오."

"어의녀가 임금의 피란길에서 낙오했다고 소문을 냈지만 실상은 다릅니다."

이산의 시선을 받은 박균이 말을 이었다.

"임금 행차에서 도망쳐 숨어 있다가 의병단에 자진해서 찾아온 것입니다."

"사연이 있는 모양이군."

"강단이 있고 어의녀 신분이 알려져서 부하들도 함부로 대하지 못합니다."

"활이 있소?"

불쑥 이산이 물었지만 박균은 바로 대답했다.

"예, 질 좋은 각궁이 2벌이나 있지만 궁수가 없어서 놔두고 있습니다."

"하나를 나 주시오."

"활로 왜군을 잡고 세자를 구출하셨다고 들었습니다. 가져오지요."

"내가 며칠 쉬면서 도와드리지."

이산이 작전에 가담한다는 표시다.

"어의 허준 선생님께서 내 스승이시죠."

밤늦게 온 어의녀가 이산의 등에 면포를 갈아주면서 말했다.

선조의 어의는 허준이다. 허준이 임금을 따라 의주까지 갔다는 것은 이산도 알고 있다. 분조에서 들었다.

어의녀는 당돌한 성품 같다. 이제는 시키지 않았어도 먼저 말을 내놓는다.

"스승께서는 상대의 안색만 보고도 병명을 맞히십니다."

"나도 어의의 명성은 일찍 들었소."

"선전관께선 쫓기고 계시더군요."

이쪽 이산의 거처에는 둘뿐이다.

동굴 오른쪽 구석의 깊숙한 위치여서 입구의 벽에 걸려 있는 기름 등만 비치고 있을 뿐이다.

이산이 고개를 돌려 어의녀를 보았다.

"그렇소. 나에 대해서 아시오?"

"조선 팔도에 소문이 다 났습니다."

"그런가?"

그때 이산과 어의녀의 시선이 마주쳤다. 검은 눈동자가 또렷했고 맑은 눈이다. 엷은 입술 끝이 웃음을 머금고 있다.

"그렇소. 난 도망자 신세요."

이산이 시선을 준 채로 말했다.

"집정이라는 놈을 잡아 가뒀고 수하인 정4품, 5품 놈들을 베어 죽였소. 그런 놈들이 역적이고 간신이지."

유근수를 죽였다는 말을 할 필요는 없다.

어의녀가 허리의 자상에 약을 바르는 동안 이산이 말을 이었다.

"난 어쩌다 보니까 세자를 구해냈고 모시게 되었지만, 임금에 대한 충성심은 눈곱만큼도 없는 사람이야. 임금이 나한테 해준 것도 없는데 내가 왜 목숨을 바친단 말인가?"

"……."

"왜적이 침략해 왔는데도 임금이라는 놈은 백성을 팽개치고 야반도주를 하지 않았소? 지금은 명(明)과의 국경인 의주에 붙어 서서 입국시켜 달라고 애원하는 중이고."

"……."

"그런 놈을 위해 목숨을 바쳐? 내가 미쳤나?"

"……."

"내 스승은 그렇게 가르치지 않았어. 군자는 덕을 베풀고 백성을 위해서 목숨을 내놓는 통치를 해야 돼. 그래야 백성들이 심복한다구. 그래야 군신(君臣)이 합심해서 역경을 헤쳐 나갈 수 있어."

"나리."

고개를 든 어의녀가 불렀기 때문에 이산이 숨을 들이켰다.

어의녀가 눈을 가늘게 뜨고 웃는다. 입술 끝이 함빡 올라가 있다. 이는 드러나지 않는다.

바로 눈앞에 어의녀의 얼굴이 떠 있어서 이산이 이제는 머리를 조금 젖혔다.

당돌하다.

임금을 지척에서 겪어서 이런가?

그때 어의녀가 말했다.

“제가 그래서 임금 행차를 따라가지 않고 도망친 것입니다.”

“……”

“궁 안에서만 지내다가 밖으로 나와 백성들의 참상을 보니까 도저히 임금 옆에 붙어 있을 수가 없었지요.”

“……”

“나도 천민 출신입니다. 안산 관아의 종이었다가 어렸을 때 선발되어 의술을 배웠지요. 이름도 없어서 스승이 지어주셨습니다.”

어의녀가 흐린 눈으로 이산을 보았다.

“제 이름은 소진입니다.”

“이순신 장군 덕분에 조선이 연명하고 있습니다.”

박균이 아침을 먹으면서 말했다.

“그래서 배를 타고 한양성으로 입성하려던 히데요시의 계획이 좌절되었지요.”

“잘 아시는군.”

“포로로 잡은 향도한테서 들었습니다.”

박균이 말을 이었다.

“명군이 평양성을 탈환하려고 남진(南進) 중이라고 합니다.”

동굴 안에 박혀 있어도 이곳저곳의 정보는 다 모으고 있다.

그때 고개를 든 이산이 박균을 보았다.

“다음 출전 때는 내가 따라가겠소.”

“그래 주시면 고맙지요.”

반색한 박균이 말을 잇는다.

“부하들도 기운이 날 것입니다.”

명(明)의 선발대 1천여 명은 6월 18일에 압록강을 넘어왔다. 왜군이 부산포에 상륙한 지 두 달 후다. 갖은 곡절을 겪은 후에 넘어온 것이다.

그러나 평양이 함락되었다는 소식을 듣고는 되돌아와서 의주에 주둔했다.

다시 7월이 되어서야 부총병 조승훈이 군사 5천을 거느리고 왔다.

왜군은 그동안 평양성에 머물고 있었는데, 수군(水軍)이 이순신에게 제압당해 보급로가 끊겼기 때문이다.

이곳은 평양 서북방 80여 리(32킬로) 지점인 숙천.

명군(明軍) 선봉대가 도착했을 때는 미시(오후 2시) 무렵이다.

"군량이 없다고 합니다."

부장이 다가와 말했을 때 선봉대장 곡변이 고개를 들었다.

곡변은 도위 벼슬로 휘하에 350여 명의 부하를 이끌고 있다. 그러나 모두 기마군으로 말이 4백여 필, 요동군 소속이다.

조선 땅에 온 지 20일이 지났지만 아직 왜군과 접전해 보지 않았다.

"조달관을 데려와."

곡변이 거친 목소리로 말하자 부장이 서둘러 돌아갔다.

말에서 내린 곡변이 관아의 청으로 다가가 마루에 걸터앉았다.

청이 높아서 담장 건너편도 드러났다.

명군이 왔는데도 주민은 한 명도 보이지 않는다. 관아의 관속 10여 명만 이쪽저쪽에 모여 서 있을 뿐이다.

그때 부장과 함께 조달관이 다가왔다. 조달관은 의주 행재소에서 파견한 관리다.

"이봐, 군량이 없다니? 어떻게 된 거야!"

곡변이 버럭 소리치자 40대의 조달관이 당황한 표정으로 말했다.

"숙천 부사가 보이지 않소."

옆쪽에 서 있던 역관이 통역하자 곡변은 벌떡 일어섰다.

"무슨 말이냐!"

"도망을 친 것 같소."

조달관이 흐려진 눈으로 곡변을 올려다보았다.

"아전 이야기를 들었더니 군량을 조달할 수 없게 되자 겁이 나서 도망을 친 것 같다고 합니다."

"이런, 개 같은."

곡변이 허리에 찬 칼자루를 움켜쥐었다.

명군은 각 부대마다 조선 조정에서 붙여준 조달관이 있다. 그 조달관이 명군의 군량과 각종 군수품, 숙소까지 준비해야 되는 것이다.

곡변이 시선을 들고 버럭 소리쳤다.

"군량을 조달해라!"

"옛!"

그 말을 기다렸다는 듯이 부장이 대답했다.

약탈이다, 한두 번 해본 일이 아니다.

숙천에서 명군 척후대가 시작한 약탈은 이틀 동안 계속되었다.

척후대는 이틀간의 약탈이 끝난 후에 철수했는데 피해 지역이 서쪽으로 10리(4킬로)나 떨어진 영안까지 미쳤다.

약탈하고 불까지 질러서 피해가 왜군보다도 더 심했다.

부녀자 80여 명이 겁탈을 당했고 그중 16명은 살해되었다. 반항했다는 이유로 조선인 47명이 살해당했으며 방화는 19건이다.

양곡이나 재물을 빼앗긴 양은 추정할 수조차 없었으며 숙천 관아를 중심으로

20리(8킬로) 지역이 초토화되었다.

조달관 홍순기는 정5품 이조정랑으로 자원해서 직을 맡아 곡변을 수행했다.

정랑 벼슬은 정5품이나 이조의 인사권을 장악한 요직이다.

모두 몸을 사리고 저를 시킬까 봐 갖은 핑계를 대는 상황인데, 홍순기는 자진해서 나온 것이다.

46세. 청렴했고 임금을 의주까지 수행해 오느라 처자식은 한양성에 버려 놓고 왔다. 연락도 하지 않았고 아직 듣지도 못했다.

유시(오후 6시) 무렵.

이곳은 평양 동쪽의 순안부에서 20여 리(8킬로) 떨어진 마성현이다.

곡변의 선봉대는 숙천에서 이곳으로 옮겨온 것이다.

홍순기가 옆에 선 고석을 보았다.

"쌀이 몇 석이나 있더냐?"

"예, 85석이었는데 그중 30석이 썩었고, 5석엔 모래가 들어 있습니다."

"저런! 그럼 50석으로는 350명이 하루 반나절밖에 못 먹는다."

미간을 좁힌 홍순기가 말을 이었다.

"도망친 현령 대신으로 그나마 양곡을 지키고 있던 이방을 탓할 수도 없으니."

"이방이 충신입니다."

고석이 한숨을 쉬었다.

"현령 놈은 왜군이 평양성을 함락했다는 소문을 듣고 창고에 있던 무명까지 싣고 도망질을 했다니까요."

"무명까지?"

"예, 조금 전에 들었습니다."

"역적이군."

"나라가 없어지면 역적, 충신이 무슨 상관이 있습니까?"

"네 이놈!"

홍순기가 꾸짖었지만 고석은 외면했다.

고석은 홍순기의 집안에서 대를 이어 내려온 종이다. 고석의 부모, 조부모, 그 윗대에서도 집안 종이었기 때문이다.

홍순기와 동갑이어서 어렸을 때는 동무로 자랐다.

홍순기가 고석을 보았다.

"이방을 데려와라."

잠시 후에 동헌 옆쪽의 담장에 셋이 둘러섰다.

홍순기와 고석, 그리고 이방 권달복이다.

이방 권달복은 52세. 마상현 토박이로 현감이 도망친 후에 관아를 지켜왔다.

이방이 주름진 얼굴을 들었다.

"명군이 내일 떠나기를 기다리는 수밖에 없습니다."

이방이 고개를 저었다.

"이곳에 오리라고 예상도 못 한 데다 저 양곡 지키기에도 죽을 고생을 했습니다."

"그렇다면."

홍순기가 목소리를 낮췄다.

"이방, 그대가 이곳 토박이 아닌가?"

"예, 그렇지요."

"지금 나가서 사람들을 풀어 피란을 시키게."

주위를 둘러본 홍순기가 말을 이었다.

"인근 마을은 물론 주변의 다른 현에도 연락하게."

"예, 나리."

고개를 든 권달복이 홍순기를 보았다.

“나리, 늑대를 피하려다가 범이 왔습니다.”

그때 듣기만 하던 고석이 말을 받았다.

“미친개들을 끌어들인 병신 놈들이 이 지경을 만들었소.”

뒤쪽 출입구를 살피고 돌아온 이산에게 박균이 서둘러 다가왔다.

“나리, 말씀드릴 일이 있습니다.”

잠깐 바깥 공기도 맡고 온 이산이 박균을 보았다.

신시(오후 4시) 무렵이다.

이산과 박균이 동굴 벽 쪽 바위 위에 마주 보고 앉았다.

박균이 말을 이었다.

“명군의 선봉대가 평양성을 탐색한다면서 이쪽저쪽을 옮겨 다니는데 민폐가 막 심합니다.”

“선봉대가 이 근처까지 온 거요?”

“예, 북방 120리(48킬로) 지점까지 내려와 있습니다.”

박균이 선봉대의 만행을 설명하는 동안 이산은 잠자코 들었다. 곡변의 선봉대다. 말을 마친 박균이 고개를 들었다.

“선봉대 병력이 기마군으로 350입니다. 정면으로 부딪치기는 무리지요.”

“기습을 해야지.”

고개를 끄덕인 이산이 말을 이었다.

“뱀 머리만 부수면 돼요.”

술잔을 든 가또가 임해군을 보았다. 오늘은 가또가 임해군만을 불러 술을 마시고 있다.

술시(오후 8시)가 넘은 시간.

배석자는 측근인 마쓰다와 역관 조기석이다.

"왕자, 들으셨습니까?"

"뭘 말씀입니까?"

이제는 여러 번 만난 사이여서 긴장감이 가신 때문인지 임해군이 바로 되물었다.

가또가 역관부터 보았다.

"이봐, 통역 잘 해."

"예, 장군."

조기석이 몸을 굽혔을 때 가또가 한마디씩 말했다.

"이번에 명(明)의 원군이 의주에 왔을 때 말이오."

가또가 임해군을 응시한 채 말을 잇는다.

"조승훈인가 뭔가 하는 명군 대장 놈이 임금한테 그렇게 물었다는 거요."

"……."

"왜 이번에 광해가 형을 제치고 세자로 책봉된 것인가? 그 이유를 해명하라."

임해군이 숨을 들이켰다. 광해의 형이란 바로 자신이다.

임해, 광해는 공빈 김씨 소생으로 동복형제다. 임해는 광해보다 1살 위인 1574년생. 이름은 이진이다.

가또가 말을 이었다.

"임해군을 모함하는 대신들이 있다고 들었소. 그렇지 않습니까?"

"나는 모르는 일이오."

통역을 들은 임해군이 고개를 저었다.

그러나 임해군은 세자 자질이 없다는 공론이 일어난 것은 사실이다. 그것을 들은 임금이 세자로 광해군을 책봉한 것이다. 물론 이번 피란 중에 인빈 김씨의 아들

신성군이 죽지 않았다면 광해도 세자가 못 되었다.

그때 가또가 말을 이었다.

"왕자, 임금은 곧 명으로 피신을 할 것이오. 한 끼 밥 먹을 시간이면 조선 땅에서 떠납니다."

"……."

"그러고 나서 이천의 광해가 제거되면 조선의 왕위는 누가 잇습니까?"

"……."

"임금 옆에 있는 정원군이 될 겁니다."

가또가 손끝을 굽혀 자신의 가슴을 가리켰다.

"내가 도와드리지요, 왕자."

"……."

"고니시는 의주 행재소를 장악하고 있어요. 그래서 인빈과 내통하고 있는 겁니다. 인빈과 함께 정원군을 왕 대행으로 내세울 계획이오."

임해군은 숨만 쉬었다.

이런 음모가 있을 줄은 꿈도 꾸지 못했기 때문일 것이다.

그때 가또가 지그시 임해군을 보았다.

"왕자, 잘 들으시오."

"듣겠소."

"왕자와 순화군은 인빈의 농간에 함경도로 버려진 것이오."

"버려지다니요?"

"이번에 명의 조승훈이 임금에게 왜 광해를 세자로 임명했느냐고 추궁했다지 않습니까?"

가또가 말을 이었다.

"인빈은 광해는 물론이고 왕자까지 밖으로 내보내 일본군의 제물이 되도록 한 것이오. 미리 경쟁 상대가 되는 왕자들을 제거하려는 것이지."

"……."

"그리고 임금과 제 자식인 정원군 등을 데리고 명으로 피신했다가 난리가 가라앉으면 되돌아올 작정으로 말이오."

"그럴 리가……."

"왕자."

가또가 술병을 들어 임해군의 잔에 술을 채웠다.

"잘 들으시오."

역관이 땀을 뻘뻘 흘리면서 조선말로 통역했다.

긴장한 임해군에게 다시 가또가 한마디씩 말을 잇는다.

"이곳까지 오시면서 겪어보시지 않았소? 도망 다니는 관리들, 쫓기기만 하는 조선 군사들, 죄 없이 당하는 백성들. 지금의 조선 왕은 이미 왕의 자격을 상실했소. 백성들의 원성이 하늘을 찌르고 있소."

가또의 눈이 치켜떠졌다.

"일본국도 조각조각 찢어져서 서로 죽이고 죽었지만 이런 상황은 아니었소."

숨을 고른 가또가 똑바로 임해군을 보았다.

"왕자, 잘 들으시오."

임해군의 시선을 받은 가또가 천천히 말했다.

"조선에 새 임금이 필요하오."

"……."

"백성과 관리가 새 왕을 위해서 다시 건국을 해야 하오."

"……."

"내가 왕자를 새 조선 왕으로 밀어드리지요."

마침내 가또가 본론을 꺼내었다.

"임금이 대신 내세운 광해, 그리고 임금과 인빈이 은밀하게 내세우려는 정원군도 명분이 없소. 명(明) 황제가 말했듯이 연장자인 왕자가 조선 왕이 되어야 하오."

가또가 번들거리는 눈으로 임해군을 보았다.

"그래서 조선을 나하고 같이 재건합시다."

마성현. 미시(오후 2시) 무렵.

현청의 마루에 앉아 있던 곡변이 버럭 소리쳤다.

"다 어디 갔느냐!"

"예, 양곡을 구하려고 내보냈습니다."

이방 권달복이 쩔쩔매면서 대답하자 곡변 옆에 선 부장이 한어로 말했다.

"거리에 개 한 마리 돌아다니지 않습니다. 도망을 간 겁니다."

"도망을 가?"

곡변이 눈을 부릅떴다.

"황군(皇軍)이 도와주러 왔는데 도망을 갔다구?"

그것을 역관이 소리쳐 통역하자 권달복이 두 손으로 땅바닥을 짚었다.

"장군, 오해하셨습니다. 마성현에는 오시기 전부터 주민들이 피란을 갔기 때문입니다."

그러나 역관은 통역하지 않았다. 귀찮은 표정을 짓고 곡변만 본다.

그때 곡변이 마당 구석에 서 있는 조달관 홍순기를 보았다.

"오늘 저녁 먹을 양곡이 없으니 어떻게 할 건가?"

"안주의 역참에 전령을 보냈습니다. 저녁이 되기 전에 쌀 50석이 실려 올 것이오."

"허! 이러고도 전쟁에서 이기기를 바라는가?"

곡변이 버럭 소리쳤다.

"내 군사를 굶기게 되면 그대가 어떤 책임을 지겠는가?"

"곧 올 것이오."

"신시(오후 4시)가 될 때까지 오지 않는다면 숙천에서처럼 우리가 조달하는 수밖에 없다."

곡변이 자르듯 말했다.

홍순기가 보낸 고석이 달려왔을 때는 신시(오후 4시)가 가까워질 무렵이다.

온몸이 물벼락을 맞은 듯 땀에 젖은 고석이 헐떡이며 말했다.

"지금 우문현으로 출발할 준비를 하고 있습니다."

"우문현?"

되물은 박균이 이산을 보았다.

우문현은 이곳에서 60리(24킬로) 거리다. 고석이 말을 이었다.

"그곳은 피란을 가지 않았을 것입니다. 그곳까지 연락을 못 했으니까요."

"이런."

난감한 표정이 된 박균이 이산을 보았다.

박균이 이끌고 온 의병은 55명. 조금 전에 도착했는데 밤이 되기를 기다리는 중이다. 야습하려는 것이다. 이 병력으로는 기마군 350과 정면승부가 안 된다.

그때 이산이 고개를 들었다.

"그냥 보낼 수는 없지."

3장
명군(明軍) 사냥

신시(오후 4시)가 조금 넘었을 때 곡변이 말에 올랐다. 이미 척후 기마군 6기는 출발한 후다.

"유시(오후 6시) 무렵에는 도착할 수 있을 겁니다."

부장이 소리쳐 말했다.

현청 마당에는 이미 2백여 기의 기마군이 가득 모여 있다. 중문 밖에도 1백여 기의 기마군이 출발 준비를 하고 있다. 모두 활기찬 분위기다.

"출발!"

부장이 소리치자 기마군이 움직였다. 그때 곡변이 고개를 돌려 뒤쪽에 선 조달관 홍순기를 보았다.

"그대는 천천히 따라와도 된다."

홍순기의 시선을 받은 곡변이 얼굴을 일그러뜨리며 웃었다.

"이곳에서 안주에서 올 양곡을 기다렸다가 받아 와도 된다."

그러고는 대답도 듣지 않고 말에 박차를 넣었다.

우문현으로 가려면 고을의 동쪽 출구로 나가야 된다.

기마군 대열은 이열종대, 속보로 전진하기 시작했다. 모두 활기찬 분위기다. 우문현에서 약탈할 꿈에 부풀어 있는 것이다. 첨병을 미리 보내고 선봉, 중군, 후미 부대로 이어지는 대열은 정연하다.

오후의 햇살에 창끝이 반짝였고 갑옷의 쇠붙이가 철걱거린다.

고을은 텅 비었기 때문에 개 한 마리 보이지 않는다.

비탈길.

마성현 현청에서 5리(2킬로)쯤 떨어진 산비탈 밑으로 국도가 지나간다.

잡초가 우거진 낮은 산.

드문드문 바위가 박혀 밭도 일굴 수 없는 황무지여서 소나 풀을 뜯기는 곳이다. 그곳에 박균의 의병대가 은신하고 있다. 이곳이 우문현으로 가는 통로이기 때문이다.

해가 비스듬히 비치는 늦은 오후. 서늘해진 날씨다.

박균이 어깨를 움츠리고 이산을 보았다.

"나리, 활은 언제부터 쏘셨습니까?"

불쑥 물은 것은 긴장을 풀려고 딴소리를 하는 것이다. 박균이 묻자 이산이 빙긋 웃었다.

"14살 때부터 쏘았소."

"스승한테 배우셨습니까?"

바위 위에 걸터앉은 이산이 각궁을 살피면서 대답했다.

"내 스승은 근본을 중시하셔서 활의 구조, 성능, 운용 방법부터 가르치셨고, 사격은 스스로 터득하도록 하셨소."

"그렇군요."

"검술도 마찬가지. 나는 산에서 나오기 전까지 사람을 벤 적이 없소."

둘은 이야기를 나누면서 자주 아래쪽을 보았다.

산모퉁이를 돌아 나오는 명군(明軍)은 5백 보쯤 앞에서부터 시야에 들어올 것이다. 길은 둘의 아래쪽 80보쯤 거리에 펼쳐져 있다.

주위에 매복한 의병들도 숨을 죽이고 있다.

한 식경쯤 전에 명군의 척후대 6기가 앞을 지나간 것이다. 한 식경이면 밥 한 끼 먹을 시간이다. 이제 모습을 보일 때가 되었다.

곡변은 요동 총병 휘하의 도위 직임이니 하급 무장이다. 그러나 조선에 파병된 후부터 물 만난 고기가 되었다.

38세. 별다른 공적도 없이 박봉으로 명에서 연명하던 곡변이 순식간에 조선의 고관을 턱 끝으로 부리는 신분이 된 것이다.

"서둘러라!"

산모퉁이를 돌았을 때 곡변이 명령했다. 곡변을 따르던 전령이 말을 달려 앞쪽으로 달려갔다.

"유시(오후 6시)가 되어서야 도착될 것 같습니다."

부장이 속보로 달리면서 말했다.

"도착하자마자 민가를 털어야 식사 준비가 됩니다."

"그래야지."

곡변은 6척 장신의 거한이다. 소리쳐 말한 곡변이 말에 박차를 넣었다.

그 순간이다.

곡변의 말이 앞다리를 치켜올리면서 곤두섰다. 곡변이 말고삐를 잡아채었기 때문이다. 놀란 부장이 고개를 돌렸다가 입을 쩍 벌렸다.

"악!"

부장의 입에서 외침이 터졌다.

곡변의 이마에 화살이 박혀 있기 때문이다.

"앗!"

박균의 입에서 외침이 터졌다. 이것은 탄성이다.

주위 풀숲, 바위틈에 은신하고 있던 의병들도 모두 그것을 보았다.

아래쪽 명군 대열과의 거리는 1백 보. 사람 얼굴이 손톱만 하게 보이는 거리였지만 화살이 박힌 것은 다 보인 것이다.

그때 두 번째 화살이 날아갔다.

"쌕!"

그리고 숨을 한 번 쉬고 났을 때,

"왓!"

낮은 탄성이 주위에서 일어났다.

이번에는 부장의 목을 화살이 꿰뚫었다. 부장까지 말에서 떨어지자 그제야 기마군 대열에 혼란이 일어났다.

"기습이다!"

장교 하나가 외치면서 칼을 뽑아 들었다. 그리고 옆쪽 야산을 가리켰다.

"저쪽이다!"

장교의 목소리가 울렸다.

그 순간이다.

장교가 뒤로 벌떡 넘어지면서 말에서 굴러떨어졌다. 가슴 깊숙하게 살이 박혔기 때문이다.

세 번째 낙마.

"와앗!"

기마대가 사방으로 뛰었다. 이쪽 야산으로는 달려올 수가 없다. 말에서 내려야 하기 때문이다.

"앗!"

장교 하나가 다시 등에 살을 맞고 굴러떨어졌다.

이제는 지휘관이 없기 때문에 머리 잃은 뱀이 꿈틀거리는 것 같다.

"명궁이오!"

참지 못한 박균이 낮게 소리쳤다. 주위에 엎드린 의병 몇 명도 탄성을 터뜨렸다.

이산이 다섯 번째 화살을 날렸다.

거리는 1백 보 정도.

이 거리에서는 10발 9중이다.

"왓!"

다시 탄성이 일어났다.

칼을 들고 소리치던 장교 하나의 입에 화살이 박힌 것이다.

중군(中軍)이 사방으로 뛰기 시작했다.

그야말로 사분오열.

선봉장 곡변과 부장 둘, 장교 둘이 차례로 쓰러지자 이제는 지휘자가 없다. 소리쳤던 장교가 잇달아 쓰러졌기 때문이다.

산기슭 밑을 지나던 기마군은 사방팔방으로 흩어졌다. 화살이 날아온 산 중턱을 피하려는 것이다.

흩어진 뒤에 5구의 시체와 서성대는 3필의 말이 남았다.

"자, 옮기자."

자리에서 일어선 이산이 말하자 모두 따라 일어섰다.

산줄기를 타고 위쪽으로 올라가려는 것이다.

일단 전열은 흩트려 놓았다.

부장(副將) 호성이 소리쳤다.

"모두 들어라!"

이곳은 산기슭에서 2리(800미터)쯤 떨어진 황무지다.

한 식경(30분)쯤이 지난 후.

선봉군이 모였다. 어수선한 분위기였는데 선봉장 포함 고급 장교 다섯이 죽었기 때문이다.

호성이 다시 소리쳤다.

"적은 소수다! 산으로 올라가 잡아야 한다! 이대로 돌아갈 수는 없다!"

호성의 외침이 황야를 울렸다.

"말을 버리고 산을 오른다!"

모여 선 3백여 명의 기마군은 숙연했다. 사기가 떨어진 것이 역력히 드러났다.

"산을 오릅니다."

의병 하나가 소리쳤다.

유시(오후 6시)가 되어 갈 무렵.

산골짜기에는 이미 어둠이 덮여 있다.

"이놈들이 산으로 흩어져 올라옵니다."

박균이 이산에게 말했는데 웃음 띤 얼굴이다. 3백여 명이 산을 오르고 있다.

"분해서 이성을 잃었구나."

따라 웃은 이산이 주위를 둘러보았다.

"이제는 우리가 절대적으로 유리하다. 한 놈씩 죽여라."

나무와 바위 사이에 숨어 있다가 기습하려는 작전이다.

곧 밤이 된다.

이산이 허리에 찬 칼을 빼 들었다.

산은 낮았지만 바위와 나무로 가득 찬 험산이다.

바위틈이나 나무 뒤에 숨어 있던 의병이 헐떡이며 다가오는 명군(明軍)을 사냥한다.

이제 어둠이 덮인 산속은 10자(3미터) 앞도 분간할 수가 없다.

"으악!"

갑자기 어둠 속에서 비명이 울렸다.

그것을 시작으로 이곳저곳에서 외침과 신음이 터졌다.

사냥이다.

기다리다가 덮치면 된다. 의병은 유리한 위치와 조건에서 명군을 사냥했다.

이산은 조병기, 다른 의병 둘을 데리고 바위 뒤에서 명군을 기습했다. 의병대는 셋씩, 넷씩 무리를 지어서 숨어 있다가 덮치는 것이다.

이산은 벌써 명군 다섯을 베었다.

이제 산은 비명과 외침으로 가득 찼다. 모두 명군(明軍) 입에서 터져 나온 것이다.

해시(오후 10시)가 되었을 때 산속이 조용해졌다.

기습을 당한 명군이 도망을 친 것이다.

아래쪽에 매어 놓았던 말 떼를 의병들이 흩어 놓았다. 의병이 말을 지키던 군사들을 기습해서 말 떼를 탈취한 것이다.

이제 명군은 보군이 되어서 도주를 한다.

"의병은 12명이 부상당했습니다."

박균이 다가와 말했다.

"명군(明軍)은 60여 명을 죽였습니다."

고개를 끄덕인 이산이 박균을 보았다.

"명군이 도주하면서 민가를 약탈할 테니 오늘 밤까지는 뒤를 쫓아야겠어."

"그래야지요."

박균이 말을 이었다.

"빼앗은 말이 있으니 빠르게 쫓을 수 있습니다."

산으로의 돌격을 지휘했던 부장 호성까지 산에서 기습을 받아 피살된 후부터 명군 선봉대는 지리멸렬, 삼삼오오 무리를 지어 북으로 도주했다.

창 자루를 질질 끌며 무거운 장비는 다 벗어 던진 패잔병 모습이다.

깊은 밤이었지만 민가를 찾아 한가하게 잠을 잘 형편이 못 된다. 밤을 새워서 걷더라도 본영에 닿아야 한다. 말까지 빼앗긴 기마군의 행군 속도는 보군보다 느리다.

이제는 말을 빼앗아 탄 의병들의 명군 사냥이 시작되었다.

말발굽 소리가 들리면 명군이 허겁지겁 도망을 쳤고 반항도 제대로 못 하고 도륙되었다. 마성현까지 도망쳐 간 명군도 그곳에서 10여 명이 피살된 것이다.

자시(밤 12시) 무렵.

이산과 박균이 현의 마당에서 조달관 홍순기, 마성현의 이방 권달복과 마주 보고 서 있다.

먼저 홍순기가 입을 열었다.

"명군(明軍)을 궤멸시켜서 대승을 축하해야 하지만 그렇게 할 수 없는 것이 현실이오."

홍순기의 시선이 이산과 박균에게로 옮겨졌다.

"허나 두 분 의병장의 공적은 내가 주상께 은밀히 상주하겠소. 왜란이 끝나면 논공행상에 꼭 올릴 것이오."

홍순기가 한 걸음 다가섰다.

"두 분의 존함을 알려주시오. 나는 이조정랑을 맡고 있는 홍순기요."

그때 이산이 박균을 가리키며 말했다.

"이 사람은 박균이오. 종5품 훈련원 도사를 지냈으니 정랑께서도 이름을 찾기 쉬울 것이오."

그러고는 이산이 손끝으로 자신을 가리켰다.

"나는 천민이라 성은 없고 이름은 덩이오. 똥 덩이를 줄여서 지은 것 같소."

홍순기가 입만 벌렸고 이산이 몸을 돌렸다. 이산의 몸이 어둠 속에서 사라졌을 때 박균이 말했다.

"맞습니다. 저분 이름은 덩이오."

"그럼 훈련원 도사 박균과 덩이를 기록해 두겠소."

홍순기가 말하고는 한숨을 쉬었다.

"그러나 명군은 왜군을 만나 전멸되었다고 전해야겠소."

곡변이 이끄는 명(明)의 선봉군 350이 복병을 만나 전멸했다는 소문은 이천 분조로 금방 전해졌다.

그런데 명군(明軍)을 전멸시킨 것이 왜군인지 의병인지 구별이 안 되었다. 소문이 여러 가지로 났기 때문이다.

그러나 대사건이다.

명군이 평양성을 회복하려고 남진(南進) 중에 일어난 사건인 것이다.

"의주 행재소에는 왜군의 기습을 받아서 궤멸당했다고 보고를 했답니다."

강대수가 최경훈에게 보고했다.

이천의 분조(分朝) 청 바깥채 안이다.

미시(오후 2시) 무렵.

별장 강대수가 소문을 듣고 온 것이다. 강대수가 말을 이었다.

"하지만 실상은 의병이 명군을 기습한 것이랍니다."

"의병이?"

"예, 그런데……."

숨을 고른 강대수가 목소리를 낮췄다.

"그 의병을 지휘한 것이 선전관이라는 것입니다."

"선전관이라니?"

"예, 이산 님 말씀입니다."

"무엇이?"

놀란 최경훈이 먼저 주위부터 둘러보았다. 방에는 둘뿐이다. 그때 강대수가 말을 이었다.

"의병한테서 전해진 소문입니다. 선전관이 활을 쏘아 먼저 명(明)의 장수와 지휘관들을 쏘아 전열을 무너뜨렸다는 것입니다."

"옳지!"

"그러고 나서 산 위로 올라온 명군을 살육한 것이지요."

최경훈이 고개를 끄덕였다. 그러나 잔뜩 찌푸린 얼굴이다.

"의병이 명군을 궤멸시키다니. 명(明)의 지휘부가 알면 큰일이다."

"그래서 왜군의 습격이라고 따라간 조달관이 보고한다는 것입니다."

"그래야지."

어깨를 부풀렸다가 내린 최경훈이 흐린 눈으로 강대수를 보았다.

"명군의 만행이 왜군보다 더 악랄한 터라 쳐 죽여도 당연하지만 알려지면 큰일이다. 선전관이 큰일을 저질렀다."

기노가 그 소문을 들었을 때는 유시(오후 6시) 무렵이다.

밤에 북청으로 떠날 준비를 하고 있다가 정보원의 보고를 받았다.

"명군(明軍) 선봉대가 전멸했습니다."

마성현까지 둘러보고 온 정보원이 보고했다.

"의병대가 우문현으로 가는 기마군 선봉대를 기습했는데 선봉대장 이하 부장 다섯이 죽고 350여 명 중 살아 돌아간 군사는 1백 명도 안 된다고 합니다."

"대전과로군."

기노가 쓴웃음을 짓고 말했다.

"그러나 명군이 가만있지 않겠다. 의병대가 명군을 치다니. 구원하러 온 명군을 전멸시켜? 아무리 약탈을 한다고 해도 말이야. 이제 큰일 났네. 우리한테는 잘된 일이고."

"그래서 동행했던 조선 조달관이 왜군의 기습을 받았다고 임금에게 보고했다는 겁니다."

"명군에 알려지면 조선 임금을 잡아 족칠 거야."

기노의 얼굴이 환해졌다.

"명군에 알려주자."

그때 정보원이 눈을 가늘게 떴다.

"기노 님, 그런데 의병을 이끈 조선군 대장이 선전관이라는 소문이 났습니다."

"선전관이라니?"

"이산 님 말입니다."

숨을 들이켠 기노를 향해 정보원이 말을 이었다.

"명군 대장에서부터 부장까지 다섯 명을 차례로 활로 쏴 죽였답니다. 의병들이 명궁을 보았다고 소문이 났습니다."

"……."

"명군은 순식간에 지휘부를 잃고 지리멸렬해진 것입니다."

"……."

"이산 님은 지금 의병과 함께 있는 것 같습니다."

"내가 내일 북청에서 만나기로 했어."

고개를 든 기노가 정보원을 보았다.

"내일 알 수 있겠지."

"왜군이었습니다."

홍순기가 앞에 앉은 선조를 보았다.

의주 행재소는 의주 부윤의 청사를 사용하고 있다.

선조는 옹색한 나무 의자에 앉았고 좌우에 벌려 선 대신은 10여 명.

지금 홍순기는 행재소로 돌아와 명군(明軍) 선봉대가 전멸했다는 보고를 하는 중이다. 홍순기가 말을 이었다.

"소신은 양곡을 기다리려고 마성현에 있었기 때문에 선봉대를 따라가지 못했습니다. 그래서 현장은 볼 수 없었습니다."

"선봉장 이하 부장들까지 다 전사했단 말인가?"

옆쪽에 선 좌의정 윤두수가 묻자 홍순기가 고개를 끄덕였다.

"시신은 확인해서 마성현에 모아 놓았습니다."

"허어. 대명군(大明軍)이 어찌 그렇게 손쉽게 무너진단 말인가?"

마침내 선조가 탄식했다.

평양성 공격을 앞둔 명군으로서는 이것이 첫 패배다.

선조가 고개를 돌려 윤두수를 보았다.

"곧 부총병이 올 텐데 어찌 설명을 해야 하겠소?"

"그것은 우리 잘못이 아닙니다. 듣자 하니 선봉장 곡변은 약탈과 방화, 강간 등 무자비한 악행을 일삼다가 방심해서 왜적에게 당한 것 아닙니까?"

윤두수가 몸을 굽혔으나 목소리를 높였다.

"명군(明軍)이 조선에 온 지 얼마 되지 않았지만 그 악행이 도를 넘었습니다. 그래서 백성들이 왜군보다도 명군을 더 미워하는 것이 실상입니다."

"어허, 그럴 리가."

선조가 이맛살을 찌푸렸다.

"대감, 말을 삼가시오."

"황공하옵니다."

윤두수가 다시 허리를 꺾었다가 고개를 들었다.

"전하, 부총병에게 명군의 군율에 대해서 말씀을 드려주시지요. 어제도 유격 장군 수하의 도사가 조선군 종사관 이윤동을 베어 죽였습니다. 조선 여자를 희롱하는 명군(明軍)을 제지했다고 베어 죽인 것입니다."

"유격 장군은 이윤동이 먼저 칼을 들고 덤볐다고 하던데."

"전하께서는 그자들의 말을 믿으십니까?"

윤두수가 되묻자 한응인이 헛기침을 했다.

"대감, 전하께서 심려하고 계시오. 그만두시지요."

윤두수가 고개를 들었다가 곧 외면했다.

윤두수는 우의정으로 임금을 따라 피란을 왔다가 평양에서 좌의정으로 승진했다. 임금은 윤두수와 김명원에게 평양 사수를 맡겼지만 제대로 싸우지도 못하고 빼앗겼다.

윤두수는 이때 60세. 의주에서 임금을 모시는 최고위 대신이다.

청을 나온 윤두수가 옆을 따라온 홍순기에게 말했다.

"이것이 속국의 설움이란 말인가?"

고개를 든 홍순기가 윤두수의 눈이 흐려져 있는 것을 보았다.

"대감."

홍순기가 불렀지만 윤두수는 잠자코 발만 떼었다. 홍순기가 옆으로 바짝 붙어

섰다.

“대감, 곡변을 친 것은 왜군이 아닙니다.”

윤두수가 걸음을 멈추더니 고개를 들었다. 둘은 마당 끝에 서 있었는데 윤두수가 먼저 발을 떼어 담장 가로 다가가 섰다.

“무슨 말인가?”

윤두수가 묻자 홍순기가 숨을 골랐다.

“의병이 곡변의 선봉대를 쳤습니다.”

“의병이?”

“예, 곡변이 다시 우문현을 약탈하지 못하도록 제가 의병대에 연락했습니다.”

“으음.”

“훈련원 도사였던 박균과 천민 출신인 용사가 의병을 지휘했습니다.”

그때 윤두수가 목소리를 낮추고 말했다.

“그대하고 나만 알고 있도록 하세, 이 일이 밝혀지면 그대를 제물로 내놓는 놈들이 많을 테니까.”

북청 외곽의 저택 안.

이곳은 양반 댁이라 사랑채, 행랑채가 다 갖춰진 20칸 저택이다.

유시(오후 6시) 무렵.

사랑채 마루방에 앉아 있던 기노가 마당에 대고 소리쳤다.

“밖에 누가 나갔어?”

“키세이가 나갔습니다.”

마당에 서 있던 부하가 대답했다.

“3리(1.2킬로) 밖까지 나간다고 했습니다.”

기노가 고개를 돌렸을 때 앞쪽에 앉아 있던 하라다가 말했다.

"아무래도 그쪽으로 사람을 보내야 할 것 같습니다."

외면한 기노에게 하라다가 말을 이었다.

"이산 님이 마성현 근처에 있는 것은 확인되었으니까요."

"……."

"그쪽 의병단을 찾기는 어렵지 않을 것입니다."

"……."

"이틀이나 지났습니다. 기약 없이 이곳에서 기다릴 수만은 없지 않겠습니까?"

그때 고개를 든 기노가 하라다를 보았다.

"하라다, 네가 가라."

"예, 기노 님."

허리를 편 하라다가 말을 이었다.

"제가 지금 출발하겠습니다."

"이산 님을 만나거든 가또 주군께서 기다리고 계신다고 전해."

"알겠습니다."

하라다가 자리에서 일어섰다.

이곳에서 기다린 지 사흘째다. 이산이 의병대를 이끌고 명군(明軍)을 격멸시켰다는 소문이 퍼진 후다. 기노는 조급해져 있다. 그때 고개를 든 기노가 하라다를 보았다.

"하라다."

"예, 기노 님."

"호쿠죠를 데려가라."

"예, 기노 님."

"호쿠죠는 의주 행재소로 보내겠다."

하라다의 시선을 받은 기노가 말을 이었다.

"호쿠죠가 인빈 측근에게 이번 사건을 전해주도록 할 거야."

하라다가 고개를 끄덕였다.

이산이 의병대와 함께 명군(明軍)을 전멸시켰다는 사실을 폭로해 주는 것이다. 그렇게 되면 이산은 조선 조정의 적이 된다. 발붙일 곳이 없어지는 것이다.

동굴의 침소에 앉아 있던 이산이 기척에 고개를 들었다. 어의녀 소진이 들어서고 있다. 손에 약상자를 들었다.

"거의 다 나으셨으니 오늘은 상태만 보겠습니다."

"자주 오시는 게 좋지."

이산이 웃음 띤 얼굴로 말했다.

"난 곧 이곳을 떠날 거요."

"어디로 가십니까?"

이산의 저고리를 벗기면서 소진이 물었다.

"동쪽으로."

"동쪽이라면……."

"왜군이 있는 곳이지."

"이제는 왜군을 치십니까?"

"흉악한 놈들은 다 쳐야지요."

"이번에 가시면 다시 뵙지 못하겠네요."

소진의 부드러운 손길이 등의 상처를 쓸었다.

"부디 건승하세요."

"고맙소. 그대 덕분에 몸이 완쾌되었소."

"나리께서 건장하신 때문이지요."

"난리 중이라 언제 어떻게 될지도 모르는 인생."

몸을 돌린 이산이 지그시 소진을 보았다.

"그대는 이곳에 숨어서 몸을 보전하시오."

소진의 눈이 흐려졌지만 입을 열지는 않았다. 그동안 정이 들어서 이산이 손만 잡으면 품에 안길 소진이다.

그러나 둘은 서로 절제하고 있다. 먼저 손을 뻗거나 유혹하지 않는다. 서로 부담을 주지 않으려는 것이다.

다음 날 아침 일찍 이산과 조병기는 박균과 헤어져 산길을 간다. 이른 아침이어서 박균과 수하 서너 명만 동굴 밖으로 나와 둘을 배웅했다.

"주인, 기노 님과 약속한 날이 나흘이나 지났습니다."

산길을 앞장서 가던 조병기가 고개를 돌려 이산을 보았다.

"가또 님도 기다리고 계실 겁니다."

"상관없다."

쥐고 가던 지팡이로 잡초를 헤치면서 이산이 말했다.

"아직 누구의 신하가 될 생각은 없다."

마침 앞을 지나는 뱀을 지팡이로 건져 던진 이산이 말을 이었다.

"왜놈도, 썩어빠진 임금 주변도, 명(明) 놈들도 다 싫다."

"주인, 처음 시작은 어쩔 수 없습니다."

"안다."

이제 둘은 산비탈을 내려가는 중이다. 이산이 말을 이었다.

"다 제 욕심만 채우려는 놈들이지. 조선 임금이나, 왜놈이나, 명(明)의 황제 놈까지."

"주인, 다 밑바닥에서부터 시작하는 것입니다. 일본 왕 히데요시를 보십시오."

조병기가 열띤 목소리로 말했다.

"조선은 주인이 뜻을 펼칠 땅이 아닙니다. 주인께서도 겪으셨지 않습니까? 상놈이 아무리 뛰어나도 현령은커녕 장교가 되기도 힘듭니다."

"……."

"왜란이 일어나 백성들이 죽어 나가는 데도 의병이 양반, 천민 의병으로 나뉘어서 차별하는 것 좀 보십시오. 야반도주해서 국경에 붙어 있는 임금을 보시지요."

"……."

"그 임금 옆에 붙어서 제 자식을 왕위에 올리려는 빈, 그 주위의 간신들, 주인도 분조(分朝)에서 겪으셨지 않습니까?"

"……."

"조선 왕조를 뒤집어야 백성이 삽니다. 한 줌밖에 안 되는 양반의 종이 되어있는 백성을 살리는 길입니다."

이산의 얼굴에 일그러진 웃음이 떠올랐다. 조병기는 자신의 내력을 속속들이 알고 있다. 그래서 가슴속을 후벼 파내듯이 말을 했다.

"주인께서 조선 왕이 되기는 어려울 것 같습니다. 양반, 상놈으로 조선 땅이 갈라져 있는 데다 원체 뿌리가 깊습니다. 그리고……."

고개를 돌린 조병기가 이산을 보았다.

"양반도 갈가리 찢어져서 동인, 서인, 남인, 북인으로 갈라져 수백 년간 죽고 죽이는 싸움을 해 오다가 이 꼴이 되지 않았습니까? 명에 계절마다 조공을 바치고 새 왕이 되려면 허락을 받아야 하는 주제에 말입니다. 이 땅은 희망이 없습니다."

"입 닥쳐라."

마침내 이산이 정색하고 말했다.

"내 길은 내가 결정한다. 따르기 싫으면 떠나라."

"떠나다니요?"

어깨를 치켰다가 내린 조병기가 말을 이었다.

"저는 주인이 무슨 결정을 하시든 따릅니다."

"무엇이?"

선조의 눈썹이 치켜 올라갔다.

"그놈의 짓이란 말인가?"

의주 행재소의 내전 안.

인빈의 침소에서 선조와 인빈이 마주 보고 앉아 있다.

해시(오후 10시) 무렵.

촛불의 불꽃이 흔들리고 있다. 그때 인빈이 말을 이었다.

"예, 분조에서 선전관으로 일하던 이산이 맞다고 합니다."

"그놈이 명군 지휘관을 사살했단 말인가?"

"예, 지휘관과 부장들을 쏜 것이 이산이라고 합니다."

인빈이 반짝이는 눈으로 선조를 보았다.

"전하, 이산을 임용한 광해에게 책임을 물어야 되지 않겠습니까?"

"당연하지."

어깨를 부풀렸다 내린 선조가 말을 이었다.

"하지만 이 사실을 발설할 수는 없어. 그렇게 되면 명(明)은 아예 명군을 철수시킬 테니까."

"……."

"그리고 조선 조정을 명(明)의 대리인으로 채우고 왕조를 바꿀 수도 있어."

"그럼 어떻게 합니까?"

그때 눈을 가늘게 뜬 선조가 입을 열었다.

"이산 그놈은 역적이야. 전국의 수령, 군(軍) 지휘관은 물론이고 명군 측도 이산을 추적할 것이다."

선조가 덧붙였다.

"광해는 왜란이 끝날 때까지만 세자 노릇을 할 거야."

평양 동쪽 상도현의 입구에서 수령 4백 년의 은행나무가 있다.

잎이 무성하고 가지가 넓게 벌어져서 그늘이 크다. 그래서 주민들이 자주 모이는 곳이었는데 오늘은 개 서너 마리만 드러누워 있을 뿐이다.

이산과 조병기가 은행나무 그늘로 들어섰을 때는 미시(오후 2시) 무렵이다. 빈 평상에 걸터앉은 이산이 주위를 둘러보며 말했다.

"마을이 텅 빈 것 같구나."

"이곳이 왜군과 조선군의 중심 지역입니다. 공백 지역이지요."

"거리가 빈 것을 보니까 관리들도 다 도망을 친 것 같다."

사방이 트인 고원지대다. 서늘한 날씨여서 땀에 젖은 둘의 몸이 금세 말랐다.

그때 고개를 든 이산이 눈을 가늘게 떴다. 마을 쪽에서 사내 둘이 다가오고 있었기 때문이다. 2백 보쯤 거리였는데 이쪽을 향해서 오고 있다.

"조선군이야."

이산이 말하자 조병기가 몸을 일으켰다.

"누구시오?"

다가온 사내 중 하나가 물었는데 상민처럼 패랭이에 짚신을 신었지만 허리에 장검을 찼다. 옆에 선 사내도 마찬가지다.

허리에 띠를 매고 삼 줄을 말아 찬 것이 바로 관의 장교 행색이다. 둘의 행색이 똑같다. 멀리서도 그것을 본 이산이 짐작한 것이다.

조병기가 대답했다.

"평양에서 난을 피해 영흥으로 가는 피란민이오."

미리 그렇게 말을 맞춘 조병기가 이번에는 그들에게 물었다.

"그대들은 누구요?"

"우린 상도현의 장교야."

옆쪽에서 조병기와 뒤쪽 이산을 번갈아 보던 사내가 말했다.

"행장이 피란민 같지가 않은데 짐 뒤짐을 해야겠어."

"이보시오. 당신들이 장교인지 강도인지 증거가 있소?"

조병기가 목소리를 높였다.

그때 이산은 멀리 길가의 민가에서 인기척을 보았다. 무너진 담장 사이로 어른거리는 옷자락을 본 것이다.

매복병이다.

이산이 앞으로 한 걸음 나섰다.

"너희들 현령은 지금 어디 있는가?"

순간 둘의 얼굴이 굳어졌다. 이산이 다시 물었다.

"나는 분조에서 온 선전관이다. 너희들 현령한테 가자."

"선전관 누구십니까?"

그때 이산이 손을 휘둘러 묻는 사내의 귀뺨을 쳤다.

"철썩!"

정통으로 귀싸대기를 맞은 사내의 머리가 돌아갔다.

"네 이놈!"

이산이 낮게 꾸짖었다.

"내가 이름까지 대란 말이냐? 이것을 보아라."

이산이 겉옷에 가려진 허리춤에서 단검을 꺼내 사내 눈앞에 내밀었다.

광해가 준 단검이다. 단검 칼집에 광해(光海)라고 금박이 칠해져 있다. 그 순간 사내가 숨을 들이켜더니 허리를 꺾어 절을 했다.

"제가 현령께 모시고 가겠습니다."

장교들을 따라 마을로 들어서면서 조병기가 여러 번 시선을 주었지만 이산은 모른 척했다.

은행나무 밑에서 잠시 방심한 것이 잘못이다. 상도현은 사방이 트인 분지여서 감시자들은 멀리서부터 다가오는 이산과 조병기를 맞을 준비를 하고 있던 것이었다. 도망쳐도 멀리 못 간다.

마을로 들어서자 텅 빈 것으로만 보였던 길가 주택이 군사들의 초소인 것으로 드러났다. 주택마다 서너 명, 대여섯씩 조를 짜서 지키고 있다. 잘 훈련되어 있다.

장교들은 안쪽의 큰 저택으로 이산을 안내했는데 바깥채에서 둘을 기다리게 하더니 곧 양반 행색의 사내와 함께 나타났다.

갓을 쓰고 도포를 입었는데 허리에는 장검을 찼다. 문관 행색에 칼을 찼으나 장신에 어울렸다. 턱수염이 긴 40대다. 뒤로 갑옷 차림의 사내 둘이 따랐는데 별장이나 비장 같다.

그때 갓 쓴 사내가 이산에게 물었다.

"이천에서 오신 선전관이시오?"

"그렇소. 세자 저하의 밀명을 받고 함경도로 가는 중이오."

"나는 병마사 장일선이오. 어명을 받고 이곳을 지키고 있소이다."

"나는 김경수요."

이산이 외가의 성(姓)을 썼다.

장일선이 이산을 앞장서서 사랑채의 청으로 안내하더니 마주 보고 앉았다. 그때 장일선이 지그시 이산을 보았다.

"김 공은 이천에 오신 지 얼마나 되셨소?"

"나는 최경훈 순변사의 수하였소. 이천에서 함께 저하를 모시게 되었지요."

"내가 최 공은 잘 압니다. 반갑소."

"그런데 이곳은 조선군이 얼마나 주둔하고 있습니까?"

"보군 1,500이오. 이곳에서 가또군이 서진(西進)해 오는 것을 막는 역할이오."

장일선이 말을 이었다.

"가끔 서쪽에서 가또군, 3번대의 구로다군 척후가 기웃거리고 있소."

이산이 고개를 끄덕였다.

"왜군도 이곳에 조선군이 잠복하고 있다는 것을 알고 있겠습니다."

"알고 있겠지요."

"탁 트인 분지여서 공격과 방어에 유리하겠습니다."

"지금 유리하다고 하셨소?"

"그렇습니다."

"허! 병법(兵法)은 어디서 배우셨소?"

"이름 없는 스승입니다."

"선전관은 무과(武科)에 언제 급제하셨는지 궁금하오."

"궁금하신 대로 담고 계시지요."

장일선의 시선을 받은 채 이산이 빙그레 웃었다.

"나는 병마사의 수하가 아니오."

그러고는 '세자 검'을 들어 보였다. 여전히 웃음 띤 얼굴이다.

"밀명을 받고 가는 길이오. 내 앞에서 잘난 척은 하지 않는 것이 이로울 것이오."

"알겠소이다."

의외로 장일선이 따라 웃었기 때문에 청 안의 분위기가 풀렸다. 긴장했던 무장들이 어깨를 늘어뜨리는 것이 눈으로도 보였다. 장일선이 말을 이었다.

"내 휘하에 종사관 둘, 도사 둘, 판관이 둘, 이렇게 6명이 지휘관으로 있습니다. 모두 이곳저곳에서 모인 장수들이지요."

이산이 고개를 끄덕였다.

종사관은 종6품, 도사, 판관은 종5품이다. 장일선은 병마사이니 종3품이다.

이산이 말했다.

"나는 정4품 직을 받았습니다."

"그쯤 되실 줄 알았소."

선전관청의 선전관은 종9품에서 정3품까지 나뉘어 있다. 장일선이 말을 이었다.

"세자 저하의 명으로 암행을 하시는군요."

"그렇습니다."

"이천 분조에 있던 선전관 이산을 아십니까?"

"압니다."

이산이 똑바로 장일선을 보았다.

"순변사 휘하에서 같이 일했기 때문에 잘 알지요."

"그자에 대한 체포령이 내렸습니다. 그자가 이번에 의병을 이끌고 명군을 쳤다는 소문도 났습니다."

"……."

"주상께도 그 소문이 들어간 것 같습니다."

장일선의 두 눈이 번들거렸다.

"대로하신 주상이 밀명을 내리신 것이오."

그때 허리를 편 장일선이 고개를 들고 둘러앉은 무관들에게 말했다.

"모두 자리를 비켜주게. 선전관과 나눌 이야기가 있어."

모두 자리에서 일어섰고 이산 뒤에 앉았던 조병기까지 따라서 청을 나갔다. 청 안에 둘이 남았을 때 장일선이 지그시 이산을 보았다.

"분조에서 오셨다니까 말씀드리겠소."

"……."

"나는 자원해서 이곳 상도현에 왔습니다. 의주에서 간신들과 부대끼기 싫었기 때문이오."

"……"

"한응인, 이일, 그리고 인빈 같은 간신, 요물들에게 둘러싸인 임금이라는 위인이 역겨웠던 것이오."

숨을 들이켠 이산이 장일선을 보았다. 조정의 병마사급 인물에게서 처음 듣는 반역적 언사다. 이산의 시선을 받은 장일선이 쓴웃음을 지었다.

"나는 선전관이 이산 님이라는 생각이 듭니다."

"……"

"의주에서 내려보낸 인상착의가 비슷한 데다 그 '세자 검'이 내 생각을 굳혀주었소."

장일선의 시선이 이산의 허리춤에 꽂은 단검으로 옮겨졌다.

"나는 세자께서 이산 님한테 세자 검을 주셨다는 말을 들었소. 그것을 누구한테 들은 줄 아시오?"

"……"

"최경훈 순변사가 말해주었소."

"그렇습니까?"

마침내 이산이 장일선의 시선을 받았다.

"맞습니다. 제가 이산입니다."

"과연."

장일선이 얼굴을 펴고 웃었다.

"이 공이시군요."

"세자 저하를 떠난 것은 맞습니다. 이 단검은 헤어질 때 저하께서 주신 겁니다."

"최 공한테서 들었습니다."

"약탈과 살육하는 명군을 주살했지만 다시 그런 일이 일어난다면 명군을 더 죽일 겁니다."

그때 장일선이 고개를 들고 말했다.

"이 공, 당분간 이곳에 머물러 주시는 것이 어떻겠소? 이곳에 곧 전운(戰雲)이 덮일 것 같소."

"주인, 그럼 병마사 휘하의 무장들도 주인의 본색을 알지 않겠습니까?"

이산의 말을 들은 조병기가 찌푸린 얼굴로 묻는다.

사랑채의 방 안.

숙소로 돌아온 이산이 장일선과의 대담을 이야기해 준 것이다. 이산이 고개를 끄덕였다.

"알겠지. 하지만 발설하지 않을 것이라고 한다."

"믿을 수가 없습니다. 조선인들은 믿을 수가 없어요."

"너는 조선인 아니냐?"

"절반이 조선인이지요."

"이곳이 곧 전장(戰場)이 될 것 같다. 왜군 3번대 구로다군이 올 것 같다는 거야."

이산이 말을 이었다.

"병마사는 나한테 1개 부대를 맡겨준다고 했다."

"주인, 구로다군을 치시는 것이군요."

"그런 셈이지."

3번대장 구로다 나가마사가 이끄는 대군은 12,000명으로 20,800명인 2번대인 가또군의 절반가량이지만 정예군이다.

구로다는 왜군 중에서도 맹장이다. 평양에서 구로다는 함경도로 간 가또군의 뒤를 따라 동쪽으로 진로를 돌린 상황이다.

이산이 말을 이었다.

"이곳, 상도현에 주둔한 조선군은 의군(義軍)이다. 지금까지의 조선군과는 다르다. 그러나 보군만 1,500이다."

무장 여섯 명이 모였다.

모두 장일선과 고락을 함께해 온 심복으로 실전도 겪은 무장이다. 장일선이 둘러앉은 무장들에게 말했다.

"왜군이 닥쳐오고 있는 상황에 반역자, 배신자 가릴 것 없어. 왜군을 치는 것이 애국이고 충신이네."

모두 시선만 주었고 장일선이 말을 이었다.

"지금 사랑채에 묵은 선전관이 바로 행재소에서 수배 중인 이산이네."

순간 여섯이 서로를 돌아보았지만 입을 열지는 않았다. 짐작하고 있던 무장도 있었기 때문이다.

"이 선전관이 이곳에서 우리를 돕기로 했어. 의병대를 이끌고 명군 선봉대를 격멸시킨 분이시네. 이 공에게 1개 부대를 맡기기로 했어."

고개를 든 장일선이 물었다.

"의견이 있는가?"

"없습니다."

도사 안윤식이 바로 말했고 이어서 옆쪽에서도 거들었다.

반대하는 무장은 없다.

장일선이 길게 숨을 뱉었다.

"앞으로는 이 선전관을 김 선전관으로 부르기로 하지. 군사들은 몰라야 할 테니까."

상도현으로 접근하고 있는 구로다군 부대는 이끼 다다요시가 지휘하는 2천 병력이다.

이끼는 구로다의 중신(重臣)으로 5천 석 녹봉을 받는 맹장이다. 42세.

대를 이어서 구로다 가문을 섬기는 가신(家臣)인 것이다.

"대장, 상도현 입구에 30, 40명가량의 군사가 매복해 있을 뿐 모두 마을 안에 잠복해 있습니다."

척후장이 돌아와 보고했다.

"마을이 넓은 데다 주택이 드문드문 떨어져서 화공도 잘 먹히지 않을 것 같습니다."

이끼가 고개만 끄덕였다.

조선군은 마을 전체를 성(城)으로 만들어 놓은 것이다. 그때 이끼의 부장(副將)격인 사이토가 입을 열었다. 사이토는 구로다가 보낸 감독관이다.

"이끼 님, 마을로 진입하면 매복에 걸릴 가능성이 있습니다. 마을 밖으로 놈들을 끌어내야 하지 않겠습니까?"

"글쎄, 놈들이 끌려 나온다면 좋겠지만 박혀 있다면 할 수 없어."

상도현에서 50여 리(20킬로) 떨어진 골짜기의 진막 안이다.

이끼가 말을 이었다.

"마을 안에만 박혀 있는 건 그만큼 자신이 없기 때문 아닌가? 지금까지 조선군의 행태를 보면 알 수 있어."

주위를 둘러본 이끼의 얼굴에 웃음이 떠올랐다.

"탁 트인 분지에 위치한 고을이다. 사면에서 진입해 들어가서 단숨에 요절을 낸다."

이렇게 작전이 결정되었다.

이끼 다다요시가 이끄는 2천 병력은 조총대 150, 기마군 150, 보군 1,300, 예비, 치중대 400으로 편성되었다.

선봉은 기마군 80기, 보군 150기로 이루어졌는데 그중 기마군 30기가 첨병이다.

선봉대장 마스자카가 상도현 입구에 닿았을 때는 사시(오전 10시) 무렵이다.

신중한 성품의 마스자카가 마을을 주의 깊게 돌아보고 나서 직접 이끼의 본진으로 말을 달려와 보고했다.

"주군, 마을 안에 조선군이 잠복하고 있는 것은 확인되었습니다."

마스자카가 말을 이었다.

"마을은 한 변이 3리(1.2킬로) 길이의 정사각형 규모라 네 개 면을 다 막아야 합니다."

"선봉대가 네 면을 감시하고 있도록."

조급해진 이끼가 말을 이었다.

"우리가 미시(오후 2시) 무렵에는 상도현에 닿을 것이다."

도착하자마자 마을로 진입할 작정인 것이다.

마을에서는 왜군 선봉대가 사방을 지키고 있는 것이 다 보였다. 20, 30기씩 나누어진 기마군이 사면을 둘러싸고 있다.

본진의 청에서 장일선이 고개를 돌려 이산을 보았다.

"선전관, 어제 나한테 이곳이 공격과 방어에 유리하다고 하셨지 않소?"

이산의 시선을 받은 장일선이 말을 이었다.

"나는 그 병법을 물었소. 선전관의 고견을 듣고 싶소."

"내 스승은 이름도 알려지지 않은 거사(居士)이십니다."

이산이 말을 이었다.

"스승께서는 천여 년 전의 손자병법이나 다른 병법을 지금도 따르는 병법가들을 비판하셨습니다. 그것이 요즘 조총을 앞세운 왜군을 보니까 맞다는 생각이 듭니다."

"과연."

장일선이 고개를 끄덕였다.

"이 공에게 서쪽을 맡기겠소."

이산이 지휘하게 된 조선군은 250명.

도사 전창과 종사관 박영춘이 이산 휘하에 배속되었다.

전창은 종5품 무관으로 36세, 회령에서 여진족과 전투를 한 경험이 많다. 박영춘은 종6품, 종성군의 진장 출신이다.

서쪽의 민가 20여 채에 분산 배치된 방어군은 모두 싸울 준비를 하고 있다. 왜군이 마을에 진입하고 나서 반격을 하려는 것이다.

전창, 박영춘과 함께 서쪽 민가를 둘러보고 난 이산이 민가 귀퉁이에 서서 말했다.

"지형을 보니까 이쪽 민가 배치가 남쪽과 연결되어 있어."

이산이 손으로 남쪽을 가리켰다.

오시(낮 12시) 무렵.

햇살이 밝은 한낮이다.

민가 앞쪽 벌판에 왜군 척후대 기마군 7, 8기가 오가고 있다. 거리는 2백여 보 정도. 더 이상 가깝게 다가오지 않는다.

이산이 말을 이었다.

"남쪽으로 진입한 왜군이 이쪽으로 옮겨오면 우리가 포위될 수 있지 않겠나?"

"그건 그렇습니다만."

박영춘이 고개를 끄덕였다.

"왜놈들이 중앙으로 들어가지 않고 서쪽으로 옮겨 오겠습니까?"

"그럴 가능성도 대비해야 되지 않겠나?"

조선군의 전술은 왜군이 진입해 오면 민가 좌우에서 협공하여 말살시킨다는 것뿐이다.

신호는 징을 치는 것으로 3번을 연속으로 치면 모두 마을 중심을 향해 공격하라는 것이다. 마을로 진입한 왜군을 포위해서 섬멸한다는 작전이다.

후퇴는 없다.

죽거나 죽이거나 둘 중 하나인 작전을 세워놓았다. 그때 고개를 든 이산이 둘을 보았다.

"나는 서쪽 군사를 왜군의 공격과 동시에 밖으로 빼내 뒤를 치겠소."

둘은 숨을 죽였고 이산이 말을 이었다.

"민가를 돌아 나와 왜군의 뒤에 서서 밀고 들어가는 것이지."

그때 전창이 고개를 끄덕였다.

"그러면 남쪽과의 공간 걱정은 안 해도 되겠습니다."

"규정된 병법에서 벗어나는 거요, 도사."

이산이 말을 이었다.

"고정관념에서 벗어나면 새로운 길이 보이는 법이니까."

이것이 스승 동우 거사의 병법이다.

왜군이 상도현 남쪽 분지에 도착했을 때는 신시(오후 4시) 무렵이다.

치중대가 산길을 오르다가 늦어진 것이다.

"음, 화공도 맞지 않다."

조금 경사지에서 마을을 내려다본 이끼가 막장들에게 말했다.

"주택 사이가 넓은 데다 이곳은 기와지붕이 많아 불이 쉽게 붙지 않을 것 같다."

고개를 돌린 이끼가 사이토를 보았다.

"사이토, 병력을 3백씩 나눠 사방에서 동시에 공격이다."

"예, 이끼 님."

"주력(主力)은 북쪽이다. 조총대를 앞세워 가장 먼저 진입한다."

미리 준비했기 때문에 막장들은 일사불란하게 움직였다. 이끼는 북쪽의 공격대 뒤를 따라 호위대 100기를 이끌고 진입할 예정이다. 하늘을 올려다본 이끼가 지시했다.

"자, 각자 흩어져라! 한 식경 후에 불화살을 쏴 올리는 것이 신호다!"

"흩어집니다."

옆에 선 종사관이 말했지만 담장 위로 머리만 내밀고 있던 장일선도 보았다.

서쪽에서 몰려왔던 대군이 사방으로 흩어지고 있다. 왜군의 창날과 갑옷이 햇빛을 받아 반짝였다. 기마군의 발굽 소리와 함께 땅이 울렸다.

"2, 3백씩 갈라지고 있습니다."

예상했기 때문에 장일선이 고개를 끄덕였다. 그때 서두는 발길 소리가 들리더니 전령이 다가왔다.

"서쪽 전령입니다!"

옆쪽에서 소리쳤고 곧 전령이 다가왔다.

"선전관의 전갈입니다!"

가쁜 숨을 고르면서 전령이 소리쳤다.

"선전관은 서쪽 병력을 왜군이 진입하자마자 밖으로 빼내겠다고 합니다!"

전령이 말을 이었다.

"빼었다가 다시 민가로 진입해서 왜군의 뒤를 친다는 것입니다."

앉아서 기다리지 않겠다는 작전이다. 눈을 치켜떴던 장일선이 곧 고개를 끄덕였다.

"알겠다. 서쪽 군(軍)이 그렇게 움직인다는 것을 동쪽, 북쪽 군(軍)에도 알려주겠다."

장일선은 남쪽을 맡고 있다.

그때 함성이 울렸다. 왜군의 함성이다. 기세를 올리는 것 같다.

이산은 손에 활을 쥐었다.

조선 활이다.

뒤쪽에 조병기, 전창이 붙어 서 있다. 종사관 박영춘은 왼쪽 끝의 민가에서 이산을 주시하는 중이다.

왜군의 함성이 높아졌다.

거리는 3백여 보 정도.

그러나 평지여서 늘어선 왜군들의 모습이 뚜렷하게 보인다. 기마군이 보군 뒤쪽에서 이쪽저쪽으로 뛰고 있다.

그때다.

하늘로 불화살이 솟아올랐다. 불덩이를 매단 화살이 검은 연기를 뿜으며 올랐다.

"와앗!"

사방에서 함성이 오르더니 왜군이 다가오기 시작했다.

위쪽에서 말굽 소리가 울렸다. 기마군의 돌격이다. 북쪽은 기마군이 돌격하는 것 같다.

그때 이산이 소리쳤다.

"기다려라!"

거리는 3백 보에서 가까워지고 있다.

남쪽 면(面)을 맡은 조선군 지휘관은 도사 안윤식이다.

안윤식은 38세. 황해도 병마사 휘하에 있다가 이번에 장일선의 유격군에 자원한 것이다.

다가오는 왜군을 응시하는 안윤식에게 별장 문창기가 물었다.

"대장, 서쪽의 선전관이 밖으로 나갔다가 들어와 왜군의 뒤를 친다지 않습니까? 우리는 가만있습니까?"

"우리는 애초 계획대로 안에서 왜군을 친다."

안윤식이 소리쳐 말을 잇는다.

"이곳은 서쪽과 구조가 다르다."

장일선은 방어 위주의 전술을 사용하고 있다. 그러나 서쪽 면을 맡은 이산은 적극적인 방법으로 바꿨다.

함성과 함께 왜군이 접근해 왔다.

기마군 10여 기가 먼저 내달려 온다. 그 뒤를 횡대로 벌려 선 보군이 속보로 달려오고 있다.

조선군과의 거리는 이제 150여 보.

순식간에 가까워졌다. 보군과의 거리를 넓히지 않으려고 말 달리는 속도를 조금 늦추고 있다.

기마군과의 거리가 150보가 되었을 때 이산이 시위에 살을 먹였다.

기마군 12기가 횡대로 벌려 서서 달려오고 있다.

빠르다.

기마군 중심에 선 왜군 장수의 투구는 양쪽에 소뿔이 달려 있다. 그래서 표시가 났다.

말은 눈까지 가리개로 보호했고 가슴에는 쇠갑옷을 늘어뜨렸다. 장수도 눈만 내놓은 갑옷 차림이라 빈틈이 없다. 단점이 있다면 철로 만든 갑옷이 무거워서 말이 오래 뛰지 못한다는 점뿐이다.

거리가 120보로 급격히 가까워졌을 때 이산이 만월처럼 부풀렸던 시위를 놓았다.

"쌕!"

화살이 날아가는 파공음이 들린 것은 주위가 조용해졌기 때문이다. 둘러선 10여 쌍의 시선이 살을 주시하고 있다.

"왓!"

다음 순간 주위에서 낮은 함성이 터졌다.

날아간 화살이 왜장의 눈에 박힌 것이다.

몸이 뒤로 벌떡 젖혀졌던 왜장이 말에서 굴러떨어지자 옆에서 달리던 기마군들이 당황했다. 좌우 둘이 말을 멈추고 뛰어내리는 바람에 기마대 전열이 흐트러졌다.

보군들은 50보쯤 뒤에 떨어져 있었기 때문에 그대로 달려온다. 그러나 기마군 대장이 떨어진 것을 다 보았을 것이다.

그때 이산의 두 번째 살이 날아갔다.

"앗!"

다시 탄성이 일어났다.

하나가 다시 말에서 떨어진 것이다.

이번에는 화살이 목에 맞았다. 갑옷 사이의 턱 끈을 맨 공간에 박힌 것이다.

이제 거리가 1백 보가 되어서 모두 칼을 고쳐 쥐고 있다.

그때 다시 활을 겨누면서 이산이 소리쳤다.

"기마군은 그대로 보내라!"

다시 살이 날아가 또 한 명의 기마군이 곤두박질로 떨어졌다. 말까지 함께 뒹구는 바람에 먼지가 자욱하게 일어났다.

"와앗!"

담장 안에서 함성이 울렸다.

사기가 오른 것이다.

"와앗!"

기마군 7, 8기가 마을로 진입했다.

그러나 맞는 조선군이 없었기 때문에 그대로 길을 내달린다. 멈춰 서는 것이 기마군에게는 치명적이다. 그러나 집 안에 은신한 조선군은 뛰어나오지 않았다.

기마군이 마을 중심부로 달려갔을 때 보군이 50여 보 거리로 다가왔다.

"와앗!"

함성. 그리고 다음 순간.

"타타타탕탕!"

첫 조총의 발사음이 울렸다.

조총의 유효사거리는 50보다. 50보가 넘으면 치명상이 안 된다. 조총 탄이 벽에 맞아 튀었고 사망자는 발생하지 않았지만 위협적이다.

그동안 이산은 살을 날려 보군 셋을 더 쓰러뜨렸다.

"타타타탕탕!"

총성과 함께 쏟아진 총탄이 벽에 맞아 튀었다.

"와아아앗!"

기마군이 스치고 지난 후에 이제 보군이 쏟아져 들어왔다.

"기다려라!"

칼을 쥔 장일선이 소리쳤다.

지금 보군이 마을로 진입하고 있다. 진입한 후에 밖으로 뛰쳐나가 기습을 하려는 것이다.

“기다려라!”

벽의 틈 사이로 밖을 내다보면서 장일선이 다시 소리쳤다.

이제 백병전이다.

서쪽 면으로 진입한 왜군이 조금 빨랐다.

마지막 한 명까지 마을 안으로 뛰어들어 왔을 때 이산이 손짓을 했다.

“꽝!”

그 순간 옆에 서 있던 전령이 징을 쳤고 징 소리가 마을을 울렸다.

“꽝!”

한 호흡 후에 다시 한번.

그 순간 이산과 주위의 조선군이 옆으로 돌아 밖으로 뛰쳐나갔다.

옆쪽 좁은 골목을 타고 마을 밖으로 나온 것이다.

순식간에 나온 이산이 다시 손짓을 하자 전령이 징을 쳤다.

“꽝! 꽝!”

백병전 신호다.

이제 서쪽 면 군사는 밖에서 안으로 모는 형식으로 나아가기 시작했다.

“와앗!”

함성이 일어났다.

둘씩, 셋씩 짝을 지어서 공격하는 터라 벨 때마다 한꺼번에 함성이 일어났다.

이산은 조병기, 그리고 군사 둘과 함께 한 조가 되었지만 앞장서서 칼부림을 한다.

“우와아아!”

이산의 장검이 휘둘러질 때마다 피바람과 함께 함성이 일어났다.

베고 재빠르게 옆쪽 민가 마당으로, 또는 골목으로 몸을 피하면서 왜군의 뒤를 또는 옆을 노리고 기습하는 것이다.

"밀고 나가라!"

이끼가 칼을 치켜들고 소리쳤다.

"놈들은 밀린다!"

지금 이끼는 북쪽 면으로 들어와 2백 보쯤 진입한 상태다. 말을 타고 있었는데 주위에는 호위군 30여 기가 둘러싸고 있어서 철통같은 태세다.

주위는 이제 난전 상태가 되었는데 사방에서 함성과 비명이 난무하고 있다.

그런데 이끼는 호위군과 함께 마을 중심부에 멈춰 섰다. 사방이 막힌 상황이기 때문이다.

"이끼 님, 뚫고 나가시지요!"

사이토가 소리치며 다가왔는데 칼이 피로 범벅이 되어 있다.

"멈춰 서면 위험합니다!"

그러나 사방이 막힌 상황이다.

이끼가 말고삐를 당기면서 소리쳤다.

"남쪽으로 뚫고 내려간다!"

앞을 가로막은 조선군을 향해 돌진한 이끼가 칼을 내려쳤다. 조선군이 칼을 들어 막았지만 엄청난 검세(劍勢)에 칼이 부러졌고 몸통이 갈라졌다.

"와앗!"

함성과 함께 기마군을 중심으로 왜군 본대가 마을을 휩쓸면서 남쪽으로 밀고 내려가기 시작했다.

마을에서 대접전이 일어난 지 한 식경쯤 되었다.

밀고 밀리는 혼전.

왜군 선봉대는 모두 마을 안으로 진입한 상태였고 조선군 1,500과 혈투 중이다.

동서남북 4면에서 진입해 온 왜군과 기다리고 있던 조선군이 상도현 민가 사이에서 한 치도 밀려나지 않은 채 엉켜 있다.

그때, 서부 지역.

밖에서 밀고 들어간 이산 휘하의 조선군이 가장 먼저 승기를 잡았다.

지휘관을 잃은 채 진입한 서쪽 군사가 무너지기 시작한 것이다.

"됐다!"

이산이 온몸에 피 칠을 한 채 소리쳤다.

"밀어붙여라!"

서쪽에서 밀고 나가기 시작하자 왜군은 사방으로 흩어졌다.

지금까지 왜군과 조선군이 이렇게 맞붙은 전투는 없었다. 얕잡아 보고 진입했던 왜군은 강력한 저항에 부딪히자 천천히 사기가 꺾이고 있다.

남쪽으로 밀고 내려가던 이끼 다다요시는 앞쪽에서 흩어지는 왜군을 보았다.

이쪽은 왜군이 밀리고 있다.

그 순간 분노가 치민 다다요시가 버럭 소리쳤다.

"이놈들! 밀어라!"

이끼의 고함 소리에 놀란 왜군이 몸을 돌려 조선군과 맞붙었다.

그러자 남쪽 면이 다시 혼전 상태가 되었다.

이산이 이끼 다다요시를 발견했을 때는 왜군이 남부군(南部軍)을 반격해서 밀고 내려가기 시작할 때다.

남쪽의 조선군은 북쪽에서 내려온 왜군과 남쪽으로 진입한 왜군에 의해 협공을 당하는 상황이다.

서쪽에서 남쪽으로 밀고 가던 이산의 서부군(西部軍)이다.

말에 탄 적장을 본 순간 이산이 등에 멘 활을 꺼내 쥐었다.

"전멸시켜라!"

칼을 휘두른 이끼가 버럭 소리쳤다.

말은 제자리에서 빙글빙글 도는 중이다. 이끼의 주위로 10여 기의 기마군이 호위하고 있었기 때문에 감히 접근하는 조선군은 없다.

이끼는 조선군이 무너지고 있는 것을 보았다.

"이겼다!"

이끼가 칼을 치켜들고 소리쳤다.

"조선군이 무너진다!"

그 순간이다.

이끼 다다요시는 눈을 치켜뜬 채로 벌떡 넘어졌다.

화살이 눈썹 사이에 박혔기 때문이다.

이끼가 말에서 굴러떨어졌을 때 사방에서 외침이 울렸다.

"적장이 말에서 떨어졌다!"

"적장이 죽었다!"

왜군은 북쪽과 남쪽 군이 거의 동시에 무너졌다.

선봉대장 이끼 다다요시가 남쪽 구역에서 살에 맞아 죽음으로써 무너지기 시작한 것이다.

조선군은 죽은 이끼의 시신에서 머리통을 떼어 창끝에 꽂고는 사방에다 흔들어 대었다.

그것을 본 왜군은 도주했고 곧 무너져 흩어지기 시작했다.

전투가 시작된 지 반시진(1시간)도 안 되었다.

그때 날이 저물기 시작했기 때문에 왜군은 더 조급해졌다.

"만세! 천세!"

함성이 울렸을 때는 유시(오후 6시) 무렵이다.

신시(오후 4시) 무렵에 왜군이 마을로 진입했으니 한 시진(2시간) 만에 울린 함성이다.

조선군의 승리다.

왜군 선봉대는 1,700여 명이 상도현 고을로 진입했다가 9백여 구의 시신을 남겨놓고 패퇴했다.

도망친 왜군의 태반이 부상을 당했기 때문에 재기 불능이다. 삼삼오오 흩어져 패주하는 왜군은 치중대의 장비까지 다 팽개치고 도주했다.

임진강에서 조선군 수만 명이 버려두고 패주한 경우와 같다.

그러나 조선군의 피해도 컸다.

"종사관 박영춘, 별장 윤방, 서길석이 전사했소."

우선 서부군의 피해를 도사 전창이 이산에게 보고했다. 전창 또한 왜군의 칼에 맞아서 어깨에 헝겊을 동여매고 있다.

"군사 258명 중 71명이 전사, 부상자는 82명이오."

온전한 군사는 150여 명이 남았다는 말이다.

이산의 눈시울이 붉어졌다.

"장하다."

한숨처럼 말한 이산이 둘러선 군사들을 보았다.

"너희들이 조선의 영웅이다."

"선전관께서 적장을 쏘아 죽이셨으니 일등공이오!"

군사 하나가 소리쳤다.

"모두 보았소!"

"선전관 같은 장수 밑에서라면 목숨을 바쳐 싸우리다!"

나이든 군사가 벽력같이 소리치자 모두 함성을 내질렀다.

그때 말굽 소리가 들리더니 전령이 나타났다. 전령이 빼앗은 왜군의 말을 타고 있다.

"선전관 나리! 병마사께서 부르시오!"

전령의 목소리에 힘이 들어가 있다.

어둠에 덮인 현청 마당에 모닥불이 세 개 피워져 있다.

아직 아군의 시신도 다 처리하지 못한 상황이라 군사들이 분주하게 오가고 있다.

마당 구석에 쌓아 놓은 왜군의 장비가 산더미 같다. 왜군의 검은 이미 수거해서 군사들이 나눠 가졌다.

"오, 선전관."

이산이 다가가자 청에 있던 장일선이 맞았는데 다리를 절고 있다. 허리에도 헝겊을 동여매고 있다.

"잘 싸우셨소. 적장 이끼 다다요시를 쏘아 잡는 바람에 승기를 잡았소."

장일선이 떠들썩한 목소리로 말했고 뒤에 선 판관 임현이 소리쳐 이었다.

"선전관께서 서쪽과 남쪽을 제압하신 덕분이오."

임현의 목소리에는 울음이 섞였다.

"나는 상주 싸움에서 전멸당한 이일의 휘하에 있었소. 이제 그때 억울하게 죽은 조선군의 한을 풀었소."

그러나 청에 올라가 인원 점고를 끝낸 장일선의 말을 듣자 이산도 처연해졌다.

조선군 1,500 중에 절반가량인 720명이 전사, 250여 명이 부상, 온전한 군사는 500여 명만 남아있는 상황이다.

별장 이상 무장(武將) 17명 중 9명이 전사, 4명이 부상이다.

장일선이 이산에게 말했다.

"시신을 오늘 밤에 수습하고 날이 밝기 전에 상도현을 떠나겠소."

"그래야 될 것 같습니다."

고개를 끄덕인 이산이 흐려진 눈으로 장일선을 보았다.

"병마사 나리께선 무운장구하시지요."

"살아서 다시 뵙기는 힘들 것 같아서 선전관을 뵙자고 한 거요."

장일선이 덥석 이산의 손을 쥐었고, 주위의 무장들도 숙연해졌다.

깊은 밤.

두 사내가 산길을 걷고 있다. 이산과 조병기다. 앞장선 사내는 조병기, 뒤를 이산이 따른다.

"주인, 임금이 전(全) 조선의 관리들에게 주인의 체포령을 내렸습니다."

조병기가 앞쪽을 향한 채로 말했다.

"주인은 이제 반역자가 되신 겁니다."

"……."

"조선 왕조가 망해야 주인이 발 뻗고 주무시게 된다는 말씀이오."

"시끄럽다."

"임금이 명군(明軍)의 악행을 모를 리가 없습니다. 그런데도 서둘러서 주인을 잡으려고 수배령을 내렸단 말입니다."

"당연한 일이야."

"상도현의 병마사는 전공(戰功) 보고를 이천 분조의 세자께만 한다는데요."

"……."

"이번 싸움의 1등 공(功)이 주인입니다. 병마사가 주인의 공(功)을 세자께 말씀드릴지 모르겠군요."

"……."

"주인, 이렇게 사시렵니까?"

이산이 고개를 들고 동녘 하늘을 보았다.

아직 산마루는 짙은 어둠에 덮여 있다. 산과 하늘이 구분되지 않는다. 조병기는 입을 다물었고 두 주종의 기척만 들리고 있다.

흐린 날씨다.

"처우를 이야기해 보자."

가또 기요마사가 앞에 앉은 마쓰다와 도모타, 그리고 기노를 번갈아 보았다.

마쓰다는 가또의 중신(重臣)으로 1만 석 녹봉을 받는 영주급 가신이다. 도모타는 가또군의 좌군대장으로 5,500석 녹봉을 받는다. 가또가 말을 이었다.

"그자가 조선에 발붙일 곳은 없지만 말이야, 어떤 처우가 좋겠느냐?"

가또는 이때 31세. 구마모토를 봉토로 소유하는 대영주다. 그때 도모타가 헛기침을 했다.

"주군, 가신으로 영입하는 것만 해도 광영으로 생각해야 될 것입니다. 일단 향도로 받아들였다가 관찰을 한 후에 결정하시는 것이……."

도모타는 32세. 아버지 시마다의 뒤를 이어 가업을 계승했다. 도모타는 키는 작지만 단단한 체구에 용맹했다. 난폭한 성격이어서 조선인을 잔혹하게 처리했기 때문에 악명을 떨쳤다. 그때 마쓰다가 헛기침을 했다.

"도모타 님은 모르는 말씀이야. 지금 주군께서는 가신으로 영입하시려는 거요."

도모타가 고개를 들었을 때 가또가 입을 열었다.

"마쓰다 말이 맞다, 도모타."

"하지만, 주군……."

도모타가 다시 입을 열었다가 가또의 시선을 받고는 입을 다물었다. 가또의 눈빛이 강해졌다.

"너는 입 닥치고 있는 것이 낫겠다."

숨을 들이켠 도모타의 얼굴이 하얗게 굳어졌다. 그때 마쓰다가 말했다.

"가신(家臣)으로 받아들이시지요. 휘하에 군사까지 배치된 장수급으로 임명하시는 것이 나을 것 같습니다."

"내 생각도 그렇다."

고개를 끄덕인 가또가 기노를 보았다.

"이산이 일본말을 제법 한다면서?"

"예, 주군. 아직은 서툴지만 대화 소통은 충분합니다."

기노가 바로 대답했다.

"이산의 그동안 행적을 보면 주군께 도움이 될 인물입니다."

"이산이 고니시의 선봉장 야마시다 일족을 몰살시켰어. 평양까지 쫓아가서 말이야."

가또가 흐려진 눈으로 셋을 둘러보았다. 얼굴에 희미하게 웃음기가 떠올라 있다.

"내 부하 중에 그런 놈이 있을까?"

모두 입을 다물었고 가또가 말을 잇는다.

"의병을 이끌고 명군(明軍) 선봉대를 전멸시키더니, 이번에는 관군과 함께 구로다가 자랑하는 이끼 다다요시 부대를 궤멸시켰다. 2천 명을 말야."

가또의 시선이 도모타에게 옮겨졌다.

"도모타, 네 군사는 몇이냐?"

"예, 1,200입니다."

"너는 이끼보다 강하다고 생각하느냐?"

"……."

"그런 이산을 향도로 쓰자고 했지?"

"……."

"조선에 이일이나 신립, 김명원 같은 놈들만 있는 게 아니다. 이순신, 이산 같은 인물도 있어."

"제가 경솔했습니다."

"이산에게 5백 석 녹봉을 주기로 하지. 그리고 휘하에 별동대 60명을 떼어 주는 것이 낫겠다."

"측근을 붙여줘야 합니다."

마쓰다가 나섰다.

"이산은 감시역으로 생각하겠지만 적응에 필요한 인물이 되어야 합니다."

"그렇지. 누가 좋을까?"

"보좌역 코다 님이 적격입니다."

"무어? 코다를?"

깜짝 놀라는 시늉을 했던 가또가 곧 이를 드러내고 웃었다.

"그렇군. 그 변덕쟁이 영감에게 맡겨보도록 하지. 요즘 영감은 그릇이나 모으는 모양이니까, 잘됐다."

듣고만 있던 기노가 소리 죽여 숨을 뱉었다. 그때 가또가 다시 기노를 보았다.

"기노, 이산이 상도현에서 나와 다시 종적을 감췄다니 이곳으로 오는 중일지도 모른다. 찾아라."

"앗, 저기."

갑자기 조병기가 멈춰 서더니 손으로 앞쪽을 가리켰다.

산길을 걸은 지 나흘째. 그동안 둘은 화전민의 폐가에서 이틀 밤을 보내고 지금은 산 중턱을 돌아가고 있다. 고개를 든 이산이 앞쪽을 보았다.

나무숲에 덮인 2채의 돌집이 보인다. 지붕에 나무껍질을 덮은 화전민 주택이다. 1백 보쯤의 거리.

미시(오후 2시) 무렵.

마당에서 오가는 남녀가 보인다. 돌집에 어울리지 않는 차림. 제법 깨끗한 치마저고리. 피란민이다.

앞쪽을 응시하던 이산이 다시 발을 떼었다. 조병기가 뒤를 따른다.

마당에 서 있던 안정명이 윤동이에게 말했다.

"이곳까지는 왜군이 오지 않으니 다행이야. 오늘 저녁때 떠났다가 날이 밝기 전에 돌아오너라."

"예, 나리."

고개를 든 윤동이가 안정명을 보았다.

"금붙이 한 개만 가져가겠습니다. 요즘은 쌀이 귀해서 많이 바꿀 수가 없으니까요."

"그러든지."

"오복이만 데려가겠습니다."

"내자가 자주 배앓이를 하니까 약을 찾아야 돼."

그때다.

마당 한쪽에서 낮은 외침 소리가 들렸기 때문에 둘이 고개를 돌렸다. 그 순간 둘의 몸이 굳어졌다. 두 사내가 들어선 것이다.

"누구냐?"

먼저 소리치며 다가선 것이 윤동이다. 윤동이는 어느새 마당에 놓인 도끼를 집어 들고 있다.

마당에 소란이 일어났다. 그러더니 숨 한 번 쉰 다음에 장정 다섯이 둘을 둘러쌌다. 모두 손에 칼과 도끼를 쥐었다. 금세 무장 병력이 된 것이다.

이산이 고개를 들고 장정들 뒤쪽에 서 있는 두건 쓴 사내를 보았다.

"피란민인가?"

이산이 묻자 사내의 눈동자가 흔들렸다. 40대 중후반쯤의 나이로 말쑥한 흰색 바지저고리 차림이다. 그때 사내의 앞쪽에서 도끼를 쥔 사내가 한 걸음 다가서면서 다시 소리쳤다.

"네 이놈! 누구냐!"

이산 일행이 둘뿐이라는 것을 알고 기세가 오른 것이다.

"너희들은 비켜라."

이산이 앞을 가로막은 다섯을 거들떠보지도 않고 한 걸음 다가섰다. 시선을 40대 사내에게 준 채다.

"그대에게 묻는다. 피란 온 양반이냐?"

"네 이놈!"

기합 소리가 바로 앞에서 났다. 도끼를 쥔 사내가 그대로 도끼를 내려찍은 것이다. 장신에 육중한 체격이다. 엄청난 기세로 도끼가 이산의 머리를 향해 내려쳐졌다.

"악!"

다음 순간 마당이 떠나갈 것 같은 비명이 울렸다. 바로 도끼를 내려친 장신의 사내다. 그때 옆쪽에 서 있던 사내들이 한 걸음씩 물러섰다.

보라.

윤동이의 한쪽 팔이 팔꿈치 바로 아래에서 잘려나간 것이다. 도끼를 쥔 손이 땅바닥에 떨어져 있는 것이 더 끔찍했다. 이산이 칼집에서 칼을 빼내면서 팔을 잘라 버린 것이다.

그때 이산이 칼끝으로 40대 사내를 가리켰다.

"네 이놈, 네 신분을 밝혀라. 입을 열지 않는다면 다음 순서는 너다."

칼끝이 반짝였고 다음 순간 사내가 입을 열었다.

"나는 곡산 군수 안정명이다. 그대는 누군가?"

"곡산 군수?"

이산의 시선이 옆쪽에 선 조병기를 스치고 지나갔다. 이산이 다시 물었다.

"이곳이 곡산 관아냐?"

"피란을 나온 거네."

"백성은 놔두고?"

"다 피란을 갔어."

"나는 너 같은 놈들을 잡으러 다니는 암행어사다."

이산이 허리춤에서 '세자 검'을 꺼내 내밀어 보였다.

"이것은 세자 저하께서 내리신 '세자 검'이다. 너는 당장 무릎을 꿇어라!"

그때 잘린 팔목을 움켜쥔 윤동이가 신음했기 때문에 이산의 칼이 번쩍이며 지나갔다. 목이 베어진 윤동이가 소리도 지르지 못하고 마당에 엎어졌다.

그때 곡산 군수 안정명이 털썩 무릎을 꿇었다.

마당에 안정명의 식솔들이 다 모였다.

죽은 윤동이는 안정명의 비장이었다. 시체를 치우고 모인 남녀는 14명. 처자와 종, 그리고 경호원으로 부리는 군사들이다.

이산이 눈을 치켜뜨고 안정명을 보았다. 곡산 군수는 정5품 문관이다.

"네가 군민을 버리고 이곳으로 피신해서 난이 끝나기를 기다릴 작정이냐?"

안정명은 땅바닥에 무릎을 꿇은 채 외면했고 처로 보이는 여인이 흐느꼈다.

"너는 상도현에서 병마사 장일선이 이끄는 조선군 1천5백이 왜군 2천을 전멸시켰다는 것을 아는가?"

이산이 소리쳐 묻자 안정명이 고개를 들었다.

"장일선이 주둔하고 있다는 말은 들었소."

"부끄럽지도 않느냐?"

"나는 이씨 왕조를 위해 목숨을 내놓을 생각이 없었소."

안정명이 똑바로 이산을 보았다.

"자, 이씨 왕조에 반역했으니 처단해 주시오."

"그대, 내가 누군지 아는가?"

"모르오."

"나는 임금이 반역자로 수배한 전(前) 선전관 이산이다."

순간 놀란 안정명이 고개를 들었다. 마당에 앉은 남녀도 모두 숨을 죽였다. 그때 안정명이 입을 열었다.

"귀공 명성은 들었소."

"난 세자 저하도 떠난 몸이야."

"그것도 압니다."

"모두 일어나라."

뱉듯이 말한 이산이 고개를 돌렸다.

"경솔한 인간 하나만 죽인 셈이다."

"마루에 오르시지요."

안정명이 마루를 가리키며 권했다.

"부끄럽습니다. 뵙게 되어서 광영이오."

마루에 술상이 차려졌다.

식구들이 제각기 흩어지고 분위기는 가라앉았다. 윤동이의 시신은 사내들이 들고 나갔는데 산에 묻으려는 것이다.

이산의 잔에 술을 따른 안정명이 외면한 채 말했다.

"3년 전 기축년 옥사 때 정여립과 연루되어 일가가 모두 죽고 나 하나만 살아남았소. 나도 유배지에서 풀려나 작년 겨울에 군수로 복직되었소."

이산은 듣기만 했고 안정명이 말을 이었다.

"내 형님이 정여립한테 편지를 쓴 것이 화를 불렀소. 그 편지 내용이 한번 만나서 세상 이야기나 하자는 것이었소."

"……."

"나는 정여립을 본 적도 없었는데 유배되었고 처자는 모두 관아의 종이 되어 뿔뿔이 흩어졌지요."

"……."

"복직이 되고 나서 찾아오는 데 반년이나 걸렸소이다."

"……."

"의주부에 종으로 보내졌던 막내딸은 14살 나이에 우물에 빠져 죽었소. 자살한 것이지요."

이제는 안정명이 똑바로 이산을 보았다.

"난 정여립을 본 적도 없지만 지금은 정여립이 했다는 말은 믿습니다. 정여립은 '천하에는 주인이 없으며 누구라도 임금이 될 수 있다.'라고 했답니다."

"……."

"정여립이 모반을 꾸몄다는 고변 하나로 무려 1천여 명의 관리, 고관이 죽었는데 그 가족까지 합하면 수만 명이오."

안정명이 허탈하게 웃었는데 눈이 붉어졌고 흐려져 있다.

"임금이 제자리나 지키려고 이놈 저놈의 고변을 다 들어주고 또 간신배들은 그

기회를 이용해서 정적들을 고발, 무고하게 죽인 것이오. 지금 임금 주변에 붙어 있는 간신배들이 모두 기축옥사 때 정적들을 무고하게 죽인 놈들이오."

"……."

"그래서 이렇게 큰 난리를 맞았어도 제대로 싸울 관리, 장수가 없는 것이오."

마침내 이산이 외면했다.

산에 박혀 있었지만 스승한테서 내막은 들었다. 그러나 실제로 당한 사람들의 이야기를 듣다 보니 피가 끓는 느낌이다.

정여립은 대동계를 조직하여 왜구를 격퇴한 적도 있지만 반란을 일으키지는 않았다. 역모를 꾸민다는 고변만을 듣고 임금이 정여립을 체포하려고 했던 것이다.

정여립이 진안 죽도로 도망쳐 자결하는 바람에 사건이 더 커졌다. 주인공이 죽자 음모가들의 고변이 이어졌고 무고한 사람들이 도살된 것이다. 그때 고개를 든 안정명이 말했다.

"아시오? 정여립의 집이 있던 금구를 전주로 편입시키고 금구 집을 파내어서 더러운 연못으로 만들었습니다. 그리고 전라도를 반역 향으로 삼아서 앞으로 관리들은 등용하지 않을 것이오."

이산의 얼굴에 쓴웃음이 번졌다.

다음 날 이른 아침.

이산이 조병기와 함께 안정명과 작별했다.

"잘 지내시오."

배웅 나온 안정명에게 이산이 말했다.

"앞으로 또 만날지 모르겠소."

"무운을 빌겠습니다."

안정명이 흐린 눈으로 이산을 보았다. 이산과 밤늦게까지 이야기를 나눈 것이다. 이산이 고개를 숙여 보이고는 몸을 돌렸다.

또 떠난다.

구로다 나가마사는 25세.

대를 이어서 히데요시의 가신(家臣)이 된 가문이다. 이끼 다다요시가 상도현에서 패사한 후에 구로다는 전군(全軍)에 비상령을 발동하고 상도현으로 부대를 파견했다. 기마군, 조총대를 보강한 3천 병력이다.

그러나 부대를 지휘한 후쿠다는 조선군을 발견하지 못했다. 대신 즐비한 왜군의 시신만 찾았다. 조선 침공 후에 이렇게 대규모 전사자가 발생한 것은 처음이었다.

"찾아라."

후쿠다의 보고를 받은 구로다가 팔걸이를 내려치며 소리쳤다.

진막 안.

함경도로 진출한 구로다군은 함흥 근처에 주둔하고 있다.

"그놈, 병마사 장 아무개란 놈을 찾아야 한다."

그때 후쿠다가 고개를 들었다.

"주군, 부상당해서 숨어 있던 조선 군사 하나를 잡았습니다. 그자의 말을 들으면 이번 싸움에서 세자가 보낸 선전관이 이끼를 사살했다고 합니다."

"……."

"그자가 기세를 일으키는 바람에 이끼군(軍)이 패주했다는 것입니다."

구로다가 어깨를 늘어뜨렸다.

"그놈이 누구인지 곧 알게 될 것이다. 조선 관리 놈들은 없는 공도 지어내는 놈들이니 바로 제 임금이나 분조에 보고하겠지."

의주 행재소나 분조에는 밀정들이 깔려있다.

4장
가또의 가신이 되다

"북청으로 가자."

산길을 벗어났을 때 이산이 말했다.

미시(오후 2시)쯤 되었다. 고개를 돌린 조병기가 이산을 보았다. 정색한 표정이다.

"그러지요."

골짜기의 개울가 바위를 디디면서 조병기가 말을 이었다.

"동쪽으로 30리만 가면 됩니다."

조병기도 이제 이산이 마음을 굳혔다는 것을 안다.

유시(오후 6시) 무렵.

북청의 본진에서 머물고 있던 기노에게 후소가 달려왔다. 후소는 북청 외곽의 연락소에서 온 것이다. 이 연락소가 이산이 오기로 한 곳이다.

"기노 님, 이산 님이 오셨습니다."

기노가 저도 모르게 벌떡 일어섰다.

이곳에서 연락소까지는 5리(2킬로) 거리다.

마루방으로 기노가 들어서자 이산이 고개를 들었다.

술시(오후 8시) 무렵이다.

"마침내 오셨군."

다가선 기노가 웃음 띤 얼굴로 말했다.

"15일이나 늦었어."

"바빴어."

"알고 있어."

앞쪽에 앉은 기노가 반짝이는 눈으로 이산을 보았다.

"명군(明軍)과 구로다군을 연달아서 격파한 것도."

"그렇군."

"가또 님은 지금 길주에 계셔. 내가 전령을 보냈으니까 내일 내려오실 거야."

무릎을 움직여 다가앉은 기노의 손바닥이 이산의 허벅지를 덮었다. 시선이 마주쳤고 어느덧 기노의 얼굴이 상기되어 있다.

밤.

이산의 가슴에 얼굴을 붙인 기노가 입을 열었다.

"가또 님이 녹봉을 받는 가신(家臣)으로 받아들이실 거야."

기노의 숨결이 이산의 가슴 위를 스치고 지나갔다.

"조선 왕조를 무너뜨린 후에도 그대 역할이 필요해."

"날 조선 왕으로 만들어 준다더냐?"

"그럴 수도 있지."

이산이 기노의 어깨를 당겨 안았다.

"나는 조선에서 부대끼기 싫다."

"조선에서 명(明)으로 갈 수도 있지."

기노가 이산의 허리를 두 팔로 감아 안았다.

"나는 어디든 따라갈 테니까."

방 안은 아직 더운 열기가 가시지 않았다. 이산은 숨을 들이켰다. 냄새도 향기롭다.

다음 날 북청의 본진에 도착한 이산을 맞은 사내는 가또의 보좌역 코다(甲田)다.

50대 초반인데도 머리가 백발인 코다가 이산의 위아래를 훑어보았다.

"거인(巨人)이시군요."

"조선에서는 나 같은 체격이 많소."

"내가 평균 신장인데 나보다 한 자(30센티) 정도는 크시오."

"그런가?"

둘은 영빈관의 마루방에 마주 보고 앉아 있다.

사시(오전 10시) 무렵.

가또는 아직 도착하지 않았다. 그때 코다가 말했다.

"미리 말씀드리는데, 내가 이산 님의 보좌역을 맡게 되었소."

"보좌역?"

"그렇소."

고개를 끄덕인 코다가 지그시 이산을 보았다.

"먼저 그 일본어 억양부터 고치셔야겠소. 누구한테서 배웠는지 사투리가 심하시오."

"좀 무식한 놈한테 배워서 그런가?"

"허나 일본어는 잘하시는 편이오."

"영감 이름이 뭐요?"

"코다올시다."

고개를 숙여 보인 코다가 말을 이었다.

"나이는 쉰둘이고 본래 관백님이신 히데요시 공의 가신(家臣)이었다가 가또 님의 보좌역으로 지명되었지요. 그러다가 이젠 가또 님이 이산 님에게 보내신 경우가 되었소. 계속 쫓아내는데……."

그러고는 코다가 혀를 찼다.

"쉽게 말하면 내가 야생마 조련사 역할을 맡은 것 같소."

코다의 얼굴에 쓴웃음이 번졌다.

"가또 님의 조련은 다 끝난 셈이지. 그래서 조선에 따라와 그릇이나 모으고 있었는데 이번에 다시 일을 맡은 거요."

"날 조련하겠다구?"

"그렇지요."

고개를 끄덕인 코다가 지그시 이산을 보았다.

"내가 그동안 기노한테서, 그리고 향도를 통해서도 이산 님에 대해서 공부를 했소. 조련사가 말의 품종과 성품에 대해서는 알아야 하니까."

코다가 이를 드러내고 웃었다.

"이산 님에 대해서 기대가 큽니다."

가또 기요마사가 불렀을 때는 유시(오후 6시) 무렵이다. 가또가 온 것이다.

본진으로 사용되는 청에는 무장들이 정연하게 둘러앉아 있었는데 이산은 코다와 함께 들어섰다. 이산이 예에 따라서 10보쯤 앞에서 무릎을 꿇었더니 가또가 손짓을 했다.

"가까이 오라."

그러자 가또 바로 우측 옆자리에 앉아 있던 마쓰다가 말했다.

"이산 공(公), 다섯 걸음 앞으로 오시게."

이산과 코다가 일어나 가또의 다섯 걸음 앞으로 다가가 무릎을 꿇었다. 가또의 숨소리까지 들을 수 있는 위치다.

청 안에는 좌우로 벌려 앉은 무장들이 50여 명이나 된다. 가운데의 공간에 이산과 코다가 앉아 있는 셈이다. 그때 가또가 코다에게 말했다.

"코다, 네가 이산에게 대충 설명을 해줬겠지?"

"예, 주군."

고개를 끄덕인 가또가 이산을 보았다.

"이산, 골격이 크구나."

"예, 주군."

"금방 주군이라고 했나?"

"예, 그렇습니다."

"코다가 그렇게 부르라고 하더냐?"

"예, 주군."

"네 나이가 몇이지?"

"스물입니다."

"내가 그 나이 때 관백님의 시종무사였다. 전쟁에는 여러 번 참석했지."

눈을 가늘게 떴던 가또가 말을 이었다.

"이산, 너는 투항자도, 포로 신분도 아니다. 주인 없는 낭인이 새 둥지를 찾은 것으로 받아들인다."

"예, 주군."

"내 가신(家臣)이 되겠느냐?"

"예, 주군으로 모시겠습니다."

"좋다. 받아들인다."

손바닥으로 팔걸이를 내려친 가또가 말을 이었다.

"너에게 구마모토 북쪽의 5백 석 봉토를 주마."

"감사합니다."

"코다가 너한테 여러 가지를 알려줄 것이다. 앞으로 잘 지내도록."

"예, 주군."

"나한테 할 말이 있느냐?"

"예, 있습니다."

고개를 든 이산이 가또를 보았다.

"전쟁은 명군과 치르게 해주시기를 바랍니다. 조선군은 피하도록 부탁합니다."

"오, 그런가?"

가또가 이를 드러내고 웃었다.

"이해가 간다."

고개를 끄덕인 가또가 말을 이었다.

"다행히 명군(明軍)이 왔군. 네가 명군 선봉대를 격멸했다는 말은 들었다."

그러고는 마쓰다를 보았다.

"이산은 지금부터 500석을 받는 가또의 무장(武將)이다. 무장들과 인사를 시켜라."

술시(오후 8시) 무렵.

이번에는 가또와 마쓰다, 그리고 이산과 코다 넷이서 모여 술을 마시고 있다. 상석에 가또가 앉았고 그 앞쪽 좌우에 마쓰다와 코다, 그리고 마주 보는 위치에 이산이 앉은 구도다. 가또와 이산과의 간격은 10자(3미터)쯤 되었지만 숨소리도 들린다.

가또가 이산의 신입(新入)을 축하하는 자리다. 술잔을 든 가또가 이산을 보았다.

"네가 세자를 모셔보았으니 곧 익숙해질 것이다."

가또의 얼굴에 웃음이 떠올랐다.

"광해를 모실 때는 정4품 선전관이었는데 지금은 가또의 가신(家臣)으로 5백 석 녹봉을 받게 되었군."

“비교가 되지 않습니다.”

어깨를 편 이산이 정색했다.

“선전관은 관직일 뿐이지만 저는 5백 석 봉토를 받았습니다. 그것은 5백 석짜리 땅과 백성의 주인이 된 것 아닙니까?”

“바로 그렇다.”

가또가 고개를 끄덕였다.

“5백 석 땅이면 농민 1천 명가량이 네 백성이 될 것이다. 그중 60, 70명을 군사로 쓸 수 있을 것이고.”

“저는 그것이 소중합니다.”

“일본에서는 그렇게 시작해서 영주도 되고 천하도 통일한다.”

“저도 들었습니다.”

“네가 두각을 나타낸 지 얼마 되지 않았으나 장래가 촉망된다. 그래서 내가 끌어들인 것이지만.”

가또가 한 모금에 잔을 삼키고는 말을 이었다.

“네 이야기를 관백님한테도 전할 것이다. 영광으로 받아들여라.”

이산이 잠자코 고개를 숙였다.

자신을 인정해 주는 것이다. 사내에게는 그것이 사는 보람이다.

거처로 배정된 저택으로 돌아왔을 때는 해시(오후 10시) 무렵이다.

조병기가 기다리고 있다가 이산에게 말했다.

“주인, 이쿠노라는 자가 기다리고 있습니다.”

그때 이산을 따라온 코다가 말했다.

“오! 중군(中軍) 소속의 이쿠노로군. 이산 님 봉지 출신의 무사지요. 쓸 만한 자입니다.”

마당으로 들어서면서 코다가 이를 드러내고 웃었다.

"이산 님의 가신(家臣)인 셈이지요."

이산이 어리둥절하다가 심호흡을 했다.

왜군은 이렇게 조직되어 있구나. 그러니 제 주군이 죽지 않는 한 탈영은 못 하겠다.

청에서 기다리던 무사가 벌떡 일어섰는데 갑옷 차림이다.

30대 중반쯤, 각진 얼굴에 어깨가 넓고 팔이 길다.

"이쿠노올시다."

다시 털썩 무릎을 꿇은 사내가 두 손을 청 바닥에 짚고 이산을 보았다.

"모시게 되어서 광영입니다."

"일어나게."

이산이 말하자 이쿠노가 일어섰다. 그때 코다가 말했다.

"이쿠노, 나는 이산 님의 보좌역이 되었다. 당분간 네 못난 상판을 자주 보게 되었구나."

"넷, 코다 님."

그때 이산이 말했다.

"방으로 들어가 이야기하지."

방에서 이산, 코다, 조병기, 이쿠노까지 넷이 둘러앉았다.

양초를 켜 놓은 방 안에서 불꽃이 흔들렸고 그림자가 어른거렸다. 그때 코다가 이쿠노에게 물었다.

"이쿠노, 군사 몇을 데리고 왔나?"

"예, 무사 넷에 졸병 63명입니다."

"그게 이산 님의 휘하 병력이군."

"예, 그렇습니다."

이산이 고개를 끄덕였다. 코다가 이산에게 알려주려고 대신 물어준 것이다.

이제 이산은 사병(私兵) 68명을 보유한 무장이다. 가신으로 무사 5명, 졸병 63명을 거느리게 된 것이다. 그때 코다가 말했다. 얼굴에 웃음을 띠고 있다.

"이제 5백 석에서 1천 석, 3천 석, 5천 석으로 녹봉이 늘어나면 이쿠노의 녹봉도 현재의 60석에서 2백 석, 5백 석, 1천 석이 되지 않겠습니까?"

이산의 시선을 받은 코다가 말을 잇는다.

"관백 히데요시 공께서도 그렇게 천하를 장악하게 되셨지요."

이것이 일본 무사 세상이다.

이산이 심호흡을 했다.

실력 싸움이다. 해볼 만하지 않은가?

밤.

이산의 품에 안긴 기노가 말했다.

"주군이 당신한테 내일 임무를 줄 거야."

불은 껐지만 기노의 눈동자가 또렷하게 드러났다.

"의주 행재소 근처에서 활동하는 별동대 역할이야."

이산의 허리를 두 팔로 감아 안은 기노가 말을 잇는다.

"임금 주변의 고니시 님 첩자들을 제거하는 것이지. 그리고 명군(明軍) 지휘부도."

다음 날 오전.

일대(一隊)의 왜군이 북청을 떠나 서쪽으로 출발했다.

모두 60여 명, 이산의 부대다.

목적지는 의주 행재소 근처의 귀성. 먼 길이다. 직진으로 갈 예정이었기 때문에 성천강, 대동강, 청천강, 대녕강까지 큰 강을 4개나 건너야 한다.

소규모 부대지만 첨병도 내세웠고 선봉, 중군, 치중대도 있다. 말 20여 마리에 군량과 기구를 싣고 가는 것이다.

이번 이동에는 코다도 동행했는데 이산의 옆에 붙어 가고 있다.

"가는 길에 조선군은 보이지 않을 겁니다. 대신 명군이 흩어져 있겠지요."

코다가 말했다.

"지금 명군이 평양성을 회복하려고 기를 쓰고 있지요. 한번 혼이 났거든요."

그렇다.

왜군이 4월 13일 부산포에 상륙한 후에 임금 선조는 한양성을 버리고 개성, 평양을 거쳐 6월 22일에 의주에 도착했다.

명군 선발대 1천여 명이 압록강을 넘어온 것이 6월 18일이다. 그러나 명의 요동 부총병 조승훈이 이끄는 명군 5천은 평양성을 치다가 왜군에 대패했다. 왜군을 얕보고 평양성에 진입했다가 기습을 받아 유격 장군 사유(史儒)를 포함한 장수 10여 명이 전사한 것이다.

기겁한 조승훈은 평양에서 안주까지 200여 리 길을 단숨에 내달려 도망쳤다. 전날에 비까지 왔기 때문에 진흙탕에 빠진 명군은 거의 전멸했다.

살아 돌아간 숫자가 수십 명뿐이었다.

서진(西進) 첫날 유시(오후 6시) 무렵.

100리(40킬로)쯤 행군한 부대가 하성현 근처의 산기슭에서 멈췄다.

"이곳은 5번대 후쿠시마 님의 수색 영역으로 수색병만 나와 있습니다."

첨병을 보낸 이쿠노가 이산에게 보고했다. 5번대장 후쿠시마 마사노리는 2만 5천의 병력을 보유한 맹장이다.

그러나 이쪽은 함경도 지역이다. 고니시와 가또군을 지원해 주려고 북쪽으로 3천 정도의 병력을 파견시켰고, 후쿠시마는 주력군과 함께 한양성에 머물고 있다.

곧 첨병이 왜군 하나를 데려왔다. 후쿠시마군(軍)의 수색병이다. 수색병이 이산에게 말했다.

"이곳에서 60리 서쪽에 명군(明軍) 1개 부대가 주둔하고 있습니다."

수색병이 말을 이었다.

"명군이 주둔한 정동현은 텅 비었습니다. 주민이 모두 피란을 떠났기 때문이지요. 명군의 행패가 극악무도해서 주민들이 모이지 않습니다."

이산의 시선이 옆에 앉은 코다에게 옮겨졌다.

"영감, 명군이 일본군보다 더 극악한 모양이야."

"지금은 가또군이 코나 귀를 떼어가지 않습니다."

코다가 쓴웃음을 짓고 말했다.

"다른 부대도 마찬가지일 것입니다."

그때 이산이 수색병에게 물었다.

"정동현의 명군 규모는 어떻게 되느냐?"

"2백 명 규모의 보군으로 진서장군 주관충 휘하의 좌측 군입니다."

수색병이 말을 이었다.

"본대인 주관충 부대는 3천으로 대동강 상류에 주둔하고 있습니다."

이산이 고개를 끄덕였다.

명군의 후위 군부대다. 주력은 평양을 중심으로 남진한 상태이기 때문이다.

그날 밤, 진막 안에는 이산과 코다, 이쿠노와 조병기까지 넷이 둘러앉았다. 코다가 말했다.

"주군, 명군(明軍)이 가는 길목에 있으니 짓밟고 지나시지요. 그것이 가신(家臣)

들을 단합시키고 군사들의 사기를 진작시킬 수 있을 것이오."

"영감은 전투를 해보았는가?"

이산이 묻자 코다가 바로 대답했다.

"전투에 참가한 적은 없지만 히데요시 관백께서 지휘하신 작전에서부터 가또 님까지 수십 년간 옆에서 조언을 했소이다."

"대단하군."

정색한 이산이 고개를 끄덕였다.

"하지만 이번에는 명군(明軍)을 피해 가기로 하지. 군사들의 사기는 천천히 진작시켜도 될 거야."

"그렇습니까?"

눈을 가늘게 뜬 코다가 이산을 보더니 고개를 끄덕였다.

"주군께선 의외로 신중하시군요."

"날 떠보지 마라, 코다."

"눈치채셨습니까?"

"의주까지 잠행해야 한다."

"실은 주군께서 그러자고 하셨다면 제가 다시 말릴 작정이었습니다."

"그러다가 히데요시 님과 가또 주군께 쫓겨난 것 아니냐?"

"하나는 맞추셨습니다."

고개를 든 코다가 이산을 보았다.

"관백께서는 다 받아들여 주셨지만 가또 님께선 절 주군께로 방출하셨거든요."

둘이 말을 주고받는 동안 처음에는 긴장했던 이쿠노, 조병기의 얼굴에 웃음이 떠올랐다. 이산이 고개를 끄덕였다.

"난 내 아버지를 반면교사로 삼고 자란 사람이야. 네 수작도 그렇게 받아들이겠지만 희롱한다면 용서 안 한다."

이산의 두 눈이 번들거렸다.

"관백님 이상으로 다 받아들일 수도 있지만 가또 님보다 더 가혹하게 대할 수도 있다는 걸 명심해, 코다."

"이제 슬슬 주군을 알아가고 있습니다. 명심하지요."

코다가 고개를 숙이면서 대답했다. 진막 안 분위기가 부드러워졌다.

다음 날 아침.

명군이 주둔한 정동현을 피해 북쪽으로 방향을 틀었던 부대가 30리(12킬로)쯤 나아갔을 때다.

"적입니다!"

첨병이 달려와 보고했다.

"앞쪽 강가에 명군(明軍) 수색대 50여 명이 주둔하고 있습니다."

그때 코다가 이산을 보았다. 묻는 시선이다. 이산이 고개를 끄덕였다.

"이번에는 격파하고 전진한다."

강가에 주둔한 명군(明軍)은 진막 6개를 나란히 설치해 놓았다. 앞쪽 1백여 보 거리에 초소 2곳이 세워졌을 뿐이다.

이곳은 평양 동북방 1백여 리(40킬로) 지점이다. 거의 공백 지역이어서 왜군이나 조선군, 명군(明軍)의 출몰도 드물다.

3백 보 거리까지 접근했던 이산이 바위 사이에 엎드려서 명군 진막을 보았다.

사시(오전 10시) 무렵이다.

7, 8명은 강가에서 무언가를 씻고 10여 명은 진막 밖으로 나와 있다. 앞쪽 초소는 나뭇가지로 위장해 놓았는데 엉성했다. 초소 안에는 초병 셋이 들어가 있다. 그때 옆에 엎드렸던 이쿠노가 말했다.

"주군, 여기서 일제히 공격하면 놈들은 뒤쪽의 강으로 뛰어들 것입니다. 기세를 잃으면 배수진은커녕 물에 빠져 죽게 되지 않겠습니까?"

이산이 고개를 끄덕였다.

"네가 앞장을 서라."

"와앗!"

50여 보 거리까지 접근한 왜군이 잡초 사이에서 벌떡 몸을 세우고 돌진했다. 함성과 함께 돌진한 것이다.

기겁을 한 초소의 초병들이 밖으로 뛰쳐나왔다가 다가오는 왜군을 보더니 몸을 돌려 도망을 쳤다.

"잡아라!"

이쿠노가 칼을 휘두르며 앞장을 섰다.

"와앗!"

함성이 강변을 덮었다.

이산은 이쿠노의 뒤를 따라 달린다.

오늘은 활을 쏘지 않았다. 적장이 보이지 않았고 한 명씩 쏘아 잡는 작전이 아니었기 때문이다.

명군의 부대장은 곽도길.

요동 출신으로 이번에 조승훈을 따라 왔다가 조선에 남게 되었다. 조승훈이 평양성에서 참담하게 패한 후에 갖은 거짓말로 패전을 뭉개는 사이에 이여송이 대군을 이끌고 왔다.

밖에서 함성이 울렸을 때 곽도길은 납치해 온 조선녀와 진막 안에서 음행을 벌이는 중이었다. 한낮인데도 거침이 없다. 본대와 떨어져 있는 데다 군(軍)의 기율이 엉망이었기 때문이다.

"뭐냐?"

바지를 추켜올리면서 곽도길이 버럭 소리쳤다. 그때 함성이 다시 울리더니 진막 안으로 군사 하나가 뛰어 들어왔다.

"왜군이오!"

"와아아아."

함성이 더 가까워지고 있다.

"막아라!"

기둥에 걸쳐 놓은 칼을 집은 곽도길이 밖으로 뛰쳐나왔다.

한낮이다.

곽도길은 이쪽으로 몰려드는 왜군을 보았다.

"아뿔싸!"

심장이 덜컥 내려앉은 곽도길의 눈이 흐려졌다.

곽도길은 42세. 조선에 내려온 지 1개월. 그동안 한 번도 전투를 한 적이 없다. 다행히 후방 근무로 빠져 그동안 여러 번 약탈과 강간으로 세월을 보냈기 때문이다.

"와아앗!"

함성이 더 가깝게 울린 것은 왜군이 20여 보 앞으로 다가왔기 때문이다.

그때 둘씩 셋씩 모여 서서 칼과 창을 겨누던 명군(明軍) 10여 명이 일제히 몸을 돌리더니 강 쪽으로 달려가기 시작했다. 도망가는 것이다. 그것을 본 다른 군사들이 따른다.

"이, 이런!"

곽도길이 눈을 치켜떴지만 곧 자신도 몸을 돌렸다.

도살이다.

50여 명의 명군(明軍)은 강을 절반도 건너기 전에 모두 왜군에 의해 도살되었다. 강을 건너 도망친 명군은 한두 명뿐이다. 지휘관 곽도길도 강가에서 등에 창을 맞고 쓰러졌다.

처참한 패전이다.

명군의 천막 안에는 조선인 여자 포로 5명도 있었기 때문에 왜군이 함성을 내질렀다. 말도 13필이나 되었다.

이산은 이번 전투에 앞장서지 않았다.

칼은 빼 들었지만 병사들의 뒤를 따랐기 때문에 명군(明軍)을 한 명도 베지 않았다. 대신 부하들의 행동을 관찰할 수 있었다.

강가에 서 있는 이산 옆으로 코다가 다가왔다.

"주군, 조선녀들에게 진막에 있던 금은붙이를 나눠주고 돌려보냈습니다."

코다가 강에 시선을 준 채로 말을 이었다.

"그건 제가 해야 할 일 같아서요."

이번 싸움에서 코다는 이산의 뒤만 따라다닌 것이다. 이산이 주위를 둘러보다가 불쑥 물었다.

"영감, 이 조선 땅에서 일본군, 명군이 들어와 싸우는 이유는 무엇 때문인가?"

"조선이 고인 물처럼 변화하지 않았기 때문이오."

"일본은 어땠나?"

"주군, 일본은 본래 백제 무사들이 기반을 세운 나라올시다."

정색한 코다가 이산을 보았다.

"1천 년쯤 전부터 일본 땅으로 이주한 백제 무사들이 무사 집단을 이뤄 일본을 개화시켰고 지금도 천왕가는 백제계로 이어지고 있습니다."

"그런가?"

"일본 귀족 대부분이 백제계이고 무장 중에서도 백제계가 많습니다. 그것을 모두 자랑스럽게 여기지요."

"그런데도 조선인을 개돼지처럼 도살했단 말인가?"

"국민성이지요. 수백 년 전쟁을 이어왔기 때문에 잔인하고 무사를 숭상하는 기질이 배어 있습니다."

코다가 지그시 이산을 보았다.

"주군, 일본에서 기반을 굳히시는 것이 한(恨)을 푸는 가장 좋은 방법이시오."

"한이라고 했나?"

"주군의 부모가 모두 이번 전쟁에서 일본군의 칼에 살해되시지 않았습니까?"

이산의 옆얼굴을 향해 코다가 말을 잇는다.

"일본에서 실력으로 일어서 보시는 것입니다. 가또 님도 그것을 바라셨소."

"……."

"내가 이제는 주군을 대영주로 만들어 보겠습니다."

"……."

"일본의 최고 통치자이신 관백 히데요시 님도 만나게 해드리지요. 그러기 위해서는 뭔가 두각을 나타내야 합니다."

그때 이쿠노가 다가왔다. 이쿠노는 아직도 얼굴이 상기되어 있다.

"주군, 출발 준비가 되었습니다."

떠나야 한다.

이여송이 선조에게 말했다.

"나는 그럴 능력이 없소. 그러니까 병부상서께 다시 탄원을 해보시오."

의주 행재소의 청 안이다.

임금 선조는 명군(明軍) 총대장인 이여송과 독대 중이었는데 도승지 임현만 배석하고 있다.

선조가 어깨를 늘어뜨렸다.

지금 선조는 이여송에게 명(明)으로의 입국을 부탁한 것이다. 심호흡을 한 선조가 이여송을 보았다.

"장군, 지난번에는 100인 이내라면 입국해도 된다는 말씀이 계셨소. 그래서 내가 100인으로 맞춰 입국하려는 것이오."

"전하, 지금 명군 4만까지 와 있는 터에 꼭 명(明)으로 가시렵니까?"

이맛살을 찌푸린 이여송이 똑바로 선조를 보았다.

"이젠 남쪽에서 의병도 일어나고 해상(海上)은 이순신이 장악하고 있지 않습니까? 안심하셔도 될 텐데요."

"이곳 행재소가 좁아서 불편하오."

"좁기는 합니다."

"세자가 분조에서 나 대신 정무를 보고 있으니 나는 좀 쉬어도 됩니다."

이여송이 잠자코 시선만 주었다.

지금 명군(明軍)은 평양 수복을 위해 남진 중인 것이다.

청을 나온 이여송이 기다리고 있던 부총병 조승훈에게 말했다.

조승훈은 지난번 평양 수복전에서 왜군의 함정에 빠져 안주까지 200여 리 길을 단숨에 내달려 도망친 위인이다.

"지금도 왕이 도망칠 궁리만 하고 있으니 장졸들이 기운을 낼 것인가?"

"왕 옆에 모인 놈들은 모두 간신배뿐입니다."

조승훈이 따라 걸으면서 말했다.

"장졸 수만씩을 몰사시킨 도원수, 병마사들이 벌을 받지 않고 지금도 왕 주변에 붙어 있습니다."

이여송이 대답하지 않았다.

조승훈도 보고서를 꾸며 패전을 가렸다는 것을 알고 있기 때문이다.

이산이 귀성에 도착했을 때는 다음 날 술시(오후 8시) 무렵이다.

왜군이 마을에 진을 칠 수는 없었기 때문에 부대는 위장하고 산속에 진을 쳤다. 화전민이 살던 폐가 주위에 거처를 만든 것이다.

근처 마을은 명군(明軍)의 약탈로 텅 비었고 산속, 골짜기로 주민들이 흩어진 상황이다.

다음 날 아침.

"진을 만드는 동안 나는 의주에 다녀오겠다."

이산이 코다에게 말했다. 이제 왜군은 피란민 차림으로 위장했고 짐을 싣고 온 말들도 산 아래에서 다 풀어주었다.

"이곳은 저한테 맡기고 다녀오시지요."

코다가 말을 이었다.

"그럴듯한 피란민 성채로 만들어 놓겠습니다."

이산은 무사 대장 격인 이쿠노, 무사 미요시, 그리고 조병기와 동행이다.

이쿠노는 녹봉 60석, 미요시는 40석짜리 무사다.

넷이 모두 등짐을 졌고 지팡이를 쥐었는데 행상 차림이다. 그러나 참나무로 만든 지팡이는 장검이다.

이산이 쥔 지팡이는 길이가 4자(120센티)짜리의 예리한 일본도가 박혀 있다.

"너희들은 입 다물고 있도록 해. 말은 나하고 주군이 할 테니까."

앞장선 조병기가 이쿠노와 미요시에게 말했다. 지금 넷은 일렬종대로 산을 내려가는 중이다.

"이곳부터는 명군(明軍) 세상이다."

조병기가 아래쪽을 내려다보면서 말했다.

이여송은 요동의 병력 4만 외에 군속, 보충병까지 10만 가까운 지원군을 데려온 것이다. 비전투원이 많았고 행패는 더 심했다. 대동강 변에서 몰살당한 곽도길도 같은 경우다.

유시(오후 6시) 무렵.

넷이 나룻배를 타고 압록강 지류를 건너는 중이었다. 조병기가 건너편 선착장을 보더니 이산에게 말했다.

"주군, 검문이 있습니다."

고개를 든 이산이 선창에 서 있는 사람들을 보았다. 배를 타려는 주민들 사이에 끼여 서 있는 군사들이 보였다. 조선군과 명군이다.

나룻배는 바닥이 평평한 평선으로 뗏목이나 같다. 사공 둘이 건너편까지 매인 밧줄을 당겨 오가고 있었는데 50, 60명이 타고 있다.

이산이 옆에 선 이쿠노에게 말했다.

"내가 앞장을 서겠다."

"통행증."

이산이 다가서자 장교 복색의 조선군이 손을 내밀었다. 그때 이산이 허리춤에서 '세자 검'을 꺼내 내밀었다.

"분조에서 세자 저하의 밀명을 받고 온 도사다."

"옛!"

놀란 장교가 '세자 검'을 보더니 다시 고개를 들고 이산을 보았다. '광해(光海)'를 읽은 것이다.

"도사이십니까?"

"밀명을 받고 온 것이니 발설하지 마라."

"예."

엉겁결에 대답한 장교가 비켜섰다.

"가시지요."

"일행이다."

"예, 나리."

이산이 이쿠노, 미요시, 조병기가 통과한 후에 몸을 돌렸다.

오무라가 들어섰을 때는 술시(오후 8시) 무렵이다.

의주 부내의 민가 안.

방에서 기다리던 요네자와가 고개를 들었다.

"무슨 일인가?"

"요네자와 님, 광해가 보낸 도사가 의주에 왔습니다."

"광해의 사신인가?"

시큰둥한 표정이 된 요네자와가 물었다.

요네자와는 40세. 의주에 주재한 고니시의 밀정대 대장이다. 대마도 출신으로 부산포 왜관에서 10여 년간 역관 겸 무역상을 지낸 요네자와는 고니시가 신임하는 가신(家臣)인 것이다. 그때 오무라가 무릎걸음으로 한 걸음 다가앉았다.

"그런데 그 도사가 통행증 대신 '세자 검'을 내보였다고 합니다."

"광해(光海) 이름이 칼집에 금박으로 칠해진 단검 아닌가?"

"그렇습니다."

오무라가 번들거리는 눈으로 요네자와를 보았다.

"압록강 지류의 나루터에서 조선군 장교한테 세자 검을 내밀었다고 합니다. 장교 옆에서 정보원이 직접 보았다는 것입니다."

"무슨 일로 도사를 보냈을까? 유성룡이 보낸 판관이 며칠 전에 다녀갔지 않나?"

"저는 그 도사가 수상합니다."

오무라의 눈빛이 다시 강해졌다.

오무라는 33세. 고니시의 밀정단을 보호하는 경호 책임자다.

"지난번에 이산도 세자 검을 내보였다고 했지 않습니까? 그리고 정보원의 말을 들으면 인상착의가 이산과 비슷했습니다."

"이산이 의주 행재소로 왔단 말인가?"

"그럴 가능성이 있지요."

오무라가 말을 이었다.

"수행원 셋을 대동했는데 행상 차림이었지만 무사로 보였다고 합니다."

"……."

"지금 찾고 있습니다."

"수고했어."

요네자와의 눈이 흐려졌다. 생각에 잠긴 얼굴이 되었다.

가또 측도 궁중(宮中)에 정보원이 있다.

고니시보다는 못하지만 정5품 상호 벼슬의 내시인 김상원이다. 김상원은 43세. 궁에서만 수십 년을 보냈기 때문에 정2품 대감도 눈 아래로 본다.

지금, 의주 행재소의 피란살이에서도 그렇다.

"사방에 고니시 님의 정보원이 깔려 있어서 내가 위축된 상황이오."

김상원이 가는 목소리로 말을 이었다.

"여기 오는 데도 눈치를 보느라고 애를 먹었소."

"수고하셨습니다."

이산이 사례했다.

이곳은 가또의 연락처로 사용되는 행재소 근처의 민가 안이다.

술시(오후 8시)가 절반쯤 지날 무렵.

방 안에는 이산과 조병기까지 셋이 둘러앉아 있다. 고개를 든 김상원이 이산을 보았다.

"고니시 님에게 가는 고급 정보는 종4품 상책 양성규한테서 나옵니다. 이자는 왕비 전의 승전색을 맡고 있어서 인빈과 임금의 비밀 담화까지 다 엿들을 수가 있지요."

이산이 숨을 죽였다.

승전색이란 임금과 왕비의 명을 전달하는 내시를 말한다. 승전색을 맡는 직책은 내시 중 종4품 상책(尙冊)이 맡는 것이다. 내시는 최고위 계급인 종2품 상선(尙膳)에서 종9품 상원(尙苑)까지 있으니 종2품은 당상관인 대감 이상의 위세인 것이다.

그때 이산이 말했다.

"나는 고니시의 정보망을 무력화시키려고 온 사람이오. 그 방법을 말해주실 수 있겠소?"

김상원이 지그시 시선을 주었다.

"향도 출신이시오?"

"아니. 난 조선인으로 가또 님의 가신이 된 사람이오."

"허. 난 가또 님 가신이 온다기에 일본인이 향도 출신 역관을 데려오는 줄로 알았소."

"왜국에서 영주가 되려고 가또 님 가신이 된 것이지."

"대단하시오. 조선인이 바로 가또 님 가신이 되시다니. 조선에서 무엇을 하셨소?"

"세자 저하의 정4품 선전관까지 지냈지."

"앗!"

놀란 외침을 뱉은 김상원이 상체를 바로 세우더니 이산을 보았다.

"그러셨군요. 놀랐소이다."

김상원의 눈빛이 강해졌고 얼굴까지 상기되었다.

"명성을 수십 번 들었소이다."

"임금과 인빈이 날 죽이려고 머리를 맞대고 궁리했겠지."

"그건 그렇습니다."

김상원의 얼굴에 웃음이 떠올랐다.

"지금 귀공은 전국에 체포령이 내려져 있소. 그런데 이곳에 오시다니. 가또 님의 가신이 되어서 말씀이오."

"녹봉 500석을 줍디다. 무사 다섯에 보좌역, 군사가 60여 인이오."

"대번에 500석 가신(家臣)이라니. 이 공(公) 예우해 준 것이오."

김상원은 이산의 이름도 알고 있다. 그때 김상원이 목소리를 낮췄다.

"고니시와 내통하는 양성규를 없애는 것보다 그놈의 심부름을 하는 무수리부터 매수하는 것이 순서일 것 같소."

정색한 김상원이 말을 이었다.

"이곳 의주에 고니시 정보원의 거처가 분명히 있을 것이오. 무수리는 그곳을 오가면서 심부름을 할 테니까요."

"그 무수리를 언제 볼 수 있습니까?"

"사옹원 소속의 무수리인데 궁에서 나와 요리 재료를 구하는 날이 따로 있소. 내가 내일 그 날짜와 장소를 알려드리리다."

김상원의 얼굴에 웃음이 떠올랐다.

"왠지 든든하오."

가또의 거점을 지키고 있었던 사내는 본래 의주부 관아의 이방이었던 송동수라는 자다.

45세. 기노에게 매수되어 자신의 저택을 가또 측 정보원의 거처로 내놓은 것이다. 조선 측으로 보면 적과 내통한 반역자다.

진시(오전 8시) 무렵.

송동수가 안채의 마루방에 앉아 있는 이산에게 다가와 말했다.

"나리, 요즘은 명군이 쏟아져 오고 있는 터라 조달관으로 뽑히는 관리들이 많습니다."

이산이 고개를 끄덕였다. 마성현에서 조달관 홍순기의 청을 받고 명군(明軍) 대장 곡변을 쳤던 것이다. 송동수가 말을 이었다.

"조달관이 명군(明軍) 측으로부터 질책을 당하는 경우가 많아서 모두 조달관으로 선발되지 않으려고 기를 쓰고 있지요."

"나도 알고 있소."

"그런데 이번에 명군 후위대장 황청의 조달관으로 선발된 개성유수 박정양이 병을 칭하고 따라가지 않았습니다."

청에 있던 조병기도 귀를 기울였고 송동수가 목소리를 낮췄다.

"바로 옆집이 박정양의 소실 집인데 지금 그곳에 숨어 있습니다."

"옆집이?"

"예, 옆집으로 도망쳐 숨은 것이지요."

"비겁한 놈이로군."

"조달관으로 뽑혀서 양곡 준비를 못 하면 죽는 경우도 있거든요."

고개를 든 이산이 조병기를 보았다.

"이쿠노를 불러라."

오무라에게 다가온 마쓰오가 말했다.

"세자가 보낸 도사가 임금에게 가지 않았습니다."

"그렇다면 그놈들이 위장한 도사 일행이 맞다."

오무라가 번들거리는 눈으로 마쓰오를 보았다.

마쓰오는 방금 임금 숙위를 맡은 어영청 소속의 별장을 만나고 온 것이다. 그자는 고니시 측에 매수된 후에 종6품에서 정5품으로 두 계단이나 뛰어서 대전 수문장이 되었다. 임금을 만나러 오는 외부 관리는 모두 그자를 통해야만 했다.

"세자 검을 갖고 있다는 것이 걸린다. 그놈이 이산 아닐까?"

"그놈이 의주까지 올 이유가 있습니까?"

마쓰오가 가는 눈을 더 가늘게 떴다. 오무라의 부하인 마쓰오도 일류 검객이다. 눈의 초점을 잡은 마쓰오가 억양 없는 목소리로 말했다.

"그놈이 야마시다 님 이하 우리 무장급 10여 명을 죽인 수배자야. 조선에서도 전국에 체포령을 내린 반역범이기도 하고."

오무라가 말을 이었다.

"마쓰오, 전 인력을 동원해서 그놈들을 찾아라. 그러나 비밀리에. 알았나?"

"알겠습니다."

"그놈은 이곳에 있어. 민가가 수천 채 있지만 범위를 좁히면 수백 채로 줄어들 것이다."

"일행이 넷이라고 했으니까 부하들을 끌고 있을 것입니다."

마쓰오가 자리에서 일어섰다. 오무라가 동원할 수 있는 인력은 20여 명이나 된다.

숨이 막혔기 때문에 박정양이 눈을 떴다.

그러나 눈을 뜰 수도 없다.

두 손을 뻗어 허우적거렸고 박정양은 다음 순간 뒷머리에 거친 충격을 받고 의식을 잃었다.

눈을 뜬 박정양이 이번에는 길게 숨부터 뱉었다. 이번에는 코로 호흡이 된다. 입에 자갈이 물려 있기 때문이다.

그때 눈앞에 사내의 모습이 드러났다.

이곳은 헛간 안이다.

박정양은 자신의 몸이 기둥에 묶여 있는 것을 알았다.

사내의 윤곽이 선명해졌기 때문에 박정양은 눈을 껌뻑였다. 처음 보는 사내다. 그때 사내 옆으로 또 다른 사내의 모습이 보였다. 사내 하나가 물었다.

"네가 이번에 황청의 조달관으로 선발되었다가 도주했지 않으냐?"

입이 막혔기 때문에 박정양은 눈만 껌뻑였고 사내가 말을 이었다.

"너는 네 소실 집에 숨어 있다가 잡혔어. 이곳에서 죽어 나간다고 해도 상관없는 놈이야. 이미 반역자지."

그때 사내 하나가 박정양의 입에 물린 재갈을 풀었다.

내시 김상원에게도 연락원이 있다.

약방의 무수리 정희선이다. 약방 무수리 또한 갖은 약초를 구한답시고 수시로 궁 밖 출입을 하는 터라 연락원으로는 안성맞춤이다.

유시(오후 6시) 무렵에 정희선이 약초상의 안채 마당에서 송동수를 만나 쪽지를 건네주었다.

"이거 상호 님이 주라고 합디다."

"어, 그래?"

송동수가 소매에서 두 돈짜리 금반지 한 개를 꺼내 내밀었다.

"손가락에 맞을 거네. 대감 마나님이 끼던 반지야."

"이제 반지는 싫증이 났으니 팔찌나 비녀를 주시오."

"그거 차고 다니면 표시가 나지 않겠나?"

"숨겨 두었다가 명(明)으로 넘어갔을 때 쓰면 되지."

정희선이 쓴웃음을 지었다.

"그때는 임금을 떠날 테니까."

"옳지. 그때는 나하고 살자구. 나도 명(明)으로 따라갈 테니까."

"싫소. 더 젊은 사내를 맞아야지."

이곳도 가또 측의 연락처다. 쪽지를 소매에 감춘 송동수가 몸을 돌렸다.

"집 뒤짐이 심해졌습니다."

밖에 나갔다 온 조병기가 이산에게 말했다.

"조선군 순찰대가 대여섯씩 무리를 지어 민가를 수색하는데, 안방은 물론 벽장까지 뒤진답니다."

의주에 온 지 나흘째다. 고개를 끄덕인 이산이 조병기를 보았다.

"산으로 돌아갔다가 와야 될 것 같다."

이곳에 머물고 있을 수만은 없다.

그때 밖에서 인기척이 나더니 송동수가 서둘러 방으로 들어섰다.

"무수리를 만났습니다."

송동수가 쪽지를 내밀었다.

"이것을 주더만요."

쪽지를 받은 이산이 펴 보더니 고개를 끄덕였다.

고니시의 정보원인 상책 양성규가 연락원인 무수리를 궁 밖으로 내보내는 일정이다.

밤.

방으로 들어선 이산이 구석에 앉아 있는 박정양을 보았다. 이제 박정양은 새 옷으로 갈아입고 차분한 표정이다.

앞쪽에 앉은 이산이 물었다.

"그대는 정3품 사헌부 대사간까지 지내다 개성 유수가 된 사람이니 조선 왕가(王家)나 조정에 대해서 잘 알겠지?"

"무슨 말이오?"

박정양은 이산이 세자 광해의 선전관을 지냈다는 것을 안다.

박정양의 시선을 받은 이산이 말을 이었다.

"조선은 망할 것 같은가?"

"명(明)의 속국이니 망할 것 같지는 않소. 이번 왜란으로 속국이 더 확실하게 된 셈이오."

"그대는 이제 반역자가 되었어. 집안이 풍비박산될 것 아닌가?"

"천만에."

쓴웃음을 지은 박정양이 말을 이었다.

"나는 동인(東人)이오. 지금 정권을 쥐고 있는 대신들은 모두 동인이오. 시간이 지나면 유야무야될 겁니다."

"하긴 수만 명 군사를 죽이고 도망친 장군 놈들까지 지금도 임금 주변에 붙어 있다지?"

"군사들, 백성들만 불쌍할 뿐이지."

"그러면 왜 왕조를 뒤집어 버리지 않는가?"

"뒤집을 만한 위인도 없소."

박정양이 고개를 저었다.

"3년 전에 정여립이 나섰다가 칼도 뽑지 못하고 몰사했소."

박정양의 목소리가 열기를 띠었다.

"그것을 빌미로 반대파를 대량 숙청해서 수천 명이 죽었소."

"……."

"그것뿐이오. 명의 속국이라 임금이 되려면 명 황제의 승인을 받아야 하는 왕조요. 이씨 왕조가 시작될 때부터 그랬소."

"……."

"왜란 전(前)에 왜국에 가서 도요토미 히데요시를 만나고 온 김성일은 도요토미는 왜소해서 조선을 침략할 위인이 못 된다고 호언장담했던 자요."

"……."

"왜란이 일어나자 임금은 김성일을 죽이려고 소환했다가 금세 풀어주었소. 김성일이 동인(東人)이기 때문이오. 지금 김성일은 모병사가 되어서 돌아다니고 있소."

그때 이산이 고개를 끄덕였다.

"그대가 많이 도움이 된다."

김 서방의 마당에는 궁중 사옹원에 납품할 각종 식자재가 즐비하게 쌓여 있다.

미시(오후 2시) 무렵.

무수리 채분이 아래채 마당으로 들어서자 김 서방이 다가왔다.

"아씨, 오셨소?"

김 서방은 45세. 의주에서 거간상을 하다가 임금의 행재소가 옮겨오자 사옹원의 납품처가 되었다.

채분의 시선을 받은 김 서방이 눈으로 오른쪽 방을 가리켰다.

"방에서 기다리고 계시오."

채분이 잠자코 발을 떼었다.

방에 앉아 있던 한대길이 들어서는 채분을 보자 일어섰다.

"어서 옵시오."

한대길은 향도 출신으로 요네자와의 부하다.

앞에 앉은 채분이 소매에서 접힌 서찰을 꺼내 내밀었다.

"상책께서 이걸 전하라고 하셨어요."

"알겠습니다."

서찰을 받은 한대길이 저고리 안에다 넣으면서 말을 이었다.

"대장께서 명군의 추가 병력이 얼마나 될지 알아봐 달라고 하셨습니다."

"상책께 전하지요."

"임금이 지금도 명으로 입국하려는지도 알고 싶다는데요."

"지금도 요청하고 있어요."

고개를 든 채분이 한대길을 보았다.

장옷으로 얼굴을 가려 눈만 내놓고 있었기 때문에 검은 눈동자만 드러났다.

한대길이 빨려든 것처럼 채분의 눈을 응시하다가 겨우 시선을 떼었다.

신시(오후 4시) 무렵.

채분이 손에 보따리를 들고 시장통 거리를 지나고 있다.

이곳이 임시 행궁(行宮)인 의주부 관아로 가는 지름길이다. 그리고 시장통 거리가 번잡했기 때문에 구경하기에도 좋은 것이다. 이곳은 국경 지역이어서 명(明)의 상인도 많았는데 노리개와 피륙, 가죽신 가게는 명(明) 상품이 좋다.

노리개 가게 앞에서 한동안 구경하던 채분이 발을 떼어서 골목으로 들어섰다. 골목으로 빠져나가면 돌아가지 않아도 된다. 골목은 세 명이 나란히 걸을 정도로 좁다. 양쪽은 민가 담장이다.

채분이 10보쯤 안으로 들어갔을 때다. 뒤에서 발소리가 들리더니 갑자기 머리에 거센 충격이 왔다.

채분이 앞으로 쓰러지기 전에 허리를 잡아 세운 이쿠노가 앞으로 내달렸다. 10보쯤 달려가자 가마를 내려놓고 기다리는 두 사내가 보였다.

이쿠노가 채분을 가마 안에 밀어 넣고 말했다.

"자, 가자."

두 사내가 가마를 앞뒤에서 들어 올렸다.

이쿠노가 하인처럼 가마 뒤에 붙었고 그 뒤를 채분이 떨어뜨린 보따리를 집어 든 조병기가 따른다.

"저 집이군."

앞쪽 기와집을 응시하면서 이산이 말했다.

이산은 삿갓에 허름한 승복을 걸친 중 차림으로 등에는 동냥자루를 메었다.

"저 집이 전(前) 도사 윤홍의 집입니다."

옆에 선 송동수의 하인 갑쇠가 말했다.

"윤홍이 죽고 둘째 아들이 산다고 들었는데, 저 집으로 들어가는군요."

행재소에서 나오는 채분을 미행하여 거간상 김 서방의 저택으로 갔다가 이곳까지 오게 되었다.

채분을 납치하는 역할은 이쿠노에게 맡기고, 이산은 저택에서 나오는 사내를 미행한 것이다.

이산이 고개를 끄덕였다.

"저 집이 고니시의 밀정 본부인 것 같다."

거처로 돌아온 이산이 헛간에 묶여 있는 채분을 보았다.

채분은 박정양처럼 입에 재갈이 물린 채 묶여 있었는데 맨얼굴이 드러났다. 갸

름한 얼굴의 미인이다.

그러나 묶여 있는데도 눈썹을 치켜올렸고 눈빛이 매섭다.

다가선 이산이 지그시 채분을 보았다.

그때 따라온 조병기가 왜말로 말했다.

"여자가 독합니다. 살려달라고도 하지 않고 입을 꾹 다물고 있습니다."

이산의 얼굴에 쓴웃음이 번졌다.

"죽을 각오를 한 모양이다."

"이쿠노는 고문을 해서라도 행재소 안팎의 밀정 세력들을 알아내자고 합니다."

다시 이산과 채분의 시선이 마주쳤다.

채분의 눈동자는 흔들리지 않았다.

"오늘 궁으로 돌아가지 않으면 난리가 날 것입니다."

조병기가 말을 이었다.

"발각된 줄 알겠지요."

고개를 든 이산이 조병기를 보았다.

"오늘 밤이 지나면 이 여자는 살아도 오갈 곳이 없어질 것이다."

"내가 내일 주군을 뵈러 다녀오겠다."

요네자와가 말하자 오무라가 고개를 들었다.

술시(오후 8시) 무렵.

양성규가 보낸 밀서를 받은 요네자와가 평양에 있는 고니시를 만나러 가려는 것이다.

"제가 모시고 가야 되지 않겠습니까?"

"너는 나 대신 이곳을 지켜야 돼. 양성규가 급한 연락을 해올지 모른다."

"평양성으로 진입하기가 어렵다고 합니다."

"걱정 안 해도 돼."

저택 안에는 10여 명이 상주하고 있는데 모두 무사급 부하다. 조선어에 능통한 향도도 셋이나 섞여 있다.

밤.

해시(오후 10)가 조금 넘은 시간.

골목에 붙어 서 있던 이산이 이쿠노에게 말했다.

"저택이 안채와 행랑채로 나뉘었고, 사내 숫자가 10여 명이야."

그리고 저택 앞뒤로 경비병이 둘씩 배치되어 있다.

"주군, 이제 고니시 님 정보대 거처를 알아 놓았으니 산에 있는 병력을 충원받고 나서 행동해야 될 것 같습니다."

이쿠노가 말을 이었다.

"모두 조선인 차림은 했지만 사무라이들입니다."

이산이 고개를 끄덕였다.

무모하게 기습할 필요는 없다. 고니시의 정보대 거처를 알게 된 것만 해도 성과다. 더욱이 연락원 무수리까지 잡았지 않은가?

이산이 방으로 들어서자 채분이 고개를 들었다. 여전히 눈빛이 강하다. 손발이 묶인 채 벽에 기대앉았지만 전혀 기가 죽지 않았다.

그때 채분의 앞에 앉은 이산이 지그시 시선을 주었다.

깊은 밤.

주위는 조용하다. 자시(밤 12시)가 넘은 시간이다. 채분이 잡혀온 지 세 시진(6시간) 가깝게 되었다.

이산이 입을 열었다.

"나도 조선인이다."

채분이 눈을 크게 떴다. 지금까지 이산은 왜말을 썼기 때문이다.

그러나 입에 재갈이 물려 있기 때문에 숨소리만 거칠어졌다.

이산이 말을 이었다.

"임금이 수배령을 내린 선전관 이산이 바로 나다."

"……."

"내 부모는 이번 왜란에 죽었지만 나는 왜군 무장의 가신이 되었다."

채분의 시선을 받은 이산이 쓴웃음을 지었다.

"물론 내 어머니를 죽인 고니시군의 무장 야마시다를 한양성에서 베어 죽이고 그 부하들까지 수십 명을 처단했지."

"……."

"명군(明軍) 척후대를 의병과 함께 몰사시킨 것도 나야."

"……."

"분조의 집정이었던 유근수도 내가 죽였다. 그놈이 내 외조부를 모함해서 어머니 집안을 역적으로 만든 놈이니까."

"……."

"조선은 망해야 되고 새 나라가 세워져야 하지만 임금 주변의 인간들을 보면 싹수가 보이지 않아."

"……."

"그래서 나는 왜국에서 입신할 예정이다."

그때 채분이 머리를 흔들었기 때문에 시선을 주었던 이산이 물었다.

"할 말이 있느냐?"

채분이 고개를 끄덕였다. 두 눈이 번들거리고 있다.

그때 이산이 손을 뻗어 채분의 입에 물린 재갈을 벗겼다.

재갈이 벗겨진 채분의 맨얼굴이 드러났다.

미색이다.

야무지게 닫힌 입도 선명했다.

그때 채분이 입을 열었다.

"날 보내줘, 입 다물 테니까."

맑고 울림이 강한 목소리다. 채분이 말을 이었다.

"난 상책의 지시대로 움직였을 뿐이야."

이제는 이산이 시선만 주었고 채분의 목소리가 방을 울렸다.

"나도 이 임금에 원한이 있는 사람이야. 내가 어렸을 때 종3품 사헌부 집의였던 부친이 역모에 몰려 죽고, 나는 함흥 관아의 종으로 보내졌다가 무수리가 되어 궁으로 올라왔어."

"……."

"그대가 가또 님의 가신이라면 그대에게도 협력할 거야. 난 누구건 상관없어."

고개를 든 채분이 이산을 보았다.

"나도 그대와 같아."

그때 이산이 자리에서 일어섰다.

"안 됩니다."

이산의 말을 들은 송동수가 정색하고 말했다.

"여기서 죽여야 합니다. 믿을 수 없습니다."

마당 건너편 행랑채 마루방 안이다. 안에는 이산과 조병기, 송동수와 이쿠노, 박정양까지 둘러앉아 있다.

벽에 붙은 기름 등 불꽃이 흔들리자 그림자도 함께 흔들렸다.

그때 조병기한테서 설명을 들은 이쿠노가 고개를 들었다.

"주군, 저 여자가 우리 얼굴을 아는 것이 걸립니다만, 요긴하게 이용할 수 있을 것 같습니다."

이쿠노가 말을 이었다.

"이곳 위치를 모릅니다. 가마에 넣고 왔기 때문에요."

박정양이 입을 열었다.

"저 무수리를 없앤다면 정보가 뚝 끊기지 않겠습니까? 고니시 측도 발각이 된 줄 알겠지요. 회유시켜 보내는 것이 나을 것 같습니다."

"그럴 시간이 없어요."

송동수가 말했다.

"오늘 밤이 지나면 궁에서는 난리가 날 겁니다."

다시 이산이 방으로 들어섰을 때 채분이 고개를 들었다.

"서둘지 않아도 돼."

채분이 불쑥 말하더니 앞에 앉은 이산을 보았다.

"지난번에 나왔을 때도 고니시 님 측 대답을 기다리려고 김 서방네 집에서 사흘을 묵었어."

"……."

"날 죽일까 믿을까 망설이고 있지?"

채분의 눈이 번들거렸다.

"내가 들어가지 않으면 상책이 사옹원에 이야기해 줄 거야."

"……."

"묶인 것을 풀어줘. 도망칠 수도 없지만 그럴 생각도 없으니까."

그러더니 맑은 눈으로 똑바로 이산을 보았다.

"그대는 어떻게 해서 역적 집안이 된 거지?"

"내 외조부가 역적으로 몰렸다."

그렇게만 말한 이산이 자리에서 일어섰을 때다. 채분이 손을 뻗어 이산의 소매를 잡았다.

고개를 돌린 이산의 시선을 받자 채분이 말했다.

"날 그대의 여자로 만들어 줘."

채분이 쥐고 있던 소매를 조금 당겼다.

"내가 보여줄 수 있는 증표야."

불빛에 비친 채분의 눈 밑이 상기되었다. 눈이 번들거렸고 요기가 풍기는 것 같다.

"난 동정녀야."

"그럴 필요 없다."

몸을 세운 이산이 팔을 흔들어 채분의 손을 털어내었다.

"말만 많은 세상이라 네 소행이 이해는 간다."

"내가 목숨을 구하려고 이러는 게 아냐."

얼굴이 더 붉어진 채분이 이산을 노려보았다. 눈빛이 더 강해졌다.

"나를 잡아줘. 나에게 의욕을 일으켜 달란 말야."

채분의 시선을 받은 이산이 몸을 돌렸다.

"돌려보내기로 하자."

이산이 조병기와 이쿠노를 번갈아 보았다.

둘의 시선을 받은 이산이 말을 이었다.

"내가 업고 가서 행재소 앞에 내려놓겠다."

"주군."

놀란 이쿠노가 이산을 보았다.

"위험합니다. 순찰이 돌고 있습니다."

"날이 밝기 전에 끝내야 한다."

이산이 단호하게 말했다.

"너희들 둘만 따르라."

다시 방으로 들어온 이산이 채분에게 말했다.

"너를 지금 보내겠다."

이산이 들고 있던 눈가리개를 내밀면서 말을 이었다.

"이곳 위치를 알면 안 되니까 다시 안대를 채워야겠다."

그때 채분이 고개를 들고 물었다.

"살려주는 거야?"

"내가 업고 갈 거다."

"그대가?"

채분의 눈 밑이 금세 붉어졌다.

"그대가 날 업고 간다고?"

"그래."

"업고 행재소까지 데려다주는 거야?"

"눈은 가려야지."

"데리고 나가서 죽이는 건 아니지?"

"이곳에서 죽이고 묻는 게 안전하지."

채분에게 다가간 이산이 눈에 눈가리개를 매었다. 어깨를 늘어뜨린 채분이 눈가리개가 채워졌을 때 낮게 말했다.

"난 밖에서 살 거야."

채분의 몸은 가벼웠다. 등짐보다도 가볍다. 장옷을 머리 위로 뒤집어썼기 때문에 여자인 것은 드러났다.

저택을 나온 일행이 골목을 찾아서 달리기 시작했다.

조병기가 앞장을 섰고 이산, 이쿠노의 순서다.

채분은 처음에는 등에 몸을 붙인 채 손으로 이산의 어깨를 쥐고 있다가 곧 목을 감싸 안았다.

깊은 밤.

셋은 골목을 돌아 달렸다.

그때 채분이 이산의 귀에 대고 속삭였다.

"내가 밖에 나왔을 때 어떻게 연락하면 돼?"

"네가 밖으로 나오는 걸 우리가 알 수 있으니까 됐어."

이산이 뛰면서 말했다.

"이번처럼 널 데려갈 수 있으니까."

"궁 안에서 날 만날 수도 있어."

채분이 말을 이었다.

"북쪽 담장 안쪽에 무너진 창고 건물이 있어. 그곳 담장만 넘으면 돼."

"……."

"내가 창고로 가면 되니까."

그때 이산이 말했다.

"그럼 이틀 후 자시 무렵에 창고에서 보자."

"누구냐?"

골목에서 나왔을 때 갑자기 옆에서 외침 소리가 울렸다.

기겁한 조병기가 멈춰 섰을 때 순찰 군사 셋이 다가왔다. 바로 다섯 걸음 앞이다.

셋 중 둘은 장검을 쥐었고 하나는 창을 세워 들고 있다.

다가선 군사 중 하나가 장검을 쑥 빼내더니 조병기를 겨누었다. 바로 두 발짝 앞이다.

"어디 가느냐?"

그때다.

조병기 뒤에 서 있던 이산의 등에서 목소리가 울렸다.

"난 사옹원 사람이오."

갑자기 여자 목소리가 울리는 바람에 셋의 시선이 그쪽으로 옮겨졌다.

그때 이산의 등에서 내린 채분이 앞으로 나섰다.

"일을 마치고 돌아가는 중이오."

채분이 소매에서 증표를 꺼내 내밀었다.

다가선 군사가 증표를 살피더니 채분에게 돌려주면서 묻는다.

"이 시간에 궁으로 돌아가시오?"

"급한 일이오."

군사의 시선이 조병기와 이산, 이쿠노를 훑고 지났다.

"이 사람들은 누구요?"

"사옹원 일을 하는 사람들이야."

채분의 목소리가 싸늘해졌다.

"이러고 있을 시간이 없어."

"가시오."

마침내 한 걸음 물러선 군사가 말했다.

다시 채분을 업고 뛰면서 이산이 말했다.

"다음에 만날 때 궁에서 쓰는 증표를 몇 장 구해줘."

"이틀 후에."

채분이 이산의 목을 감아 안은 채 낮게 말했다.

"그건 내가 구할 수 있어."

다음 날 오전.

옆집의 소실한테 다녀온 박정양이 이산에게 말했다.

"명의 후위대장 황청이 나 대신 조달관이 된 종사관 오종규를 베어 죽였소."

외면한 박정양이 길게 숨을 뱉었다.

"모두 내 탓이오. 내가 종사관을 죽인 것 같소이다."

고개를 든 이산이 박정양을 보았다.

"임금은 뭐라고 합디까?"

"무슨 말씀이오?"

"신하가 명군 장수 놈한테 죄 없이 살해되었는데 항의라도 해야 할 것 아니오?"

그때 박정양이 외면했다.

"그럴 만한 임금이라면 이 지경이 되었겠습니까?"

이산은 입을 다물었다.

신시(오후 4시) 무렵.

진막에 앉아 있는 황청에게 부장 연부수가 다가와 말했다.

"내일 새 조달관을 보낼 것이라고 했습니다."

"조달관이 군량과 함께 와야 할 것이다. 우리는 내일 출발을 해야 돼."

"그렇게 말해 놓았습니다."

"평양 수복이 안 되면 조선 조정 책임이야. 군량도 없이 어떻게 움직인단 말인가?"

황청이 지휘하는 병력은 4,500. 후위군이지만 아직 한 번도 전투에 참여하지 않은 새 병력이다.

지금 명군 총병관 이여송은 평양 수복전을 벌이고 있다.

그때 연부수가 말했다.

"내일 군량이 올 때까지 장군께선 의주로 돌아가 쉬시지요."

이곳은 의주 남쪽 15리(6킬로) 지점의 황무지다. 수백 개의 진막이 쳐진 명군의 주둔지 안이다. 그러나 진막 안에 곰 가죽을 깐 침대는 딱딱했고 여러 가지로 불편하다.

고개를 끄덕인 황청이 몸을 일으켰다. 지금까지 침소는 의주 읍내의 저택이었다.

"박 유수의 거처를 찾았습니다."

의금부 별장 최용이 낮게 말했을 때 도사 윤기준이 고개를 들었다.

이곳은 행재소 안.

마당 구석에서 둘이 마주 보고 서 있다.

유시(오후 6시) 무렵이다.

최용이 말을 이었다.

"소실의 집에 숨어 있는 것 같습니다."

"……."

"하인 한 명이 실토했습니다."

"하인을 잡고 있나?"

윤기준이 묻자 최용이 바짝 다가섰다.

"예, 제가 창고에 가둬 놓았습니다."

그때 윤기준이 어깨를 부풀렸다가 내렸다.

"이봐, 황청한테 종사관 오종규가 죄 없이 죽었어."

"……."

"다시 박 유수까지 죽게 놔둬야 되는가?"

"맞습니다."

최용이 고개를 끄덕였다.

"고발한 하인 놈을 베어 죽이지요."

"그래 주게. 그리고 그대가 직접 박 유수한테 다녀오게. 주변을 조심하라고 말이네."

"알겠습니다."

최용이 고개를 끄덕였다.

둘은 동인(東人)이다. 명군의 횡포에 공분을 느끼고는 있지만 같은 동인이기 때문에 감싸 안는 것이다. 팔은 안으로 굽는 법이다.

술시(오후 8시) 무렵.

의주 남쪽의 양반 주택가.

이곳은 경비가 삼엄한 데다 한낮에도 오가는 통행인이 드문 지역이다.

주택가 골목에 붙어 선 이산이 옆에 선 이쿠노에게 말했다.

"너하고 미요시까지 셋이 잠입한다."

이산이 말을 이었다.

"가쓰라, 곤도는 이곳에 남아서 뒤를 맡는다."

"예, 주군."

고개를 끄덕인 이쿠노가 심호흡을 했다. 두 눈이 번들거리고 있다.

이곳은 명군(明軍) 후위대장 황청의 거처다. 황청은 계속해서 이곳에 머물고 있다.

이쿠노가 심호흡을 했다.

주군(主君)과의 첫 작전이다.

주변에서 주군 이산의 명성은 들었지만 실전을 함께하는 것은 처음이다. 그래서 실전에 대한 긴장보다 이산의 능력을 본다는 호기심으로 심장박동이 빨라져 있다.

지금까지 수백 번 칼부림을 해왔던 이쿠노다.

어렸을 때부터 도장에서 비도류(飛刀流)라는 검법을 사사하고 부사범의 위치까지 오른 터라 칼부림에는 자신이 있다. 지금까지 칼로 맞서서 패한 적이 없는 이쿠노다.

그때 이산이 눈짓을 했다.

이곳은 황청의 저택 옆쪽 담장 밑이다. 담장을 뛰어넘어야 한다.

10자(3미터) 높이의 담장에서 아래쪽으로 사뿐하게 뛰어내린 이산이 주위를 둘러보았다.

저택은 행랑채, 사랑채로 나누어졌고 사랑채가 황청의 거처다.

그때 이쿠노와 미요시가 차례로 뛰어내렸다. 이쿠노는 착지하면서 조금 비틀거렸으나 사뿐히 섰다.

미요시는 넘어질 뻔했기 때문에 이산이 잡아줘야만 했다. 능력의 차이가 난다.

그때 이산이 속삭이듯 말했다.

"사랑채 왼쪽이 황청의 침소야."

조선 사랑채 구조는 비슷했기 때문에 왼쪽의 안방이 주인의 침소인 것이다.

"사랑채 앞쪽, 뒤쪽에 경비병이 배치되었을 거야."

이곳은 사랑채 측면이다. 앞쪽은 벽으로 막혀서 벽을 뚫어야 진입할 수 있는 것이다.

이산이 소리 없이 달려 앞쪽으로 돌았고 뒤를 이쿠노와 미요시가 따른다.

막 앞쪽으로 돌아간 이산이 벽에 기대서 있는 경비병을 보았다.

명군(明軍) 복색의 군사다.

두 명. 장검을 차고 나란히 서 있는데 이산의 기척을 보더니 화들짝 놀란다.

그 순간이다.

이산이 달려들면서 등에 메고 있던 장검을 후려치듯이 빼냈다.

"악!"

외침이 어둠 속에 울렸다.

장작을 쪼개는 동작으로 명군의 머리통을 비스듬히 내려친 것이다. 목이 반쯤 잘린 명군은 소리 없이 쓰러졌지만 옆에 서 있던 군사가 외친 것이다.

그 순간 이산이 다시 한 발짝을 떼면서 군사의 가슴을 찔렀다.

"으악!"

이번에는 커다란 신음이 사랑채에 울렸다.

그때 이산은 마루방으로 뛰어올랐고 군사 셋이 달려들었다.

이 마루방이 사랑채 안쪽 황청의 침소로 통하는 것이다.

"이놈!"

군사의 외침이 마당까지 울렸다.

"습격이다!"

다른 목소리.

앞쪽 행랑채의 군사들을 부르려는 것이다.

그 순간 이산이 앞으로 달려드는 군사 하나를 후려쳤다. 이번에는 왼쪽에서 오른쪽으로.

군사도 달려들면서 장검을 내려쳤지만, 이산은 몸을 비틀어 칼날을 어깨 밑으로 흘려보내면서 베었다.

"으악!"

허리가 잘린 군사의 비명이 청을 울렸다.

그때 뒤를 따르던 이쿠노가 옆쪽으로 달려들더니 군사 하나의 칼날을 칼등으로 받았다.

"쨍!"

칼날이 부딪치는 섬뜩한 금속음.

그때 이산이 소리쳤다.

"맡긴다!"

그러고는 세 번째 군사를 피해 안쪽으로 내달렸다.

방문을 발길로 찬 순간 문짝이 부서지면서 안에서 희뜩희뜩한 물체가 보였다.

황청이다.

"이놈!"

이미 황청은 밖의 소음을 듣고 칼을 빼 들고 있던 참이다.

흰 비단 잠옷을 입고 있지만 어둠 속에서도 비대한 몸이 드러났다.

이산은 한걸음에 방 안으로 뛰어들었다.

"에잇!"

엄청난 기합을 지르면서 황청이 장검을 내려쳤다.

이산이 몸을 비틀자 장검이 방바닥을 쳤다.

"에익!"

당황한 황청이 튕겨 나온 칼을 다시 고쳐 쥘 때까지 이산은 발을 반걸음 떼었을 뿐이다.

황청에게 두 번 기회를 준 셈이다.

그때 청에서 울리던 기합 소리가 뚝 그치더니 무언가 쓰러지는 소리가 났다. 그리고 이쿠노의 목소리가 울렸다.

"주군, 해치웠습니다."

그 순간 황청의 세 번째 칼날이 날아왔다. 비대한 체격이지만 검세(劍勢)가 무겁고 강하다.

이번에는 위에서 비스듬하게 내려치는 칼날.

순간 이산이 와락 다가서면서 수평으로 들고 있던 칼날로 황청의 목을 긋듯이 베었다. 황청의 옆으로 스쳐 지나면서 벤 것이다.

그때 황청의 머리가 뒤로 훌떡 젖혔다. 목이 베인 것이다.

다음 순간 이산이 몸을 돌리면서 소리쳤다.

"끝났다! 가자!"

"무엇이? 황청이?"

놀란 선조가 입을 딱 벌렸다.

침전에서 나온 선조는 내궁(內宮)의 청에 앉아 있다.

앞에 선 승지 임제가 고개를 들었다.

"예, 왜군의 자객이 습격해 왔다고 합니다."

"왜, 왜군이 말인가?"

선조의 눈이 흐려졌다.

지금 임제는 어젯밤 황청이 암살당한 사건을 보고하고 있다. 급했기 때문에 침전에 있는 선조를 내시를 시켜 모셔오게 한 후에 보고한 것이다.

선조가 임제를 보았다.

"왜군이 분명해?"

"예, 왜말로 어지럽게 지껄였다고 합니다."

임제가 말을 이었다.

"경호 군사도 10여 명이 죽었는데, 왜군의 숫자도 수십 명이라고 합니다."

"어허, 이를 어찌할꼬."

"곧 대신들이 올 것입니다. 그때 상의를 하시지요."

"총병관도 이 일을 알겠지?"

"예, 전령이 달려갔을 것입니다."

선조가 입을 다물었다.

총병관 이여송은 지금 평양성 북쪽에서 수복전을 준비하고 있다.

이쿠노가 미요시를 보았다.

저택의 담장에 붙어 선 둘의 앞쪽으로 박정양이 지나갔다.

"어제 주군의 무용(武勇)을 목격했어."

이쿠노의 두 눈이 번들거렸다.

"명군의 후위대장을 직접 처단했어. 대공을 세우신 거야."

"조선에도 사무라이가 있군."

미요시가 말을 받았다.

"난 주군의 무명(武名)이 과장된 줄 알았어."

"본래 사무라이는 백제에서 일본으로 건너온 싸울아비에서 나온 말이야."

그때 가쓰라가 다가와 말했다.

"주군께서 부르시네."

이쿠노, 미요시, 가쓰라, 곤도까지 넷이 둘러앉았다.

사랑채의 청 안이다.

고개를 든 이산이 넷을 둘러보았다.

"우리가 어젯밤 황청을 쳤다는 것을 고니시의 밀정들은 알 것이야."

넷은 숨을 죽였고 이산이 말을 이었다.

"조선군, 명군에 일본군 기습단이 의주에 와 있다는 증거도 드러났고."

이산이 말을 이었다.

"오늘 밤 고니시 측 밀정대 본부를 친다."

"주군, 적은 대비하고 있을 것 같습니다."

이쿠노가 말하자 이산이 고개를 저었다.

"이번에도 기습이야. 기습은 숫자가 적은 것이 이롭다."

이산의 시선이 넷을 훑고 지나갔다.

"너희들 중에서 둘만 데려가겠어."

주군의 명(命)이다. 이쿠노는 입을 다물었다.

그때 미요시가 입을 열었다.

"제가 모시고 하겠습니다."

그러자 곤도가 고개를 들었다.

"저도 지원합니다."

그 시간에 오무라가 스즈키에게 말했다.

"스즈키, 네가 지금 김 서방한테 가라."

"예, 오무라 님."

고개를 든 스즈키에게 오무라가 말을 이었다.

"어젯밤 황청을 친 것은 가또 님 측 암살단이었어. 우리는 움직이지 않았어."

"알겠습니다."

"상책 양성규한테 전하라고 해라."

오무라의 얼굴에 쓴웃음이 번졌다.

"인빈을 통해 임금한테 그 사실이 들어가도록 해야 돼."

자리에서 일어선 스즈키가 방을 나가자 오무라는 어깨를 늘어뜨렸다.

일본 측에서는 황청의 암살이 득이다. 그러나 가또와 고니시 간의 암투는 그것을 초월하고 있다.

“검문이 심해져서 통행인이 사라졌습니다.”

밖에 나갔다 온 조병기가 말했다.

“이제는 명군 후군 병력까지 추가되어서 집 뒤짐을 합니다.”

의주에는 임금을 따라온 피란민이 10여 만이나 있는 데다 제대로 호구조사도 하지 못한 실정이다. 의주부 주변으로 지금도 피란민이 몰려오고 있어서 혼잡하다.

이산이 조병기를 보았다.

“오늘 밤 고니시 밀정 본부를 기습하고 나서 산채로 돌아갈 거다.”

“주군하고 미요시, 곤도 셋이 가십니까?”

“그래. 나머지는 내가 기습하는 동안 산채로 떠날 준비를 해라.”

“저는 여기서 주군을 기다리지요.”

“난 기습하고 나서 행재소의 내궁(內宮)으로 갈 거다.”

고개를 든 조병기에게 이산이 말을 이었다.

“엊그제 풀어준 사옹원 무수리를 만나기로 했어.”

“어디서 만나십니까?”

“궁 안에서.”

“어떻게 들어가시는데요?”

“담장을 넘어서.”

이산이 말을 이었다.

“뒤쪽 창고에서 만나기로 했다.”

“믿으십니까?”

"믿어봐야지. 궁인 통행증도 얻기로 했어."

"그렇다면 제가 궁 밖까지 모시고 가겠습니다."

조병기가 서둘러 일어섰는데 만류를 듣지 않겠다는 표시다.

궁 안.

상호(尙弧) 김상원은 정5품 관(官)으로 내시 중 고위층이다. 내시도 최고위는 종2품 상선(尙膳)이며 대감인 것이다.

김상원이 내궁 뒷마당 별당 옆으로 들어섰을 때 벽에 붙어서 있던 약방 무수리 정희선이 몸을 떼었다.

유시(오후 6시) 무렵.

주위는 어둠이 덮이고 있다.

"나리, 인빈의 시녀 유월이의 말을 들었는데 명의 후군 대장은 가또 님이 보낸 자객이 죽였다고 합니다."

정희선이 말을 이었다.

"밖에서 고니시 님 측이 연락한 것 같습니다."

"그렇다면 우리 측의 소행이란 말인가?"

눈썹을 모은 김상원이 정희선을 보았다.

"그것을 고니시 일당이 인빈께 고자질을 했단 말이지? 정적(正敵)을 죽이려고 대업을 망치는 무리들이구나."

"인빈이 임금한테 곧 알려주겠지요."

그때 김상원이 풀썩 웃었다.

"임금이 알아도 손을 쓸 일이 없어, 가또 님과 고니시 님 싸움에 끼어들었다가 뼈도 추리지 못할 테니까."

김상원의 눈빛이 흐려졌다.

"인빈 주변의 고니시 무리까지 처단된다면 우리가 궁 안 정보를 독점할 수가 있을 텐데."

어영청 복장의 군관 셋이 대문 앞으로 다가왔을 때 육손이 긴장했다.

술시(오후 8시) 무렵.

이곳은 고관들의 주택가였기 때문에 한낮에도 통행인이 드문 곳이다.

그때 앞장을 선 별장 관복 차림이 육손에게 물었다.

"이곳이 신 참찬 댁 별채인가?"

"그렇소. 지금은 둘째 아드님이 계시오."

육손이 어깨를 펴고 대답했다.

신 참찬이 누구인가? 전(前) 좌참찬 신윤형을 말한다. 좌참찬은 정2품 벼슬로 대감이다.

그때 별장이 말했다.

"나는 어영청의 김 별장이다. 어영대장 명으로 고관 댁 수색을 맡고 있다. 문을 열어라."

"셋이 오셨소?"

"그래. 더 데려오랴?"

"아니오."

육손이 별장을 훑어보고는 주먹으로 문을 두드렸다. 낮에도 두 번이나 방어사 휘하의 장교와 군사 대여섯이 수색을 나왔다가 훑어보고 돌아간 것이다.

어영청은 중앙 5군영 중 하나로 도성 숙위를 담당하고 있다. 지금은 의주가 도성인 상황인 것이다. 의주 행재소 부근에 각 지방 병마사, 각 군영에서 모인 수만 군사가 있지만 어영청의 지휘를 받는다.

문이 열리자 어영청 군사들이 안으로 들어섰다. 그때 안에서 하인 둘이 그들을 맞는다. 둘은 모두 장검을 찼는데 이상하지 않다. 고관 댁 하인들은 모두 무장하고 있기 때문이다.

5장
고니시 밀정대를 소탕하다

어영청 별장은 이산이다.

미요시와 곤도가 장교 복장으로 뒤를 따른다. 이산이 앞에 선 하인에게 말했다.

"안채를 훑어보겠다."

"마님이 안에 계시오."

하인이 거친 목소리로 대답했다.

"안방까지 들어가시려오?"

"그럴 수는 없지."

"낮에도 두 번이나 수색했소. 대감 댁에 이래도 되는 거요?"

"허. 그놈 말투가 사납네."

발을 떼어 안채로 가면서 이산이 싱글벙글 웃었다.

"이놈아, 우리가 좋아서 하는 짓 같으냐? 그냥 한 바퀴 돌고 갈 테야."

그때 하인들의 얼굴에도 웃음이 떠올랐다. 앞장서서 사랑채의 대문을 열면서 하인 하나가 말했다.

"한 바퀴 돌고 어서 나오시오."

사랑채 옆쪽 마당으로 들어서면서 이산이 뒤를 따르는 미요시와 곤도에게 말했다. 왜말이다.

"내가 한 바퀴 돌아서 사랑채 청으로 뛰어들겠다. 너희들 둘은 뒤를 지켜라."

미요시와 곤도가 잠자코 고개를 끄덕였다.

대저택이다. 행랑채, 사랑채가 각각 10여 칸으로 길었고 좌우에 하인들의 숙사와 창고가 늘어서 있다.

셋의 주위로 남녀 하인이 지난다. 저택의 규모로 보면 수십 명을 수용하고도 남는다. 뒷마당을 지나면서 이산이 말을 이었다.

"일 마치면 뒤쪽 담장을 넘어 나간다."

집안 구조부터 살피고 나서 탈출로를 정하는 것이다.

오무라는 사랑채의 안방에 앉아 있었는데 문 앞에는 스즈키가 기대서 있다. 둘 다 신발을 신었고 장검을 찼다.

신 참판 댁 대부인은 아예 집 안에 없다. 가족은 모두 박천의 처가로 떠났고 집에는 하인으로 위장한 향도와 고니시의 첩자단뿐이다.

모두 20여 명.

그중 여자 넷은 전향한 조선녀로 넷 다 하인 출신이다.

"이번에는 어영청 놈들인가?"

쓴웃음을 지은 오무라가 낮게 말했다.

"가또의 밀정단 덕분에 이 고생이구나."

"놈들은 공(功)을 가또 님께 보고했을 것입니다."

스즈키가 말을 받는다.

"방에는 들어오지 못할 테니 마당만 둘러보고 돌아가겠지요."

이곳 내실은 아녀자 거처인 것이다. 그러나 사랑채의 방 3개에는 오무라를 포함한 왜인 6명이 피신하고 있다.

옆방에 2명, 그리고 마루방 옆쪽 방에도 2명이 들어와 있다. 모두 조선말을 못하기 때문에 바로 탄로가 난다.

그때 하인 노릇을 하는 향도 목소리가 안마당에서 울렸다.

“자, 다 둘러보셨지요?”

이산의 시선을 받은 하인이 말을 이었다.

“그럼 행랑채로 가시지요.”

그 순간이다.

이산이 허리에 찬 칼을 빼면서 후려쳤다.

발도(拔刀).

목이 갈라진 하인이 휘청거렸을 때 한 걸음 앞으로 나선 이산이 이번에는 치켜든 칼을 옆쪽 하인에게 내려쳤다.

“억!”

입을 쩍 벌린 두 번째 하인의 어깨에서 가슴까지 칼날이 파고들었다. 그때 세 번째 하인이 허리에 찬 칼을 빼 들었다.

“윽!”

그 순간 곤도가 내지른 칼날이 하인의 가슴을 꿰뚫었다. 사랑채로 따라온 하인 셋이 숨 한 번 호흡하는 동안에 도륙된 것이다.

그 순간이다.

몸을 돌린 이산이 사랑채의 청으로 달려갔다.

안방에 있던 오무라가 자리에서 일어섰다. 마당의 소음을 들었기 때문이다. 스즈키도 이미 칼을 뽑아 들고 있다.

“가만.”

오무라가 밖으로 뛰쳐나가려는 스즈키를 제지했다.

“기다려라.”

문 옆쪽 벽으로 다가가 선 오무라가 말을 이었다.

"놈들이 밖에 군사들을 대기시켰을지 모른다."

저택 안으로 들어선 어영청 군사는 셋뿐이다. 셋이 저렇게 날뛸 리는 없다.

그 순간 청으로 뛰어오른 이산이 먼저 오른쪽 방문을 발로 차 열었다.

"우지끈!"

문이 부서지면서 안으로 열렸을 때 두 사내가 뛰어나왔다. 그러나 그때는 이산이 안쪽 방을 향해 달리는 중이다.

"우지끈!"

안방 문이 부서진 순간이다.

"에잇!"

뒤쪽에서 내지른 칼날이 이산의 어깨를 스치고 지나갔다. 이산이 몸을 비틀어 피했기 때문이다. 그때 이산이 방 안으로 뛰어 들어갔다.

"엣!"

문 옆쪽 벽에 붙어 서 있던 스즈키가 칼을 내려쳤다. 섬광 같은 칼 빛이 번쩍였다.

"쨍!"

이산이 맞받아친 칼날과 부딪치면서 날카로운 쇳소리가 났다.

그때 반대쪽 벽에 서 있던 오무라가 칼을 고쳐 쥐었다. 어느새 문간방에 있던 오가타와 히요시가 뛰쳐 들어왔다. 모두 오무라를 도우려고 온 것이다.

순식간에 방 안에는 다섯 명이 들어찼다. 더구나 장검을 제각기 쥐고 있다.

"모두 나가!"

오무라가 버럭 소리친 순간이다.

방의 불이 꺼졌다. 옆쪽 탁자 위에 세워놓았던 2개의 양초가 동시에 꺼진 것이다.

침입자다.

순식간에 방 안이 먹물 속처럼 변했다.

그 순간,

"윽!"

신음이 울렸다.

누군가?

"으악!"

또 한 번의 신음.

"아아악!"

이어서 또 한 차례의 신음이 울렸을 때 오무라는 이를 악물었다. 등에서 솟아오른 식은땀이 주르르 흘러내렸다.

그 순간 오무라의 눈앞에 불이 꺼지기 직전에 드러났던 사내의 얼굴 윤곽이 떠올랐다.

오무라는 숨을 죽였다.

이제 방 안에는 놈과 자신 둘뿐이다.

그야말로 숨 한 번 들이켠 순간에 놈은 셋을 베었다.

스즈키까지.

이산이 천천히 칼을 겨눴다.

좁은 방 안.

검풍(劍風)으로 촛불을 끄자마자 직전의 영상을 향해 칼을 휘두른 것이다. 한 칼도 빗나가지 않았다.

방바닥에 쓰러진 셋은 이제 숨이 끊어졌다.

숨을 죽이고 선 적은 하나.

벽에 등을 붙이고는 이쪽을 향해 찌르기 자세로 칼을 겨눈 채 움직이지 않는다. 강한 검세(劍勢)가 압박하고 있다.

그때 밖에서의 소음이 그쳤다.

건넌방에 있던 두 사내는 청으로 뛰어나왔다가 미요시와 곤도의 기습을 받았기 때문이다. 하나는 미요시가 일 합에 베었지만 다른 사내는 곤도에게 삼 합째 허리가 절단되었다.

오무라가 들이켰던 숨을 천천히 뱉어내면서 이를 악물었다.

방 복판에 서서 이쪽을 응시하는 사내의 눈도 선명하게 드러났다.

조선의 어영청 별장이 이런 검술을 지니고 있다니, 경황 중에도 떠오른 생각이다.

그 순간 오무라의 칼끝이 섬광처럼 앞으로 뻗어 나갔다.

이산은 오무라가 숨을 멈추는 순간 몸을 비틀었다.

오무라의 장검이 뻗어 나오기 직전이다. 그것도 섬광 같은 순간이다.

몸을 비틀면서 겨눴던 장검이 옆으로 그어졌다. 그 순간 오무라의 장검이 겨드랑이를 스치면서 뻗어 나갔다.

"윽!"

바로 눈앞에서 오무라의 부릅뜬 눈이 보였다. 이를 악물고 있다.

바로 한 자(30센티)밖에 되지 않는 거리다. 칼끝과 함께 한 걸음 내디뎠기 때문이다.

다음 순간 목이 그어진 오무라의 목에서 피가 뿜어져 나왔고 이산은 옆으로 비켜섰다.

이산이 밖으로 뛰어나왔을 때 미요시는 사랑채 문 앞에서 사내 하나와 칼을 맞댄 상태였다.

곤도가 막 사내 하나를 쓰러뜨리고 이쪽으로 몸을 돌렸다. 그때 이산이 옆쪽 담장을 향해 달려갔다.

그것을 본 미요시가 와락 상대를 밀어제치더니 빈틈을 향해 칼을 내려쳤다. 그러고는 이산의 뒤를 따른다. 곤도가 뒤를 따른다.

"잡아라!"

뒤에서 왜말이 울렸다. 다급했기 때문이다. 칼을 쥔 셋이 곤도의 뒤를 따른다.

그때 담장 앞에 선 이산이 미요시에게 낮게 말했다.

"담장을 넘어라!"

담장 높이는 10자(3미터) 정도인데 장독대 옆이다. 장독을 밟고 뛰면 그대로 올라갈 수 있다.

"주군."

미요시가 이산을 불렀다가 시선을 받더니 그대로 장독대 위로 뛰어오르면서 담장 위로 올라갔다.

이산이 곤도를 향해 달려갔다. 곤도의 뒤를 따르는 사내들을 향해 돌진한 것이다.

곤도의 뒤에 바짝 붙어서 막 칼질을 하려던 사내가 이산의 칼에 맞아 허물어지듯 쓰러졌다.

"야앗!"

사랑채 대문으로 다시 서너 명의 사내가 쏟아져 들어온다. 그때 이산이 곤도에게 손짓을 했다.

"가라."

짧게 왜말로 지시한 이산이 다시 두 번째 사내를 후려쳐 베었고 세 번째 사내를 향해 칼을 겨눴다.

"어서!"

다시 말한 이산이 세 번째 사내의 칼을 옆구리로 스쳐 보내면서 뒷머리를 쳤다.

그때 곤도가 장독대를 밟고 담장 위로 뛰어올랐다. 미요시는 이미 밖으로 뛰어

내린 후다.

이산이 이제는 사내들을 밀어붙였다.

모두 6명.

아수라 같은 기세로 몰아붙이자 우르르 뒤로 밀려났다.

그 순간 이산이 장독대를 향해 도약했다. 그러고는 한 발짝 장독대 뚜껑을 밟고 뛰어오르더니 두 번째 발이 담장 위에 닿았다.

다음 순간 이산의 몸이 담장 밖으로 사라졌다.

이산이 마루방으로 들어서자 모두 일어섰다.

이쿠노, 가쓰라, 그리고 방금 돌아온 미요시와 곤도, 조병기다. 그리고 옆집에 숨어 있는 박정양도 끼어 있다.

상석에 앉은 이산이 이쿠노에게 말했다.

"지금 산채로 돌아가도록."

"예, 주군."

고개를 숙인 이쿠노가 이산을 보았다.

"주군께선 내일 밤에 오십니까?"

"그럴 예정이야."

이산의 시선이 박정양에게 옮겨졌다.

"내가 박 공 이야기는 주군께 보고할 겁니다. 다시 연락드리지요."

"기다리겠습니다."

박정양이 정색하고 이산을 보았다.

가또에게 협력하겠다는 말이다.

이쿠노가 인솔한 가신(家臣)들은 한 식경도 안 되어서 저택을 빠져나갔다.

그래서 저택에는 집주인 송동수와 하인 둘만 남았다. 박정양도 돌아갔기 때문에 마루방에는 이산과 조병기 둘뿐이다.

자시(밤 12시) 무렵이다.

이산이 조병기를 보았다.

"너는 여기서 기다려라, 나 혼자 다녀올 테니까."

"제가 궁 밖에서 기다리지요."

그러자 이산이 고개를 저었다.

"네가 짐이 된다."

조병기가 어깨를 늘어뜨렸다.

조금 전 미요시와 곤도한테서도 들은 것이다. 고니시의 밀정대 본부를 기습했을 때 주군이 도와주지 않았다면 살아서 돌아오지 못했을 것이라고 했다.

밀정대 본부에서 살아남은 왜인은 네 명이다.

책임자인 요네자와가 평양성에 주둔하고 있는 고니시를 만나러 간 사이에 일어난 사건이다. 오무라를 포함한 왜인 11명이 피살된 것이다.

"사나다, 네가 직접 주군께 보고해라."

기시마가 충혈된 눈으로 사나다를 보았다.

이곳은 의주 동쪽 20리 거리에 위치한 모령현의 골짜기 안.

폐가의 마루에 세 사내가 둘러앉아 있다. 기시마는 한쪽 팔을 헝겊으로 목에 매달고 있는데 어젯밤에 칼로 어깨를 찔렸기 때문이다. 기시마가 말을 이었다.

"어영청 무사(武士)들이라고 해."

"기시마 님, 의주의 연락소는 전멸된 것이나 같습니다."

고개를 든 사나다가 기시마를 보았다.

"이유야 어쨌든 우리도 책임을 져야 하지 않겠습니까?"

"연락소가 재가동되면 나는 할복할 거다."

외면한 기시마가 말을 이었다.

"너는 사실대로만 보고하면 돼."

고개를 끄덕인 사나다가 자리에서 일어섰다.

가신(家臣) 11명이 살해된 대사건이다.

그것도 조선 왕실의 정보를 채집하던 의주 연락소가 붕괴된 것이다. 남아 있던 왜인 15명 중에서 4명이 살아남았다.

담장을 넘어온 이산이 창고로 다가갔다.

깊은 밤.

어둠에 덮여 있지만 창고는 한쪽이 기울어졌고 벽이 허물어진 것도 드러났다.

채분과는 시간 약속을 안 했기 때문에 기다리고 있을지 알 수 없다. 지금은 자시(밤 12시)도 훨씬 넘은 시간인 것이다.

이산이 허물어진 창고 안으로 들어섰을 때다. 안에서 인기척이 났다. 고개를 든 이산이 안쪽 벽에서 움직이는 사람을 보았다.

채분이다.

장옷으로 몸을 감싸 흰 얼굴만 드러났다. 이산이 다가갔을 때 채분이 입을 열었다.

"한 시진이나 기다렸어."

"조금 전에 고니시의 연락소를 습격하고 오는 길이야."

옆쪽 나무토막 옆에 앉은 이산이 말을 이었다.

"누군지 확인은 안 했지만 왜인 10여 명을 죽였다."

채분의 시선을 받은 이산이 쓴웃음을 지었다.

"내가 어영청 별장으로 위장하고 들어간 거다. 내 수하들은 휘하 군사가 되었지."

"그럼 상책의 밥줄이 끊겼네. 어떡하지?"

채분이 맑은 목소리로 물었다. 다가앉은 채분한테서 옅은 향내가 풍겼다.

"아직 상책은 모르고 있겠지?"

"당연하지. 아직 한 시진도 안 되었어."

"상책은 자주 금덩이나 보석, 후추가 든 주머니까지 받았어. 아마 수만금이 넘을 거야."

후추는 왕실에서 귀물로 사용하는 식재료다. 후추 한 주먹이 금 한 주먹 가치가 있는 것이다. 채분이 말을 이었다.

"어디 그뿐이야? 조선이 망하면 상책은 고니시한테서 영주로 만들어 주겠다는 약속을 받았어."

"……."

"왜국 영주는 조선 왕보다 더 낫다는 거야. 조선 왕은 명(明)의 하급 관리한테도 쩔쩔매지만 영주는 히데요시 관백한테만 복종하면 된다고 했어."

"잘 아는구나."

"나한테도 여러 번 자랑했으니까."

"너는 상책 놈의 부인이 되기로 한 거냐?"

"내가 미쳤어?"

채분이 하얗게 눈을 흘겼다.

"수염도 없는 고자의 부인이 된다구?"

"상책 그놈이 요물이다."

눈을 가늘게 뜬 이산이 채분을 보았다.

"그놈이 언제 밖으로 나오지?"

"연락소가 습격당했다니까 알아보려고 나가겠지."

"거간상 김 서방한테 가겠군."

"당장 내일 낮에 나갈 거야. 상책은 승전색으로 왕의 명을 전달하는 내시여서 누구도 제지하지 못해."

"그렇군."

그때 채분이 손을 뻗어 이산의 팔을 잡아당겼다. 향내가 더 짙어졌고 장옷을 벗은 몸의 윤곽이 드러났다. 이산은 채분의 눈이 어둠 속에서 번들거리는 것을 보았다.

더운 숨결이 목에 닿는다. 이산이 팔을 뻗어 채분의 허리를 당겨 안았다. 채분이 장옷을 땅바닥에 깔면서 먼저 눕는다.

이제는 창고 안에 숨소리만 울리고 있다. 거친 숨소리다.

이산이 송동수의 집에 돌아왔을 때는 인시(오전 4시) 무렵이다.

그때까지 기다리고 있던 조병기가 반색했다.

"내가 오늘 하루 더 묵어야겠다."

이산이 말을 이었다.

"고니시의 정보원 상책 양성규가 오늘 거간상 김 서방 집으로 올지도 모른다. 그때 그놈까지 처리해야겠다."

채분한테서 들은 이야기까지 해줬더니 조병기가 한숨부터 쉬었다.

"주군께서 고니시의 간자(間者)들의 씨를 말리고 계십니다."

"그러냐?"

눈을 치켜뜬 이산이 정색했다.

"내가 500석 녹봉을 올려 받아야 한다는 생각은 안 드느냐?"

"그, 글쎄요."

갑자기 당황한 조병기의 눈동자가 흔들렸다.

"그 생각까지는 아직 안 했습니다."

"올려 받아야겠다."

"주군."

어깨를 부풀렸다가 내린 조병기가 이산을 보았다.

"그것은 코다 님하고 상의하시지요."

"그 영감이 그런 때 필요하겠군."

방문 밖을 내다본 이산이 말을 이었다.

"김 서방 집에 감시를 붙여야 한다."

아직 날이 밝지 않았다.

행재소의 내궁(內宮) 안.

상책 양성규가 대전 아래쪽의 사옹원 건물 옆 마루방으로 들어섰다.

묘시(오전 6시) 무렵.

사옹원은 분주하게 움직이고 있다. 왕의 수라상을 준비하는 중이다.

마루방 구석에서 기다리던 채분이 양성규를 맞았다. 양성규가 중궁전의 내시를 시켜 채분을 부른 것이다. 채분이 물었다.

"나리, 부르셨습니까?"

"그래. 문제가 생겼다."

한 걸음 다가선 양성규가 채분을 보았다.

"어젯밤 북촌에서 살인 사건이 일어났어."

"……."

"저택으로 침입한 어영청 군사들이 10여 명을 살인했다. 지금 그 집은 폐가가 되어서 조선군이 경비하고 있는데……."

"……."

"그곳이 고니시 님 연락소였어. 연락원들이 죽은 거야. 기습을 받고 전멸당한 거다."

그때 채분이 말했다.

"나리께서 거간상한테 가보셔야 할 것 같은데요."

"그래서 말인데……."

양성규가 목소리를 낮췄다.

"내가 낮에는 주상 곁에 있어야 할 것 같으니까 네가 먼저 김 서방한테 다녀오너라."

"제가 말입니까?"

"가서 별일 없는가를 확인하고 돌아오면 내가 저녁때 나가는 것이 낫지 않겠느냐?"

"그럼 그렇게 하겠습니다."

"지금 나갔다가 저녁 전에 돌아오너라."

"네, 나리."

"네가 고생이 많다."

양성규가 부드러운 시선으로 채분을 보았다.

"이쯤 일로 고니시 님 전력(戰力)이 손상되지는 않아. 어영청의 어떤 놈들이 그 짓을 했는지 곧 밝혀질 것이고 그놈들은 머지않아 참살당할 것이다."

채분이 고개를 끄덕였다.

어렵지 않은 일이다. 얼마든지 방법이 있는 것이다. 양성규가 소매에서 주먹만 한 주머니 하나를 꺼내더니 내밀었다.

"여기 금반지 30개가 들었다. 잘 모아놓았다가 요긴할 때 써라."

이 금붙이도 모두 고니시 측한테서 받은 것이다.

이쿠노가 인솔하는 가신(家臣)들이 수락산 산채에 닿았을 때는 오시(낮 12시) 무렵이다.

엿새 만에 돌아온 것이지만 산채에는 통나무집이 5채나 세워졌다. 군사들도 모두 조선인 행색이 되어서 피란민으로 보였다.

중앙에 위치한 본채 청에서 기다리던 코다가 그들을 맞았다.

"주군은 왜 안 오시는 거냐?"

이쿠노 등이 인사를 마치자마자 코다가 물었다.

"무슨 일이 있으신 거냐?"

"주군께서 마무리를 짓겠다고 하셔서……."

헛기침을 한 이쿠노가 명(明)의 후군 대장 황청을 친 것에서부터 고니시의 연락소를 기습 궤멸시킨 일까지 보고하는 동안 코다는 숨만 쉬면서 들었다.

그동안 청으로 하나둘씩 모여든 부하들이 보고가 끝났을 때는 30여 명이 둘러서 있다. 그때 코다가 말했다.

"우리 주군이 5만 석 영주는 되어야 해."

"모두 도망쳐서 연락소는 비었습니다."

김 서방이 당황한 얼굴로 채분에게 말했다.

미시(오후 2시) 무렵.

거간꾼 김 서방의 안채 사랑방에서 채분과 김 서방이 앉아 있다. 김 서방이 말을 잇는다.

"시체는 아직도 마당에 그대로 거적을 덮어 놓았습니다."

"……."

"군사들이 지키고는 있지만 구경꾼들이 많아서 저도 들어가 보았지요."

"……."

"모두 왜인 첩자들이라 명군 장수들까지 구경하고 갔다는 겁니다."

"소문이 일찍 퍼졌어."

채분이 혼잣소리처럼 말했을 때 김 서방은 바로 대답했다.

"어젯밤에 기습한 어영청 군사들이 돌아갈 때 순라군에게 지시를 했답니다."

"……"

"그들이 고니시군 밀정들의 연락소를 쳤으니 검시관이 올 때까지 잡인 출입을 금지하라고 했다는군요."

"……"

"금세 소문이 나서 아침에는 승지도 보고 갔답니다."

그때 채분이 고개를 들었다.

"가마를 준비해 줘요."

"예, 아씨."

벌떡 일어선 김 서방이 서둘러 방을 나갔다. 이곳에 올 때는 걸어서 왔지만 가마를 타고 돌아가려는 것이다. 그러면 배나 빨리 돌아갈 수 있다.

"어영청의 누구냐?"

선조가 묻자 승지 임제가 대답했다.

"아직 찾지 못했습니다, 전하."

고개를 든 임제가 말을 이었다.

"어영대장이 지금도 찾고 있습니다."

어영대장 조춘은 종2품 대감이다. 정여립의 옥사에 공을 세워서 정4품 병마사에서 2년 만에 대감이 된 동인이다. 그때 옆쪽에 선 평안도 병마사 황석진이 입을 열었다.

"전하, 피살된 시신을 확인한 결과 왜인이 확실합니다. 왜인의 밀정대 거처를 기습한 것입니다."

황석진의 목소리가 청을 울렸다.

"찾아서 관등을 올려주셔야 할 것입니다."

선조가 고개를 돌려 둘러선 재상들을 보았다. 기색이 좋지 않았기 때문에 대신들은 선뜻 입을 열지 않는다. 그때 선조가 말했다.

"모두 물러가라."

그러고는 옆쪽에 선 한응인을 보았다.

"경은 남으라."

한응인은 8도 도순찰사로 정2품.

정여립의 옥사를 고변한 공으로 평난공신 1등에 책정된 후에 대감이 되었다. 문관으로 임진강 싸움을 지휘했다가 4만여 명의 조선군을 수장시키고 도망쳐 나왔지만 지금도 임금 옆에 붙어 있다.

청에는 선조와 한응인, 그리고 승지 임제가 남았다. 그때 선조가 한응인에게 물었다.

"그대는 어떻게 보는가?"

한응인이 고개를 들자 선조가 목소리를 낮췄다.

"왜인 밀정단이 죽었다니, 이곳까지 밀정들이 와 있단 말인가?"

"예, 소신도 소문을 들었습니다만."

한응인이 말을 이었다.

"밀정단을 몰살시켰다니 다행한 일입니다."

"어영대장은 그런 지시를 내린 적이 없다고 했어. 누가 그랬단 말인가?"

한응인이 눈만 껌뻑였을 때 선조가 목소리를 낮췄다.

"이곳까지 왜인이 들어와 있다니, 큰일 아닌가?"

"예, 전하."

"그대가 명으로 들어가 석 상서에게 내가 1백 인만 데리고 입국한다고 전하라."

“예, 전하.”

“서둘러라. 평양성에 있는 이 도총관에게는 말하지 않는 것이 낫다.”

“예, 전하.”

고개를 든 한응인이 선조의 시선이 이미 옮겨져 있는 것을 보고는 뒷걸음질로 물러섰다.

떠나야 한다.

“네가 다시 김 서방에게 가줘야겠다.”

채분의 보고를 들은 양성규가 말했다.

내궁 안.

승전색의 거처인 대전 옆 별당 뒤에서 마주 보고 서 있다.

“내가 오늘 밤 술시(오후 8시) 무렵에 갈 테니까 기다리고 있으라고 전해라.”

“그러지요.”

채분이 고개를 끄덕였다.

“그렇게만 전하면 됩니까?”

“김 서방이 평양에 다녀와야겠어.”

목소리를 낮춘 양성규가 말을 이었다.

“연락소의 왜인들이 다 죽었다면 김 서방이라도 고니시 님을 만나야지.”

“…….”

“내가 밀서를 줄 거다.”

“그럼 그렇게 전하겠습니다.”

채분이 고개를 끄덕이자 양성규가 말을 이었다.

“이것으로 끝나는 것이 아냐.”

신시(오후 4시)가 되었을 때 시장 거리를 벗어난 채분이 골목으로 꺾어졌을 때다. 옆으로 상민 차림의 사내가 지나면서 말했다.

"따라오시지요."

조병기다.

오가는 사람이 많았기 때문에 조병기는 곧 통행인 사이로 들어가 머리에 쓴 두건만 보였다.

채분은 장옷 끝을 여미면서 뒤를 따른다.

골목을 벗어나 시장 뒷거리로 나왔을 때 조병기가 열린 민가 뒷문 안으로 들어섰다.

채분이 잠깐 주위를 둘러보고 나서 민가로 빨려든 것처럼 사라졌다.

뒷마당으로 들어선 채분이 마루에 앉아 있는 이산을 보았다.

집 안은 조용했고 조병기도 보이지 않는다.

다가간 채분의 시선을 받은 이산이 손으로 옆자리를 가리켰다. 채분이 옆에 앉으면서 입을 열었다.

"술시(오후 8시)에 양 상책이 김 서방네 집으로 밀행해 올 거야."

이산이 고개만 끄덕였고 채분이 말을 잇는다.

"김 서방을 만난다고 했어. 그 말을 전해야 해."

"……."

"고니시 님한테 보내는 밀서를 전해준다고 했어."

"수고했어."

"난 지금 김 서방한테 말을 전해야 해."

채분이 말했을 때 이산이 물었다.

"넌 어떻게 할 거냐?"

"양 상책을 어떻게 할 건데?"

채분이 되묻자 이산이 먼저 대답했다.

"죽이고 밀서를 빼앗을 거다."

"그럼 난 김 서방한테 말만 전해주고 돌아갈게."

자리에서 일어선 채분이 말을 이었다.

"난 지금 당장 갈 곳은 궁밖에 없어."

"무엇이?"

고니시가 눈을 치켜떴다.

고니시의 진막 안.

주위에는 중신들이 둘러서 있다. 앞에 꿇어앉은 사내는 사나다다. 의주에서 쉬지도 않고 달려왔기 때문에 몸이 먼지투성이다. 사나다가 고개를 들었다.

"예, 어영청 소속의 무사들이었습니다."

"열한 명이 죽었다고?"

버럭 소리친 고니시의 시선이 사나다 옆에 꿇어앉은 요네자와에게로 옮겨졌다. 요네자와는 이곳에 와 있었기 때문에 고니시와 함께 보고를 들은 셈이다.

"의주에 몇 명이 있었느냐?"

"열다섯이었습니다."

"몰살을 당한 셈이군."

요네자와가 시선을 내렸고 고니시가 다시 물었다.

"어영청 무사는 몇 놈이었느냐?"

"10여 명이 되었습니다."

"그렇다면 거간꾼 그자도 위험하지 않을까?"

"제가 떠나기 전까지는 별일 없었던 것 같습니다."

고니시가 요네자와에게 지시했다.

“네가 여기 와 있는 동안에 일이 생겨서 불행 중 다행이다. 돌아가서 다시 연락소를 채워라.”

“천천히 가자.”

양성규가 가마 안에서 휘장을 약간 들치고 말했다.

넷이 멘 가마여서 빠르다. 넷이 모두 수비대 장교여서 건장한 데다 서둘렀기 때문이다. 속도가 느려지자 양성규는 등받이에 몸을 붙였다. 가마가 흔들거리면서 속보로 나아가기 시작했다.

가마 앞뒤로 상민 차림의 장정 여덟이 호위하고 있다. 모두 허리에 칼을 찼다. 지휘관은 맨 뒤를 따르면서 주위를 경계했다.

고관의 행차다.

가마가 호조의 창고 앞에 도착했을 때는 술시(오후 8시)가 되어 갈 무렵이다.

가마에서 내린 양성규가 허리를 두드렸다.

이곳은 낮에도 통행인이 드문 곳이다. 창고 앞에 선 군사 둘이 멀뚱히 이쪽을 응시하고 있다. 그때 지휘관인 포도부장 강만태가 다가왔다.

“나리, 가시지요.”

이미 주위는 어둠에 덮였다.

“한 식경이면 될 것이다.”

양성규가 가마꾼을 이끈 장교에게 말하고는 몸을 돌렸다. 이곳에서 가마꾼들은 기다리는 것이다.

곧 강만태가 앞장을 서고 양성규는 뒤를 따른다.

거간꾼 김 서방의 집은 이백 보 거리다. 그러나 골목을 2개 빠져나와야 한다. 양성규는 항상 김 서방 집 근처에서 가마를 내린 후에 강만태와 둘이서 들어간다. 조심스러운 성격이라 같은 장소에서 내린 적도 없다.

첫 번째 골목을 빠져나와 두 번째 골목으로 들어섰을 때 앞장서 가던 강만태가 말했다.

"나리, 연락소를 기습한 것이 어영청 군사가 아니라는 소문이 있습니다."

"그럼 누구야?"

뒤를 따르던 양성규가 물었다.

"어영청 군복을 입었다고 했다."

"군복이야 얼마든지 구할 수 있지요."

"그럼 누구란 말인가?"

"가또 님의 무사들이 변복하고 기습했다는 것입니다."

"누가 그러던가?"

"내궁의 시위 군사들한테 그런 소문이 퍼져 있습니다."

양성규는 입을 다물었다.

내궁의 시위 군사는 내시, 무수리들과 자주 접촉하는 데다 궁에 출입하는 고관들의 수행원들과도 인연이 많다. 그러니 가장 정보력이 강한 부류다.

"그럴 리는 없어."

양성규는 어둠 속에서 이맛살을 찌푸렸다.

내시 중에도 가또의 정보원이 있는 것이다. 고니시의 숙적인 가또가 조선 왕실에 정보원을 심어두지 않았을 리가 없다.

그때 골목을 벗어난 강만태가 주위를 둘러보았다. 이제 길 건너편이 거간꾼 김서방의 저택이다.

"저기."

조병기가 낮게 말했지만 이산은 골목에서 나온 두 사내를 보았다.

앞장선 사내는 상민 복색이지만 머리에 검은색 두건을 썼고 허리에 장검을 찼다. 건장한 체격. 그리고 뒤에 선 사내는 갓을 쓴 양반이다. 도포에 흰 두루마기를 입었는데 고관(高官) 행색이다.

둘은 김 서방 저택 정문 쪽의 골목에 붙어 서 있었는데 대각선으로 두 사내가 보인 것이다.

거리는 50보 정도.

두 사내와 대문까지의 거리는 30보쯤 된다. 그때 주위를 둘러보던 앞쪽 사내가 발을 떼었고 양반 차림이 뒤를 따른다.

그것을 본 이산이 말했다.

"난 담장을 넘어갈 테니까 넌 여기서 기다려라."

강만태가 문을 두드리자 금세 대문이 열렸다. 안에서 기다리고 있던 것이다.

하인이 허리만 굽혀 절을 하더니 앞장을 섰다.

"안채에서 기다리고 계십니다."

양성규가 안채 사랑방으로 들어섰을 때는 잠시 후다.

강만태는 청 앞마루 끝에 서 있었고 양성규 혼자 방으로 들어선 것이다.

기다리고 있던 김 서방이 두 손을 모으고 인사를 했다.

"이목이 있어서 여기서 기다리고 있습니다."

"괜찮아."

털썩 아랫목에 앉은 양성규가 흐린 눈으로 김 서방을 보았다.

"앉게."

"예, 나리."

자리에 앉은 김 서방이 양성규를 보았다.

"말씀하신 대로 출발 준비를 했습니다."

"그래, 지금 떠나야겠어."

양성규가 말을 이었다.

"직접 고니시 님을 만나서 이 밀서를 전해."

저고리 안에서 보자기에 싼 밀서를 꺼낸 양성규가 내밀었다.

"직접 전하도록 해."

"예, 나리."

"그리고 이것."

양성규가 이번에는 옻칠을 한 검은색 나무 조각을 내밀었다.

길이가 5치(15센티), 폭이 1치 정도의 나무 조각이 반들거렸다. 조각에는 소서(小西) 3(三)이라는 금박 글씨가 박혀 있다.

소서행장, 즉 고니시 유키나가의 3번 밀사라는 표시다.

김 서방이 받아들자 양성규가 말했다.

"내 표시다. 그 패만 보면 왜군은 모두 길을 열어줄 게야. 다만."

양성규의 얼굴에 쓴웃음이 번졌다.

"가또군(軍)이라면 위험하겠지만 평양성 근처에는 없을 것이다."

"알겠습니다. 지금 당장 떠나지요."

벽에 귀를 붙인 이산이 둘의 대화를 듣는다.

안채 사랑방의 뒷벽이다. 거미처럼 벽에 달라붙은 이산의 모습은 마치 거대한 거미 같다.

이윽고 문을 여닫는 소리가 났을 때 이산의 몸이 떨어졌다.

"아니, 주군."

갑자기 옆에 나타난 이산을 보자 조병기가 흠칫 놀랐다. 그때 이산이 낮게 말했다.

"양성규는 당분간 놔두기로 하자."

"주군, 그러면."

"김 서방이 양성규 심부름으로 밀서를 갖고 고니시한테 간다."

어둠 속에서 이산의 눈이 번들거렸다.

"김 서방을 잡아야겠다."

그때 옆쪽 대문에서 인기척이 나더니 양성규와 사내 하나가 나왔다. 양성규가 돌아가는 것이다. 이산이 골목 벽에 등을 붙이고 서서 말했다.

"곧 김 서방이 나올 것이다."

셋이 나왔다.

여행자 차림의 상민 셋, 그중 가운데 선 사내가 김 서방이다. 셋 다 등짐을 메었고 굵고 긴 지팡이를 쥐었는데, 위장한 칼이다. 박달나무 몽둥이 안에 장검이 박혀 있는 것이다.

셋은 곧장 거리를 벗어나 산기슭을 따라 남하하기 시작했다.

사시(오전 10시)가 되었을 때 셋은 압록강 지류를 건너 귀성 북쪽의 산비탈을 도는 중이었다.

뒤쪽에서 인기척이 났기 때문에 셋은 고개를 돌렸다. 사내 둘이 따라오고 있다. 둘 다 여행자 행색이었는데 허리에 장검을 찼다.

갑자기 나타난 것이다.

거리가 50보 정도여서 떼어놓기도 어렵다. 옆쪽은 황무지였고 산길에는 인기척도 없다.

그때 김 서방을 앞뒤에서 호위하던 두 사내가 멈춰 서더니 다가오는 사내들을 기다렸다.

"누구냐?"

김 서방을 호위한 황규, 천막쇠는 둘 다 검사(劍士)다. 황규가 몽둥이를 움켜쥐고 소리쳤다.

거리가 10보로 가까워졌을 때 황규, 천막쇠는 일제히 칼을 뽑았다. 그러자 장검이 드러났다.

다가간 이산의 표정은 차분했다.

뒤를 조병기가 따른다. 왼손에 장검의 손잡이 밑 부분을 쥐고 한 걸음씩 다가갔다.

거리가 8보, 5보로 가까워졌다.

이미 앞쪽의 둘은 칼을 뽑은 채 양쪽으로 벌려 서 있는 중이다. 그때 이산이 세 걸음 간격에서 멈춰 섰다. 이산의 시선이 둘의 뒤쪽에 서 있는 김 서방에게로 옮겨졌다.

"네가 가지고 있는 밀서를 내놓아라."

그 순간 김 서방이 숨을 들이켰다. 그러더니 이산의 주위를 둘러보았다. 눈동자가 번들거리고 있다. 다음 순간 김 서방이 소리쳤다.

"쳐라!"

이미 칼을 빼 들고 있던 두 검사가 동시에 움직였는데 호흡이 맞는다. 오른쪽 사내가 내려쳤고 왼쪽 사내는 이산이 피할 공간을 겨눈 채 칼을 치켜들었다.

빈틈이 없다.

그 순간 이산이 칼을 뽑아 후려쳤다.

"쨍!"

날카로운 쇳소리가 울리면서 사내가 내려친 칼을 되받아친 이산의 칼날이 솟구쳤다.

"으악!"

얼굴이 비스듬히 잘린 사내의 처절한 비명이 산비탈을 울렸다.

다음 순간 몸을 비튼 이산의 칼끝이 곧장 옆쪽 사내의 겨드랑이를 뚫고 들어갔다.

"아아악!"

비명이 다시 울리더니 메아리까지 쳤다.

사내를 발로 차 칼을 뽑아 든 이산이 김 서방에게 몸을 돌렸을 때는 숨 한 번 들이켤 순간밖에 되지 않았다. 두 사내가 아직 땅바닥에 제대로 쓰러지기도 전이다.

이산이 김 서방에게 한 걸음 다가가 섰다. 거리는 두 발짝.

김 서방은 그동안 한 발짝도 떼지 못했다. 이산이 칼끝을 김 서방의 턱 밑에 붙였다.

"자, 네가 가슴에 품고 있는 밀서를 내라."

"무, 무슨 밀서 말이냐?"

김 서방이 눈을 치켜뜨고 물은 순간이다. 이산의 칼이 날아가 김 서방의 머리를 쳤다. 머리가 반쯤 갈라진 김 서방이 허물어지듯 쓰러졌지만 피는 뿜지 않았다.

"오셨습니까?"

코다가 반색을 하고 이산을 맞는다.

신시(오후 4시) 무렵.

이산이 본거지 마당으로 들어서고 있다. 주위에 수십의 부하들이 둘러싸고 있었는데 먼저 와 있던 이쿠노, 미요시 등도 모두 보였다.

본거지는 마치 산적 소굴처럼 보였지만 기율이 잘 잡혔다. 코다가 앞장을 서서 안내했다.

잠시 후에 산채 중앙에 세워진 통나무집 마루방에 이산을 중심으로 가신(家臣)들이 둘러앉았다. 이산이 가신들을 둘러보며 말했다.

"모두 수고했어."

"무슨 말씀을."

이산의 말을 코다가 받는다.

"우리는 거처만 지었을 뿐입니다. 주군께서 대공을 세우셨습니다."

"공(功)이라고 할 것도 없다."

이산이 가슴에서 비단 주머니를 방바닥에 내려놓았다.

"고니시한테 보내는 내시 양성규의 밀서를 빼앗아왔다."

모두 숨을 죽였고 이산의 말이 이어졌다.

"조선 왕과 그 주변, 고니시와의 관계까지 모두 포함되어 있어."

"주군께서 읽으셨습니까?"

코다가 묻더니 고개를 들었다.

"가또 주군께 바로 보내드려야 되지 않겠습니까?"

"그렇다. 코다, 그대도 읽어보라."

"예, 감히 읽겠습니다."

두 손으로 보자기를 집은 코다가 밀서를 꺼내더니 집중해서 읽기 시작했다. 마루방 안에 정적이 흐르더니 이윽고 코다가 고개를 들었다. 얼굴이 굳어 있다.

"주군, 밀서는 주군께서 직접 가또 님께 드리는 것이 낫겠습니다."

그러더니 덧붙였다.

"제가 모시고 가지요."

숙천.

명(明)의 도독 이여송이 진막 안에서 앞에 앉아 있는 장수들을 둘러보았다.

이여송이 명(明)의 대군을 이끌고 압록강을 건넌 것은 12월 25일. 왜란이 일어난 지 8개월 후다. 그동안 선조는 10여 번이나 사신을 보냈다.

이여송은 요동의 철령위였던 이성량의 아들이다. 아버지의 음덕으로 9년 전인 1583년에 산서(山西) 총병관, 1587년에 선부 총병관이 되었다. 1592년 발배족 토벌의 공을 인정받아 도독(都督)이 된 것이다.

이여송이 이끈 군사는 4만 2천. 조선군 도원수 김명원이 8천을 모아 휘하에 들었고 경기방어사 이시언이 1만여 명, 승병 2천여 명을 이끈 휴정과 유정도 가담했다.

7만 5천이 넘는 대군이다.

"두 번 다시 지난번의 실책을 되풀이할 수는 없다."

이여송의 시선이 옆쪽에 서 있는 조승훈에게 옮겨졌다. 조승훈은 부총병으로 5천 군사를 이끌고 평양성을 공격했다가 왜군의 함정에 빠져 거의 전멸을 당했다. 조승훈이 놀란 듯 금세 사색(死色)이 되었는데 예상하지 못한 것 같다.

이여송의 굵은 목소리가 다시 진막을 울렸다.

"내가 이곳에 와서 들은 이야기가 지난번 평양성 공격 보고와는 전혀 달랐다. 그대는 왜군 1만여 명을 죽였는데 명군은 1천여 명의 피해를 입었다고 하지 않았는가?"

"예, 도독 각하."

조승훈의 살찐 얼굴에서 땀이 배어 나오기 시작했다. 그때 이여송이 입술을 일그러뜨리며 웃었다.

"여기 와 있는 조선군 장수들은 그것이 거짓말이라는 것을 다 안다. 그대는 함정에 빠져 아군을 전멸시켰고 사유는 성안에서 죽었다."

이여송의 목소리가 높아졌다.

"그대는 평양에서 안주까지 200리 길을 하룻밤 사이에 내달려 도망쳤다고 들었다. 그것을 조선 군사는 물론이고 백성까지 다 보았다고 들었다."

"도독 각하, 그것은……."

그때 이여송이 손을 들었다. 조승훈이 입만 벌리고 있을 때 이여송이 지시했다.

"저놈을 묶어서 요동까지 압송해라. 말에 태우지 말고 걸려야 한다. 그래야 조선인들이 다 볼 수 있을 테니까."

이여송이 말을 이었다.

"대명(大明)의 위상을 다시 세워야 한다."

그때 위사들이 달려들어 조승훈의 몸을 포박했다. 무릎을 꿇린 채로 사정없이 상반신을 묶는다.

이여송이 내려오기 전에는 임금 선조를 턱 끝으로 부리던 요동 부총병이다. 그 부총병의 위세가 이여송 앞에서는 고양이 앞의 쥐가 되었다.

이여송의 위력이 단숨에 정립되었다.

다음 날 아침.

이산이 문밖의 기척에 눈을 떴다. 수직을 선 군사다.

"주군, 기노 님이 오셨습니다."

자리에서 일어선 이산이 마루방으로 나왔을 때 기노가 마당에 들어섰다.

이른 아침, 묘시(오전 6시) 무렵이다.

기노는 수행원 셋을 이끌고 있다.

"오랜만에 뵙습니다."

여럿의 시선을 받고 있었기 때문에 기노가 예의 바르게 인사를 했다.

"어서 오게."

이산이 기노를 맞았다. 마루방에 올라온 기노가 무릎을 꿇고 인사를 했다.

"이천 분조에서 오는 길입니다."

"무슨 일인가?"

"행재소 상황도 들으려는 것이지요."

"밀정대 대장이 할 일이지."

이산이 웃으며 말했을 때 코다가 서둘러 마루방으로 들어섰다. 코다가 기노와 인사를 마친 후에 입을 열었다.

"내가 주군 모시고 가또 영주님을 만나러 갈 예정이오."

기노의 시선을 받은 코다가 말을 이었다.

"주군께서 임금의 승전색인 고니시의 정보원 양성규의 밀서를 획득하셨소. 고니시 님한테 가는 밀서요."

그러고는 코다가 지금까지 일어난 일을 털어놓았다. 말을 마쳤을 때 기노가 한숨을 쉬었다.

"고니시 님 밀정단이 연락소까지 무너졌군요. 평양성의 고니시 님이 결전을 앞두고 있는 상황이라 충격이 더 컸을 것입니다."

고개를 든 기노가 이산을 보았다.

"저도 함께 모시고 영주께 가지요."

사시(오전 10시)가 되었을 때 산채를 떠난 일행 다섯이 있다.

이산과 코다, 기노, 그리고 곤도와 구시마다. 구시마는 기노의 호위무사다. 기노는 밤새 산채까지 걸어왔지만 피곤한 내색을 보이지 않는다.

"서둘 것 없어."

기노를 의식한 듯 코다가 앞장선 구시마에게 말했다.

"강계령에서 쉬었다가 내일 오후에 들어가면 된다."

강계령은 묘향산 줄기로 함흥과의 중간 지점이다.

종대로 선 일행 다섯은 묵묵히 산길을 내려간다. 지금 가또 기요마사는 함흥에 머물고 있는 것이다.

육지에서 조선군이 연전연패를 하고 임금이 영토의 끝인 의주에 붙어서 명(明)으로의 입국을 애걸하는 동안에 해상(海上)에서는 이순신이 조선의 명줄을 이어주고 있다.

그동안 이순신은 3차례의 해전(海戰)을 치렀다. 1차의 첫 해전이 옥포해전이다.

6월 16일 이순신은 왜선 26척을 격침시켰고 이어서 합포로 쫓아가 다시 대선(大船) 5척, 6월 18일에는 적진포에서 11척을 격파했다.

1차 해전에서 왜전선 42척을 격파한 것이다.

2차 해전은 당항포 해전이다.

7월 8일부터 18일 사이의 해전으로 이번에는 거북선 2척이 처음 등장했다.

전함 23척과 거북선 2척을 주력으로 한 조선 수군은 사천, 당포, 당항포, 율포의 해전에서 왜군의 대선 67척을 격침, 수천 명을 수장시켰다.

지난번 1차 해전에서는 부상자가 6명뿐이었지만 이번 싸움에는 13명이 전사하고 34명이 부상을 입은 대전(大戰)이었다.

그러나 조선 전선은 한 척도 격침되지 않았다. 2차 해전에서 왜군은 치명적 타격을 받은 것이다.

3차 해전은 한산대첩이다.

8월 12일.

3도 수군통제사 이순신의 연합함대는 전라 좌수영군 전선(戰船) 24척, 전라 우수영군 25척, 경상 우수영군 7척에 거북선 3척까지 59척이다.

왜군 수군총수 와키자카 야스하루의 지휘를 받는 왜선은 대선 73척.

이번 한산대첩은 지금까지의 해전과 다르다. 그동안은 해안과 포구에서 국지전으로 해전을 치렀지만 이번은 넓은 바다에서 정면으로 맞붙은 대해전(大海戰)이다.

견내량에서 양군은 정면으로 격돌했다.

와키자카는 그동안의 치욕을 만회하려고 했다.

그러나 정면 승부에서 조선수군은 왜선 59척을 격파하고 나포했다. 와키자카 야스하루는 14척을 이끌고 견내량을 빠져나가 김해로 도망쳤다.

이것으로 바다는 이순신이 장악했다.

난세의 영웅이다.

강계령 산 중턱에 화전민이 살다가 버린 폐가가 있다. 오래된 폐가인데 이곳을 가또군(軍)의 밀정대가 오가며 묵는 숙소로 사용하고 있다.

해시(오후 10시) 무렵.

저녁을 먹고 코다는 일찍 잠자리에 들었다. 곤도와 구시마는 아래쪽 초소에 경비를 섰기 때문에 이산은 기노와 함께 마당 앞 바위 위에 나와 앉았다. 흐린 날이어서 별도 보이지 않는다. 그때 기노가 입을 열었다.

"평양성이 곧 함락될 것 같아."

목소리를 낮춘 기노가 말을 이었다.

"평양성 주위에 8만 가까운 병력이 모여 있는데 일본군은 3만 정도야."

"……."

"문제는 길어진 보급로를 의병들이 끊는 바람에 더 이상 북쪽으로 전진할 수 없다는 거야."

"이순신 때문이지."

이산이 말을 받았다.

"이순신이 조선을 살리고 있는 거야."

기노가 고개를 끄덕였다.

이순신이 해상을 장악하지 않았다면 왜군은 배로 군량을 실어 평양까지 직송했을 것이다. 전라도는 지금도 왜군이 장악하지 못하고 있다. 수군 때문이다.

이산이 기노를 보았다.

"너는 내가 조선인을 희생시키면서 가또 님 가신이 될 것이라고 믿는 거냐?"

"천만에."

정색한 기노가 고개를 저었다.

"나는 물론이고 가또 님도 그러기를 바라지 않으실 거야."

"조선이 나한테 해준 것은 없지만 조선 백성을 해칠 수는 없어."

"알고 있어."

"난 일본에서 내 역량을 펴 보이고 싶은 거다."

"그것도 알아."

기노의 얼굴에 웃음기가 번졌다.

"주군께서도 말씀하셨어, 네가 주군 닮았다고."

"코다 영감도 그런 생각인 것 같다."

기노를 응시하면서 이산이 말을 이었다.

"히데요시 님한테 나를 직접 천거해 준다고 했어."

"코다 님은 가또 님의 자문관 역할로 파견되신 분이야. 그럴 수도 있어."

어둠 속에서 기노의 눈이 선명하게 드러났다.

"나도 힘껏 도와줄게."

"오, 왔는가?"

가또가 웃음 띤 얼굴로 이산을 맞는다.

함흥의 본진으로 사용하는 감영 청 안이다. 좌우에 10여 명의 장수, 중신(重臣)들이 늘어앉았고 이산과 코다는 가또의 정면에서 인사를 했다.

신시(오후 4시) 무렵이다.

가또의 눈빛이 부드럽다.

"네 공적은 다 들었다. 대공(大功)이다."

"과분한 말씀입니다."

"특히 고니시 밀정단을 격파한 공이 제일이다."

그러고는 가또가 소리 내어 웃었다.

둘러앉은 측근 중에서 따라 웃는 사람은 없다. 코다도 시치미를 뗀 표정이다.

고니시는 1번대장으로 아군인 것이다. 가또와 앙숙 관계라고 해도 공개적으로 떠들 상황이 아니다.

그때 코다가 헛기침부터 했다.

"대감, 우리 주군께서 조선 왕실의 환관 양성규가 고니시 님께 보내는 밀서를 빼앗아 오셨습니다."

어깨를 편 코다가 말을 잇는다.

"연락소를 궤멸시키자 다급해진 양성규가 직접 글을 써서 고니시 님께 보낸 밀서올시다."

"보자."

가또가 손을 내밀었기 때문에 이산이 가슴에서 보자기를 꺼내 내밀었다. 옆에 앉은 중신(重臣) 마쓰다가 받더니 밀서를 꺼냈다.

그때 가또가 말했다.

"읽으라."

고개를 들었던 마쓰다가 곧 밀서를 읽었다.

"이번 행재소의 연락소가 닫혔기 때문에 시급한 보고 말씀을 드립니다."

마쓰다의 목소리가 청을 울렸다.

"조선 임금은 이여송의 명군(明軍)이 평양을 수복하기를 바라고 있으나 아직 명(明) 입국을 단념하지 않았습니다. 지금도 입국 청원서가 가 있는 상황입니다."

모두 경청했고 마쓰다가 계속해서 읽는다.

"고부 군수 김동채를 시켜 이순신의 죄를 묻는 상소를 올리라고 했습니다. 임금이 이순신을 경계하고 있는 상황이라 김동채의 상소가 곧 효력을 낼 것 같습니다."

"음."

탄성을 뱉은 가또가 상반신을 앞으로 기울이며 마쓰다에게 물었다.

"김동채라고 했나?"

"예, 주군."

"그자가 고니시의 첩자인가?"

"아닙니다."

코다가 대답했다.

"김동채는 인빈의 친척입니다. 이순신의 신망이 높아지자 불안해진 임금의 심기를 눈치챈 인빈이 김동채를 시켜 이순신을 모함하려는 것입니다."

"잘 되어 가는 왕조다."

고개를 끄덕였지만 가또의 이맛살이 찌푸려졌다. 그러나 시선을 들고 마쓰다를 보았다.

"다시 읽으라."

마쓰다가 다시 밀서를 읽는다.

"이순신을 모함하는 임금 주변의 세력을 양성해야 됩니다. 환관과 승지, 그리고 인빈의 환심을 얻기 위해 군자금이 필요합니다. 금은보석, 노리개와 후추 등 귀물을 김 서방 편으로 보내주시지요."

"……."

"이여송이 이끌고 온 군사와 병참 규모를 적어 놓았으니 참조하시지요."

그렇게 읽고는 마쓰다가 밀서를 가또 앞에 놓았다.

"병력과 병참 규모까지 다 적혀 있습니다."

가또가 밀서를 내려다보면서 입술을 비틀고 웃었다.

"내가 보물을 얻었구나."

고개를 든 가또가 이산을 보았다.

"네가 내 보물이다."

저녁.

본진의 마루방에 이제는 넷이 둘러앉았다. 가또와 이산, 그리고 마쓰다와 코다다.

넷 앞에는 작은 상이 놓였는데 술병과 잔, 무말랭이 안주 한 접시가 있다. 기둥에 매달린 양초 2개가 방을 밝히고 있다.

그때 가또가 술잔을 들고 말했다.

"금세 망할 것 같았던 조선 왕조가 꽤 끈질기다."

가또의 눈이 불빛을 받아 번들거렸다.

"이순신과 의병만 없었다면 두 달 만에 조선을 정복할 수 있었을 거다."

"의병도 천민 의병이 용맹합니다."

마쓰다가 말을 이었다.

"임금이 저 지경인데도 의병들이 들고일어나는 걸 보면 이해가 안 갑니다."

그때 코다가 나섰다.

"마쓰다 님은 모르시는 말씀이오."

코다가 말을 이었다.

"의병들은 왕조를 위하는 것이 아니라 백성을 지키려는 것입니다. 포용정책을 편 우리 군(軍) 영역에서는 의병이 드물지 않습니까?"

"옳다."

가또가 고개를 끄덕였다.

"고니시가 조선인의 코를 떼어 전공 순위를 기록한 것이 문제였다."

그런데 조선인의 코를 가장 많이 뗀 것이 가또군(軍)이었다. 그때 코다가 헛기침을 했다.

"대감, 전쟁이 길어질 것 같습니다. 이제 우리 주군의 역량을 아셨을 테니 더 큰 일을 맡겨줍시오."

"앗하하."

술잔을 내려놓은 가또가 머리까지 젖히고 웃었다.

"영감이 따라온 이유가 이것이군."

"대감이 잘 아실 것입니다."

"영감은 이산에게 반한 모양이다."

"대감께도 반했지요."

"이산에게 녹봉을 올려주겠다. 500석을 늘려 1천 석 봉지를 주마."

"감사합니다."

대답은 코다가 했다. 정색한 가또가 이산을 보았다.

"그대가 의주 주변을 맡도록 해라. 밀정대뿐만 아니라 군(軍)의 작전도 그대가 책임자다."

가또군(軍)에 한해서다.

이산이 고개를 숙였다.

"감사합니다, 주군."

이산은 가또의 가신(家臣)인 것이다.

숙소로 돌아왔을 때는 해시(오후 10시)가 되어 갈 무렵이다.

마루방에 들어선 코다가 이산을 보았다.

"주군, 제가 이곳에서 관백님께 서신을 보낼 예정이오. 제가 따라온 이유는 그것이오."

코다가 말을 이었다.

"가또 님이 수시로 관백님께 서신을 보내고 있지요. 그 서신편에 내 편지를 끼워 보내는 것입니다."

"그렇게까지 할 필요 없다."

"관백께서도 흥미를 느끼실 것입니다. 제가 잘 압니다."

관백이란 일본의 통치자 도요토미 히데요시다.

마루방에 마주 앉은 코다가 이산을 보았다.

"주군 녹봉이 오르신 것을 축하드립니다."

뒤늦은 인사다.

이산의 얼굴에 쓴웃음이 떠올랐다. 녹봉 1천 석의 가신(家臣)이 된 것이다. 이제는 중신(重臣)급이다.

이천 분조에 있던 유성룡이 임금의 부름을 받고 의주 행재소로 올라왔다.

미시(오후 2시) 무렵.

행재소의 청 안.

대신들이 좌우에 시립하고 있었는데 분위기가 가라앉아 있다.

겨울, 12월 하순이다.

그때 임금이 입을 열었다.

"대감, 명군이 움직이지 않소. 대감이 이 도독을 만나줘야 되겠소."

유성룡이 고개를 들었고 임금의 말이 이어졌다.

"내가 두 번이나 말했고 대신들이 여러 번 찾아갔지만 차일피일 미루기만 하니 답답하오."

유성룡이 숨을 골랐다.

이여송은 도독으로 임명된 지 3개월이 지나서야 조선 땅에 발을 디딘 것이다.

이여송이 누구인가?

조부 이영이 평안도 초산 사람이다. 이영은 초산에서 살인을 하고 압록강을 넘어가 명(明)에서 입신을 했다. 부친인 이성량이 요동 철령위로 출세하여 명성을 떨쳤고 이여송은 그 음덕을 입고 장수가 되어 공을 세웠다.

그러나 이여송은 전혀 조선인 내색을 하지 않는다. 오히려 조상이 도망쳐 온 조선에 대해서 더 냉혹하게 군림했다. 조선 대신들을 발아래로 본다.

유성룡이 입을 열었다.

"소신이 만나지요."

어쩔 수 없다.

청을 나온 유성룡에게 종사관 박기백이 말했다.

"이여송은 지금 안주에 있습니다."

안주는 의주와 평양의 중간 지점이다.

"안주에 머문 지 보름이 되었습니다."

"지금 가자."

유성룡이 흐린 하늘을 바라보았다. 안주에는 밤늦게 도착할 것이다.

"내가 간다고 이 도독께 전령을 보내라."

박기백이 서둘러 먼저 나갔을 때 유성룡의 어깨가 늘어졌다.

유성룡이 안주로 떠날 준비를 마쳤을 때 박기백이 다가왔다.

"전령은 출발했습니다."

박기백이 말을 이었다.

"대감, 앞마당에서 의병장이 기다리고 있습니다."

"누군가?"

"예, 영복이라는 자로 맹산에서 왔다고 합니다."

유성룡이 고개를 끄덕이자 박기백이 서둘러 몸을 돌렸다.

마루 앞으로 다가온 두 사내가 유성룡을 향해 허리를 꺾어 절을 했다.

둘 다 상민 차림으로 머리에 상투를 틀었고 수건을 동여매었다. 건장한 체격의 30대다. 허리에 환도를 찼고 하나는 활을 쥐고 살통까지 메었다.

그중 눈매가 날카로운 사내가 입을 열었다.

"맹산 다복동에서 의병 350명을 이끌고 있었던 영복입니다."

"어, 내가 분조(分朝)에서 들었어. 그런데 이곳에는 웬일인가?"

"임금께 상소하러 왔지만 아무도 만나주지 않아서 닷새째 머물고 있었습니다."

"닷새째나?"

"예, 대감."

"무슨 일로 그러는가?"

"평안도 병마사 이우훈이 의병의 공을 가로채고 의병을 공격해서 100여 명을 살상했습니다."

"그럴 리가?"

"장복산 기슭에서 제가 이끄는 의병이 4번대 시마즈군의 척후군 80여 명을 기습해서 전멸시켰습니다. 그런데 왜군을 보고 도망쳤던 이우훈이 밤에 의병대를 습격했습니다."

영복이 손등으로 눈물을 닦았다.

"그 말을 여러 명에게 했지만 모두 믿지 않고 저를 쫓아냈습니다. 어제는 이우훈이 보낸 자객이 내 숙소를 기습해서 부하 하나가 죽었소."

"……."

"이곳저곳 알아보았더니 이우훈의 뒤를 봐주는 대신들이 있소. 모두 동인(東人)이라고 했소."

고개를 든 영복이 번들거리는 눈으로 유성룡을 보았다.

"대감께서도 동인(東人)이시지만 제가 목숨을 걸고 말씀드리는 것이오."

"밤에 의병대를 쳤다고?"

"예, 이우훈 휘하의 군사들이었소. 그중 하나를 포로로 잡았습니다. 이우훈은 우리가 산적이라고 했다는 것입니다."

"……."

"대감."

영복이 울먹였다.

"관군에게 억울하게 죽은 의병들의 한을 풀어주시오. 나는 이 한을 풀려고 온 것이오."

"……."

"나는 왜군을 친 공 따위는 필요 없소. 이우훈 같은 간신을 처벌해 주시면 됩니다. 그놈은 그 공으로 등급이 올랐다고 들었소."

그때 유성룡이 고개를 끄덕였다.

"내가 약속을 하지."

영복의 시선을 잡은 유성룡이 말을 이었다.

"내가 이여송을 만난 후에 바로 처리할 테니까 진지에 가서 기다리게."

가또와 헤어진 이산이 길을 떠났을 때는 다음 날 미시(오후 2시) 무렵이다.

이산과 기노, 코다, 곤도, 구시마 다섯은 다시 북상한다.

곤도와 구시마는 각각 말을 끌고 있었는데 말 등에는 짐이 실려 있다. 뇌물용으로 건네줄 귀물이다. 가또군(軍)이 약탈한 온갖 귀물과 후추까지 한 상자나 가져가는 것이다.

"주군, 한 달이면 관백께서 내 서신을 읽으실 수 있을 겁니다."

앞장서 가는 이산의 뒤를 따르며 코다가 말했다. 일행 다섯은 산기슭을 돌아가고 있다.

"관백께선 영웅을 알아보시는 분이오. 그래서 천하를 정복하신 것이지요."

코다는 평소에 과묵하고 무뚝뚝한 편이었지만 이산 앞에서는 다변이 된다. 특히 히데요시 관백 이야기를 할 때는 목소리에 열기를 띠고 눈이 번들거리기까지 한다. 코다가 말을 이었다.

"일본이 조선을 침략한 이유가 있지요. 관백께서 천하를 통일하고 나서 남아도는 무사를 소진시키려는 것입니다."

"……."

"시바다 가쓰이에 등 돌아가신 오다 노부나가 님 가신들이 보유했던 무사들이 30만 가깝게 되었습니다. 그놈들이 뭉치게 되면 머리가 아파질 테니까요."

"……."

"도쿠가와 이에야스 님이 두 번째 이유지요. 도쿠가와 님이 그자들을 흡수하면 일본은 양분됩니다. 그러면 대란(大亂)이 일어나지요."

"……."

"제가 관백님께 그러시면 도쿠가와 님을 조선 원정군 총수로 삼아 내보내시는 것이 어떠냐고 건의했다가 부채로 머리통을 맞았습니다."

"……."

"머리통을 맞는 순간 깨달았지요. 그렇게 되면 도쿠가와 님의 군사 15만까지 합쳐 40만 대군이 될 테니까요. 군사가 결집된 순간에 몸만 돌리면 관백님은 당하게 되신다는 것을 깨달았지요."

이산이 주의 깊게 듣는다.

코다가 동우 거사에 이은 두 번째 스승이다.

노중(路中)에서 기노와 헤어진 이산이 산채로 돌아왔을 때는 다음 날 신시(오후 4시) 무렵이다.

"주군, 축하드립니다."

먼저 도착한 전령한테서 이산의 녹봉이 두 배로 오른 것을 들은 터라 산채 분위기는 활기에 차 있다. 가신(家臣)을 대표해서 이쿠노가 무릎을 꿇고 축하를 드렸다. 뒤쪽에 단정하게 의복을 갖춰 입은 가신 무사들이 늘어앉아 있다.

"가문(家門)의 영광입니다. 말씀을 내려주십시오."

"나는 조선인이라 일본 가문(家門)의 전통에 대해서는 모른다."

쓴웃음을 지은 이산이 어깨를 펴고 가신들을 둘러보았다. 이산의 시선이 옆쪽에 앉은 코다에게 옮겨졌다.

"코다, 어떻게 해야 되는가?"

"모두 주군의 공이지만 가신들에게 논공행상으로 상을 나눠주시지요."

코다가 대답하자 이산이 고개를 들었다.

"내가 줄 것은 녹봉밖에 없구나. 내 영지가 2배로 늘었으니 너희들의 녹봉도 2배씩 올리겠다. 그렇게 알고 받으라."

순간 모두 굳어서 숨소리도 내지 않는다.

이쿠노의 녹봉이 60석이다. 이제 120석이 되는 것이다. 100석 이상이면 중견 가신(家臣)이다. 미요시는 40석에서 80석이 되었다. 가쓰라, 곤도는 30석에서 60석이다. 그때 이쿠노가 소리치듯 말했다.

"주군, 영광이옵니다!"

그러자 가신들이 일제히 따라서 소리쳤다.

"감사하옵니다!"

청 안팎이 금세 떠들썩해지더니 곧 환성까지 울렸다. 그때 코다의 시선을 받은 이산이 빙그레 웃었다. 코다도 따라 웃는다.

"주군, 잘하셨습니다."

코다가 고개를 끄덕이며 말했는데 함성에 섞여 겨우 들렸다.

의주.

동쪽 압록강 변의 유암사는 폐사된 절이었는데 스님이 떠났어도 대웅전과 요사채 2동이 남아 있다. 이곳은 왜구가 범접한 곳이 아니어서 건물이 온전했다. 불심(佛心)이 있는 신도들이 가끔 들러 돌보기 때문이다.

요네자와가 이곳을 연락소로 삼은 것은 의주부에서 20리(8킬로)쯤 떨어져 있는 데다 옆이 산이어서 위치가 좋았기 때문이다. 의주부 내의 연락소는 집주인까지 도주한 상태여서 새 인력으로 보강했다.

"어영청 군관이 아닙니다."

후루이가 보고했다. 후루이는 연락소에서 살아남은 부하 중 하나로 그동안 의주에서 정보를 모았다. 고개를 든 후루이가 요네자와를 보았다.

"변복을 한 놈들인데 집 안에 침입한 자는 둘이었습니다."

"둘?"

놀란 요네자와가 눈을 치켜떴다.

"둘이 오무라를 포함한 11명을 베었단 말이냐?"

"그런데 대부분 단칼로 베었습니다."

"무슨 말이냐?"

"하나의 솜씨입니다."

순간 숨을 들이켠 요네자와가 흐린 눈으로 후루이를 보았다.

"조선에 그런 칼잡이가 있단 말이냐?"

"어영청은 물론이고 의주에 와 있는 조선군 무장들을 훑었지만 보이지 않습니다."

그때 고개를 든 요네자와의 눈에 초점이 잡혔다.

"우리 일본군 측은 아니겠지?"

순간 후루이가 눈만 치켜떴고 방 안에 정적이 덮였다. 한동안의 정적을 요네자와가 깨뜨렸다.

"그럴 리는 없겠지만 말이야."

일본군 측이라면 가또 측을 말한다. 가또와 고니시 사이는 견원지간이라고 부를 정도도 아니다. 원수지간이다. 그것도 공공연한 적대 관계인 것이다. 이윽고 요네자와가 상반신을 세웠다.

"좋아. 먼저 양성규를 만나고 보자."

유성룡이 이여송을 만난 곳은 안주의 현청 안이다.

미시(오후 2시) 무렵이었는데 청 안에는 장수들이 둘러서서 위압적인 분위기다.

유성룡은 1542년생이었으니 51세. 이여송은 1549년생으로 44세다.

유성룡이 청 안으로 들어서자 부장 천만리가 소리쳤다.

"멈춰라!"

놀란 유성룡이 발을 멈추자 천만리가 다시 소리쳤다.

"무릎을 꿇어라!"

천만리는 이여송의 최측근으로 이번에 이여송의 동생 이여백, 이여매와 함께 조선에 왔다. 그때 고개를 든 유성룡이 이여송을 보았다. 웃음 띤 얼굴이다.

"도독, 저자가 누굽니까?"

천만리를 물은 것이다. 그 순간 청 안이 조용해졌다. 천만리도 눈을 치켜떴을 뿐 입을 열지 않았다.

그때 이여송의 얼굴이 일그러졌다. 이여송과 유성룡은 여러 번 만난 사이다. 압록강을 넘어올 때도 유성룡이 임금을 대신해서 나가 맞았다. 그때 이여송이 헛기침을 했다.

"내 부장이 대감을 몰라본 모양이오."

"내가 무릎을 꿇으리까?"

"저놈이 대감을 왜장으로 오인한 것 같소."

이여송이 다시 헛기침을 했다.

"여기 앉으시오."

옆쪽 의자를 가리킨 이여송이 천만리를 흘겨보았다.

"넌 밖으로 나가라."

천만리와 함께 장수들을 내보낸 이여송이 유성룡에게 물었다.

"웬일이시오?"

청 안에는 위사장과 종사관 박기백까지 넷뿐이다. 유성룡이 지그시 이여송을 보았다.

"도독, 평양성 공격 준비는 다 된 것 같습니다. 조선군을 대리해서 말씀을 드리는 것입니다."

유성룡이 부드러운 표정으로 이여송을 보았다.

"도독께서 명령 한 마디만 하시면 조선군은 앞장서 돌진할 것입니다."

그때 고개를 든 이여송이 위사장 유백을 보았다.

"심유경을 불러라."

유백이 소리 없이 몸을 돌리더니 곧 심유경을 데려왔다. 심유경이 가는 눈을 들어 이여송과 유성룡을 번갈아 보았는데 눈동자가 어지럽게 흔들렸다.

"부르셨습니까?"

두 손을 모은 심유경이 이여송에게 허리를 굽혔다.

심유경의 벼슬은 유격 장군이다. 경영첨주유격(京營添住遊擊)이란 벼슬인데 병부상서 석성이 임명했다. 왜란이 일어나자 심유경이 조정에 글을 올려 왜(倭)에 대해서 잘 아는 터라 왜군의 진영에 들어가 조정 역할을 하겠다고 자원했기 때문이다. 시급한 상황이어서 이렇게 자원까지 한 인사를 내칠 수는 없는 노릇이다.

그때 이여송이 유성룡에게 심유경을 소개했다.

"이자가 평양성에 들어가 고니시를 만나고 왔소."

이여송이 말을 이었다.

"내가 이자의 말을 듣고 공격을 미루고 있었던 거요."

그러더니 심유경에게 지시했다.

"그대가 말하라."

"예, 도독."

허리를 굽혀 보인 심유경이 이제는 유성룡을 향해 어깨를 펴고 말했다.

"내가 이틀 전에 고니시를 만났소. 직접 만나 회담을 한 것이오."

유성룡은 고개만 끄덕였고 심유경이 말을 이었다.

"고니시에게 조공의 길을 트려고 꼭 조선을 거쳐야만 하느냐? 얼마든지 해상으로 조공할 수 있다고 말했소."

유성룡은 시선만 주었고 심유경이 말을 이었다.

"그랬더니 조선이 수군을 물리기만 하면 평양성을 내놓고 물러간다고 했습니다."

"수군(水軍)을 말이오?"

"그렇소. 약속했소."

어깨를 편 심유경이 말을 이었다.

"그리고 잡혀 있는 임화군, 순화군 두 왕자도 석방한다고 했소."

고개를 든 유성룡이 이여송을 보았다.

"도독, 이자의 말을 믿으십니까?"

"그건 왜 묻소?"

이여송이 묻자 유성룡의 눈빛이 강해졌다.

"이자는 전(前)에 왜국에 몇 번 다녀온 경험밖에 없는 장사꾼이었습니다."

"허어."

이여송의 이맛살이 찌푸려졌다.

"대감, 말을 삼가시오. 이자는 유격 장군으로……."

"도독께서도 아시지 않습니까? 유격 장군은 임시로 정한 관직입니다. 석 상서께서 다급하니까 직위를 주신 것으로, 이런 대사(大事)를 맡길 사람이 아닙니다."

심유경이 숨을 가쁘게 쉬었지만 입을 열지는 못했다. 유성룡의 기세가 사나웠고 이여송도 함부로 대하지 못하는 것을 보았기 때문이다. 그때 유성룡이 말을 이었다.

"고니시는 이자를 이용해서 시간을 끌고 있는 것입니다. 수군(水軍)을 핑계로 삼아서 내부의 혼란을 일으키고 두 왕자를 미끼로 내놓는 셈이지요."

이여송이 눈만 껌뻑였고 유성룡의 목소리가 떨렸다.

"도독, 명예를 잃지 마시지요. 이런 자의 농간에 휘둘리시면 안 됩니다."

그러자 이여송이 고개를 들어 위사장 유백을 보았다.

"장수들을 모두 부르라."

그러고는 심유경에게 손을 저었다.

"너는 나가고."

"이산이 돌아왔다는 기별이 왔다."

김상원이 말하자 채분이 시선만 주었다.

유시(오후 6시) 무렵.

사옹원의 창고 옆. 어둠이 덮인 창고 모퉁이에서 둘이 마주 보고 서 있다. 그때 한 걸음 다가선 김상원이 눈을 가늘게 뜨고 웃었다.

"내가 내시로 33년을 보냈다. 10살 때 불알을 떼고 궁에 들어왔지."

"무슨 말씀이오?"

"33년간 눈치를 보면서 살아왔다는 말이다. 이제는 임금의 숨소리만 들어도 똥이 마려운지 음심이 일어났는지를 안다."

이제는 채분이 시선만 주었고 김상원이 말을 이었다.

"네 숨소리도 마찬가지야. 다 보여."

김상원의 눈이 어둠 속에서 번들거렸다.

"이산하고 몸을 섞은 거냐?"

"미쳤어요?"

"섞었군."

"왜 부르신 거요?"

"네가 다시 몸을 섞을 일이 있어."

"나, 갈래요."

채분이 몸을 돌렸을 때 김상원이 소매를 잡았다.

"네가 나가서 이산을 만나야겠다."

김상원이 말을 이었다.

"내가 서신을 적어줄 테니까, 오늘 밤에 나가."

양성규와 요네자와가 만난 곳은 의주 서쪽의 압록강 변 나루터다.

배가 없는 빈 나루터의 움막에서 둘이 앉아 있다.

술시(오후 8시) 무렵.

양성규는 내궁(內宮)을 빠져나와 이곳까지 온 것이다. 그때 양성규가 입을 열었다.

"유성룡이 이여송에게 내려갔으니 곧 평양성 공격이 시작될 것이오."

"지금까지 미루고 있었는데 유성룡이 밀어붙인다고 되겠소?"

요네자와가 묻자 양성규가 정색했다.

"유성룡은 이여송이 만만하게 대할 상대가 아니오. 이여송의 상전인 석성 병부 상서가 존경하는 인물이오."

"그런가?"

"그리고 심유경의 수단에 고분고분 넘어갈 인물도 아니오. 석 상서하고 자주 서신을 교환하는 터라 심유경의 정체를 알 것이오."

"그렇군."

이맛살을 찌푸린 요네자와가 고개를 끄덕였다.

"평양성에 전령을 보내야겠군."

"서두르시오."

"고맙소."

고개를 끄덕인 요네자와가 옆에 놓인 보따리를 눈으로 가리켰다. 커다란 보따리가 2개나 된다.

"여기 일본에서 가져온 보화가 있소. 인빈께 드리시고 나머지는 알아서 쓰시오."

"고맙소. 그런데……."

정색한 양성규가 요네자와를 보았다.

"이번 전쟁에 승산이 있겠소?"

"그건 왜 물으시오?"

되물은 요네자와의 얼굴에 쓴웃음이 번졌다.

"우리가 패할 것 같소?"

그러더니 고개까지 저었다.

"우리가 싸움에서 몇 번 밀릴지는 모르지만 이런 조선 왕조에 패하지는 않소."

"하긴."

쓴웃음을 지은 양성규가 고개를 끄덕였다.

"이런 임금의 왕국이 제 발로 일어설 수는 없지."

그때 요네자와가 말을 맺는다.

"그래서 귀공이 우리하고 제휴한 것 아니겠소?"

다 명분이 있는 법, 요네자와가 양성규의 명분을 세워주었다.

연락소로 들어선 채분이 청에서 기다리던 이산에게 잠자코 서신을 내밀었다.

"요즘 임금 주변의 사건입니다."

청 안에는 코다까지 셋이 있었기 때문에 채분은 시선도 마주치지 않는다.

해시(오후 10시) 무렵.

기둥에 매단 기름 등 불꽃이 바람에 흔들렸다. 고개를 끄덕인 이산이 서신을 훑어보고는 코다에게 넘겨주면서 말했다.

"수고했어."

"이여송에게 유성룡이 독전관으로 내려갔습니다. 지금 안주에 있을 것이오."

고개를 끄덕인 이산이 물었다.

"고부 군수 김동채가 이순신을 모함한 상소는 임금한테 전해졌나?"

"지금 인빈이 쥐고 있습니다. 곧 임금한테 전해지겠지요."

채분의 찬 기운이 느껴지던 얼굴에 야릇한 미소가 떠올랐다.

"그건 침실에서 전해지는 상소가 되겠네요."

그때 서신에서 시선을 뗀 코다가 입을 열었다.

"이순신의 명성에 임금이 불안해한다고 서신에 적혀 있으니 곧 명줄이 떨어지겠습니다."

채분은 본래 승전색 양성규의 심복이 되어 궁 밖으로 정보를 전달해 주던 사옹원 무수리다.

그러다 이산에게 잡힌 후에 김상원의 심부름도 하게 되었으니 궁(宮) 안에서 가장 중요한 연락책이 되었다. 고니시 측 정보원인 양성규와 가또 측의 김상원 둘의 정보를 전달하게 된 것이다.

이산과 둘이 남았을 때 채분이 말했다.

"고니시의 밀정대장 요네자와가 돌아왔다고 했어. 양성규가 요네자와를 만나려고 궁(宮) 밖으로 나갔어."

"네가 양쪽 심부름을 하느라 바쁘겠다."

"상호가 우리 사이를 아는 것 같아."

그 순간 이산이 고개를 들었다.

상호는 정5품 내시 상호(尙弧)를 말한다. 김상원이 상호(尙弧)다. 이산의 시선을 받은 채분의 눈이 반짝였다.

"숨소리만 들어도 정분이 있는 사이라는 것을 안다고 했어."

"네가 그런 눈치를 보였겠지."

"왜 상호한테 내 이야기를 한 거야? 상호가 날 잡더니 당신 이야기를 했을 때 정신을 놓을 뻔했어."

"상호도 심부름시키는 무수리가 있지만 네가 맡는 것이 나을 것 같아서 말해준 거야."

채분의 눈동자가 또렷해졌다.

"하긴 양성규를 죽이는 것보다 그쪽 정보를 나를 통해 받는 것이 더 낫겠지."

"네 역할이 가장 막중하다."

"왜군이 조선을 먹으면 내가 대감 부인이라도 되려나?"

"영주 부인이 되겠지."

"날 데려갈 거야?"

"물론 데려가야지. 하지만……."

"하지만 뭐야?"

"영주도 부인이 여럿이야."

"왜놈들도 소실이 있나?"

채분이 눈을 흘겼다.

"그렇다면 싫어. 혼자 하인 부리고 사는 것이 낫지."

"내가 수백 명 하인 부리고 살도록 만들어 주마."

이산이 정색하고 말했다. 진심이 들어간 표정이다.

6장
평양성 함락과 벽제관 패전

명(明)과 조선의 연합군이 평양성 공격을 시작한 것은 1월 6일이다.

진시(오전 8시) 무렵, 조선군이 선봉이 되어서 모란봉 근처를 공격했다. 선봉은 승병과 명(明)의 남방군 소속인 남군(南軍) 5천.

승병은 무술을 닦은 데다 용맹했다. 생사(生死)를 초월한 불자(佛子)로 오직 중생을 마귀에서 구원하고 스스로의 몸을 희생시킨다는 일념으로 무장되어 있다. 그래서 죽는 순간까지 전진했고 악착같이 전진했다.

그러나 조선 왕조는 억불숭유 정책으로 불교를 탄압했고 스님은 중으로 천민이다. 그러나 천민 집단인 승군(僧軍)이 가장 용맹했다.

"돌격! 돌격!"

승군의 앞장을 선 성곡사 주지 광일이 장창을 치켜세우면서 부르짖었다.

"왜놈이 도망친다! 돌격!"

광일이 이끈 승군은 2,200.

함성을 지르면서 둑이 무너진 것처럼 승군이 돌진했다. 그 뒤를 명(明)의 남군(南軍) 5천여 명이 따른다.

멀리서 조선군 승군과 남군을 응시하던 이여송이 전령 장수에게 소리쳤다.

"평양성에 먼저 입성하는 군사에게 5천 냥을 준다고 알려라!"

전령 장수가 전령들을 이끌고 달려갔다.

전군(全軍)에 소리쳐 알리려는 것이다.

의병대장 광일은 왜군의 뒤쪽에서 응원군이 몰려오는 것을 보았다. 왜군도 필사적으로 막으려는 것이다.

사방은 백병전이다.

서로 엉켜서 찌르고 베는 상황으로 천지는 함성과 비명, 외침으로 가득 차 있다. 그리고 지금은 승군(僧軍)이 밀고 나가는 중이다.

한 발짝씩 밀고 나가는 중이었지만 선두에 선 광일은 느낄 수 있다.

이러다가 속도가 빨라지고 이어서 저쪽은 '둑'이 무너지듯이 허물어진다.

광일의 두 눈이 번들거렸다. 창을 휘둘러 왜군 하나를 꿰면서 광일이 소리쳤다.

"후퇴! 징을 쳐라!"

그 순간 광일의 뒤에 붙어 있던 신호수가 허리에 찬 징을 들더니 힘껏 내려쳤다.

"징! 징! 징! 징!"

연속 타음.

다급하게 네 번씩 두드리는 징소리가 온갖 소음보다 더 높게 떴다. 귀를 울린 것이다.

그 순간 잘 훈련된 승군이 일제히 몸을 돌리면서 후퇴했다.

"와앗!"

외침 소리는 앞쪽 왜군들한테서 울렸다. 갑자기 승군(僧軍)이 도망치는 것이다. 저절로 함성이 울렸고 왜군들이 승군을 쫓기 시작했다.

"옳지! 쫓아라!"

왜장 하나가 장검을 휘두르며 소리쳤다.

"이겼다!"

뒤에서 밀고 들어오던 왜군들은 덩달아서 함성을 질렀다.

"우왓!"

모란봉 아래에서 왜군의 함성이 진동했다.

2백여 보쯤 뒤로 물러가는 동안 승군의 후미가 조금 상했다. 등을 보이는 바람에 기세를 받은 왜군에게 수십 명이 당한 것이다.

광일이 창을 내던지고 칼을 휘둘러 앞으로 다가온 산모퉁이를 보았다.

이제 산모퉁이가 2십 보쯤 앞으로 다가왔다.

고개를 돌린 광일이 뒤를 쫓는 왜군과의 거리가 3십여 보로 가까워진 것을 보았다.

광일이 숨을 골랐다.

남군(南軍)의 지휘관은 도위 오창문으로 요동에서 용명을 떨친 무장이다.

남군(南軍)은 저장, 복건 지방에서 징집한 병사로 난폭하지만 규율이 잡히지 않아서 이탈자가 많다. 그래서 이여송은 남군(南軍)을 선봉대로 세운 것이다.

오창문은 산비탈을 돌아 승군이 쫓기듯 들어오자 이를 악물고 기다렸다. 승군들은 훈련이 잘되었고 악착같았다. 모퉁이를 돌자마자 몸을 돌려 창과 칼을 고쳐 쥐고 있다. 역습하려는 것이다.

승병장 광일과 미리 말을 맞춘 작전이다.

승병이 후퇴하면 성안의 명군이 쏟아져 나올 것을 기대한 것이다. 그런데 산 중턱에 세워둔 감시병의 신호를 보면 왜군이 쏟아져 나오고 있다.

"기다려라!"

오창문이 악을 쓰듯 소리쳤다.

"승군 선두가 아직 안 들어왔다!"

승군 선두가 모퉁이를 꺾자마자 '징'을 쳐서 신호를 할 것이었다.

산모퉁이를 돌자마자 광일이 소리쳤다.

"쳐라!"

바로 뒤를 따르는 '고수'에게 지시한 것이다. 숨이 턱 끝에 닿도록 헐떡이던 '징잡이'가 징을 빼 들더니 쳤다.

"징징! 징징! 징징!"

이번에는 두 번씩 짧게 징이 울리면서 광일이 멈춰 섰다.

"자, 돌아가자!"

광일이 악을 썼다.

"돌격!"

"와아앗!"

승군이 일제히 함성을 외치면서 몸을 돌려 달리기 시작했다.

징소리를 들은 오창문이 소리쳤다.

"자! 가자!"

오창문이 고래고래 소리쳤다.

"성에 제일 먼저 입성하는 군사는 5천 냥을 준다!"

"와아앗!"

앞쪽 승군이 돌진해 나가는 것을 본 터라 남군(南軍)들이 악을 섰다. 5천 병력의 외침이 황야를 울렸다.

"너, 밖에 나갔느냐?"

양성규가 묻자 채분이 정색하고 쳐다보았다.

사옹원의 창고 앞이다.

주위에 무수리들이 오가고 있었지만 양성규는 승전색이다. 김상원처럼 남의 눈을 의식하지 않는다.

"예, 고기를 구하러 나갔습니다."

"너, 사옹원에서 나와 마마를 모셔라."

"왕비 마마 시중입니까?"

"왕비보다 더 높은 분."

"인빈 마마시군요."

"내가 네 이야기해 놓았으니까 오늘부터 일해."

"제가 고니시 님 간자(間者)인 것도 아십니까?"

"요년 주둥이 놀리는 것 좀 봐."

꾸짖었지만 양성규의 얼굴에 쓴웃음이 번졌다.

"안다. 아마 인빈이 여우같은 네년을 좋아할 거다."

"사옹원에서는 자주 바깥세상 구경을 하러 나갔는데, 인빈 시중을 들면 못 나가는 것 아닙니까?"

"이년이 밖에다 샛서방을 두었나? 아마 인빈 심부름으로 자주 나가게 될 거다."

그러더니 양성규의 이맛살이 찌푸려졌다.

"내 서신을 가져간 김 서방은 사고가 난 것이 분명하다. 그래서 김 서방네 가게는 못 간다."

"그럼 어느 곳으로 갑니까?"

"내가 나중에 알려주마."

양성규가 번들거리는 눈으로 채분을 보았다.

"평양성이 곧 함락될 것 같다. 그러면 우리는 임금 따라 이곳을 떠나야겠지."

"명(明)으로 넘어가는 건 미뤘나요?"

"당분간."

몸을 돌린 양성규가 말을 이었다.

"너한테 인빈이 사람을 보낼 거다."

채분이 양성규의 뒷모습을 보면서 어깨를 늘어뜨렸다. 무수리에서 인빈을 모시는 시녀가 되었지만 나아진 것도 없다.

평양성 공격은 사흘이 걸렸다.

사흘째 되는 날.

이번에도 승군(僧軍)이 보통문을 깨뜨리고 돌진했고 남군(南軍)이 뒤를 따른다. 승군의 지휘자는 보문사 주지 석정. 사흘 전 첫 싸움에서 성곡사 주지 광일이 전사했기 때문이다.

"들어왔다!"

장검을 치켜든 석정이 목청껏 외치면서 내달렸다. 보통문의 성문은 대포를 맞아 부서졌고 승군(僧軍)이 쏟아져 들어갔다.

함성이 천지를 울렸다.

1593년 1월 8일이다.

술시(오후 8시) 무렵.

이산이 마루방으로 들어서자 박정양이 자리에서 일어섰다.

"오셨습니까?"

박정양이 정중하게 이산을 맞는다.

개성 유수 박정양은 정3품 고관(高官)이다. 지난번 명 후위대장 황청의 조달관으로 임명되었다가 도망친 죄로 수배 중이다. 그러나 동인(東人) 동료들의 보호를 받고 지금도 소실의 집에 숨어 있다.

마루방에 자리 잡고 앉았을 때 박정양이 말했다.

"드릴 말씀이 있어서 뵈러 왔습니다."

"말씀하시오."

이산이 지그시 박정양을 보았다.

이곳은 의주부의 연락소였고 바로 옆집이 박정양의 소실 집이다. 이산이 산채에서 이곳으로 온 것이다. 박정양이 말을 이었다.

"유 대감께서 이 도독을 만나러 평양으로 가시기 전에 병조판서 이한주에게 상의를 하신 일입니다."

"……."

"지금 주상 측근으로 병마절도사에 임명되어 호위를 맡고 있는 이우훈이라는 무장이 있습니다."

"……."

"그 이우훈이 맹산 다복동의 의병을 기습해서 1백여 명을 죽이고 의병대를 해산시켰습니다. 의병대장 영복과 10여 명만 살아남았지요."

박정양이 길게 숨을 뱉었다.

"이런 일이 한두 번 일어나는 것이 아닙니다. 이번 일도 영복의 의병이 시마즈군 척후를 기습해서 80여 명의 수급을 뗀 전과를 가로챈 것이지요."

"……."

"왜군을 보고 도망쳤던 이우훈이 영복이 공을 세우자 밤에 기습해서 몰살시킨 것입니다."

"……."

"병판 이한주의 말을 들으면, 의병의 머리까지 베어서 전과를 왜군 수급 150개로 불렸더군요."

고개를 든 박정양이 이산을 보았다.

"이한주나 저도, 그리고 유 정승도 같은 동인(東人)이지만 치가 떨리는 악행입니다."

이윽고 박정양의 눈에 물기가 덮였다.

"그렇다고 우리가 처단할 수는 없습니다. 그랬다가는 서인(西人)이 들고 일어나 동인(東人)을 몰살시킬 테니까요."

그때 이산이 말했다.

"잘 알겠습니다. 내가 처리하지요."

그러고는 얼굴을 찌푸리며 웃었다.

"내가 일본군 무장(武將)이 되었지만 일본군에게 알리기에도 부끄러운 일입니다."

평양성에서 왜군은 엄청난 타격을 받았다.

정규전에서 처음으로 대규모 손실을 입은 것이다. 고니시군 5천여 명이 살상되었고 조선군, 명군까지 합하면 1만 5천의 시신이 쌓였다.

그러나 평양성은 조선, 명군이 탈환한 것이다.

고니시는 남쪽으로 퇴각했다.

이여송은 왜군과의 대접전에서 대공(大功)을 세운 셈이다.

그러나 평양성을 함락한 다음 날 남군(南軍)이 반란을 일으켰다.

명군(明軍)의 반란이다.

이여송이 평양성 북방의 진막에서 보고를 받는다.

"뭐? 반란?"

버럭 소리친 이여송이 부장 이여매를 보았다. 이여매는 이여송의 동생이다.

"남군(南軍)이 반란을 일으켜?"

"예, 도독 각하."

고개를 든 이여매가 이여송을 보았다.

"2천여 명이 서문(西門)을 점령하고 있습니다."

"그 미개한 놈들이 무슨 짓이냐?"

"그것이……."

"말하라!"

"예, 남군(南軍)이 먼저 평양성에 진입했는데 상금을 주지 않았다고……."

"상금을?"

"예, 5천 냥을 달라는 것입니다."

"이런 야만족 놈들이."

어깨를 부풀린 이여송이 발로 진막 바닥을 굴렀다.

"평양성에 가장 먼저 진입한 군사는 조선 승병(僧兵)이야! 남군(南軍)이 아냐!"

"조선군은 명군 소속이라 대상이 안 된다는 것입니다."

"이놈들이……."

어깨를 부풀렸던 이여송이 이여매를 보았다.

"네가 근위로 3천을 데리고 가라."

"예, 도독 각하."

"상금을 상의하겠다고 접근해서 그놈들을 모조리 죽여라."

고개를 든 이여매에게 이여송이 소리쳤다.

"반란군은 다 죽여야 된다! 가라!"

이여매가 몸을 돌렸다.

그 말이 맞다.

"무엇이? 남군(南軍)을?"

놀란 이우훈이 앞에 선 전령을 보았다.

"다 죽였단 말인가?"

"예, 영감."

전령은 정5품 별장이다.

의주 행재소 안.

위사청 마루 끝에 앉은 이우훈이 전령에게 다시 물었다.

"명군이 명군을 죽여?"

"예, 성 밖으로 유인해 낸 다음에 중군(中軍)을 시켜 포위한 후에 몰살시켰습니다."

"허어."

"모두 1,300여 명의 남군(南軍)이 피살되었습니다."

"평양성 입성 1번 공을 올린 포상금을 주지 않으려고 말이지?"

"예, 남군(南軍)이 제일 먼저 입성했으니 5천 냥을 내라고 반란을 일으켰기 때문입니다."

이우훈이 어깨를 늘어뜨렸다. 이여송의 포악함이 드러났기 때문이다. 그때 마당으로 위사가 달려 들어왔다.

"나으리, 전하께서 부르시오."

임금이 부르는 것이다.

이우훈의 절을 받은 선조가 입을 열었다.

"평양성이 수복되었다지만 도처에 왜군과 도적 떼들이 출몰하고 있어."

선조가 찌푸린 얼굴로 이우훈을 보았다.

"그대가 먼저 내려가 길을 뚫으라."

"예, 전하."

"지난번 이곳에 올 때 고생을 많이 했어. 그대가 올 때까지 여기서 기다리겠다."

"예, 전하."

허리를 굽혀 보인 이우훈이 뒷걸음질로 물러섰다.

이우훈은 요즘 선조의 총애를 받고 있다. 그래서 자꾸 불려 간다. 오늘도 길을 닦는 중책을 맡았다. 그때 아래쪽에 서 있던 병조판서 이한주가 말했다.

"소문이 나면 안 될 테니 무술이 뛰어난 군관 서너 명만 데리고 가시는 것이 나을 것이오."

"예, 대감."

같은 동인(東人)의 충고니 이우훈은 부담 없이 받아들였다.

코다가 이산에게 말했다.

"주군, 의주 생활이 이제 끝났습니다. 조선 왕이 남하(南下)하기 전에 우리가 앞서가야 합니다."

저택의 사랑방 안.

코다가 산에서 내려온 것이다.

"조선 왕은 먼저 평양성으로 가겠지요. 그러나 겁쟁이라 금세 떠날 것 같지는 않군요."

"영감이 인솔해서 한양성으로 먼저 가."

이산이 말을 이었다.

"난 임금 주변에서 처리할 일이 있어."

"알겠습니다. 그런데, 주군."

정색한 코다가 이산을 보았다.

"주군은 크게 보셔야 합니다."

"뭘 말이야?"

유시(오후 6시) 무렵이다. 저택은 조용하다. 코다가 입을 열었다.

"이번 평양성 싸움에서 고니시 님이 패전했습니다. 1번대와 3번대 구로다 님, 4번대 시마즈 님 병력까지 포함되었지만 5천여 명의 사상자를 내었지요."

"……."

"그러나 고니시 님은 전력이 약해졌어도 위상은 떨어지지 않았습니다."

"……."

"아직도 조선에 진출한 일본군을 지휘하는 입장이지요."

"난 그런 건 관심 없어."

"주군은 고니시 님, 우리 주군 가또 님 위에 누가 있는지 아십니까?"

"관백 도요토미 님 아니냐?"

"또 하나의 세력이 있습니다."

"일본 왕인가?"

"도쿠가와 이에야스 님입니다."

"도쿠가와는 관백님의 지시를 받는 부하 아닌가?"

"영주지요."

코다가 말을 이었다.

"대영주지요. 녹봉이 150만 석이지만 실제로는 2백만 석 가깝게 됩니다. 거기에다 도쿠가와 님을 추종하는 영주가 수십 명입니다."

"……."

"지금 조선에서 잉여 무사를 소진시키고 있다고 저번에 말씀드렸지요?"

"들었어."

"히데요시 관백께선 친아들이 지금 세 살밖에 되지 않았습니다."

"……."

"지금 조카를 양자로 삼고 있지만 후계자로 삼지는 않을 것입니다."

"……."

"주군."

코다가 번들거리는 눈으로 이산을 보았다.

"조선에 나와 있는 장수들의 머릿속은 모두 일본에 가 있습니다. 일본에서 기반을 굳혀야 조선이나 명(明)으로 진출할 수 있으니까요."

"무슨 말인가?"

"일본에서 히데요시 관백님과 이에야스 님의 대결이 일어날 것 같습니다."

"……."

"지금 분위기를 보면 고니시 님은 관백님께, 그리고 우리 주군께선……."

목소리를 낮춘 코다가 말을 이었다.

"이에야스 님에게 가담할 것 같습니다."

"우리 주군은 관백님 친척이지 않나?"

"그건 전혀 상관이 없습니다. 주군은 고니시 님과는 함께 있지 못합니다."

코다가 쓴웃음을 지었다.

"관백님이 계실 동안은 같이 관백님을 모시겠지요. 하지만……."

이산이 심호흡을 했다.

코다는 히데요시의 측근이었다. 대국(大局)을 보는 인간인 것이다. 이렇게 공부를 한다.

술시(오후 8시)가 되었을 때 박정양이 찾아왔다.

"이우훈이 길을 트러 갔습니다. 오늘 밤에 간천에서 묵을 것입니다."

박정양이 목소리를 낮췄다.

"군관 셋과 종사관 한 명이 수행하고 있는데, 밀행입니다. 군관들은 이우훈이 데리고 다니는 무술의 고수라고 합니다."

그때 옆쪽에 앉아 있던 조병기가 말했다.

"간천은 이곳에서 20리 떨어진 대동강 변의 고을입니다. 한 시진이면 닿을 수 있습니다."

고개를 든 이산이 박정양을 보았다.

"오늘 밤 처리하지요."

인빈이 앞에 펼쳐 놓은 보화를 내려다보았다.

금과 진주, 수정 등 수십 개의 보화가 놓여 있다. 승전색 양성규가 가져온 보물이다. 침전 안에는 인빈과 양성규, 그리고 상궁 오씨까지 셋이 둘러앉아 있다. 이윽고 고개를 든 인빈이 양성규에게 물었다.

자시(밤 12시) 무렵이다.

"잘 쓰겠어. 그런데 고니시 님은 지금 어디에 있나?"

"예, 지금쯤 한양성으로 내려가 계실 것입니다."

양성규가 말을 이었다.

"한양성에는 10만여 일본군이 모여 있습니다."

"우리가 도성으로 옮겨 가기에는 시간이 좀 걸리겠지?"

"예, 마마."

"지금 조정에서는 당장 평양으로 가자고 서둘고 있어. 그래서 절도사를 보냈는데 위험하지 않을까?"

"평양까지는 괜찮을 것 같습니다."

"주상은 모르고 계시지만 내가 보장을 받아야 돼."

인빈의 눈빛이 강해졌다.

"노중(路中)에 사고가 나지 않겠지?"

"예, 마마."

고개를 든 양성규가 말을 이었다.

"그건 안심하셔도 됩니다."

"알겠다."

다시 시선을 내린 인빈의 얼굴이 부드러워졌다. 방바닥에 펼쳐진 보화 중 하나를 집어든 인빈이 말을 이었다.

"다 조선 왕조를 위한 일이야. 주상을 보호하는 것이 조선을 위한 일이야."

임금의 안위를 위해 가장 적극적으로 행동하는 사람이 바로 인빈이다.

종사관 정기명은 포도청 부장 출신으로 종4품 무반(武班)이다. 38세. 무과에 급제한 지 15년이었는데 북방의 6진을 돌아다니며 여진과 오래 싸운 경력이 있다.

정기명이 이우훈의 숙소에서 나왔을 때는 자시(밤 12시) 무렵.

이우훈의 심복인 정기명은 이번에 정5품에서 종4품으로 승급했다. 왜군의 수급 150여 개를 벤 공(功) 때문이다. 이우훈과 함께 승급되었다.

이곳은 간천의 관사 안.

드문드문 군사들이 서 있었고 추운 날씨여서 마당에 모닥불이 피워져 있다.

정기명이 숙소 모퉁이를 꺾었을 때다. 어둠 속에서 사내 하나가 불쑥 다가섰기 때문에 정기명이 시선을 들었다. 장신의 사내다. 상민 차림.

"누구냐?"

정기명이 물은 순간 눈앞에 번쩍이는 칼날이 보였다.

그것뿐이다.

단칼에 목이 잘린 정기명이 잠깐 서 있는 동안 사내는 옆으로 돌아 사라졌다.

문이 열렸을 때 이우훈은 막 자리에 누우려고 촛불을 끄려는 참이었다. 고개를 든 이우훈이 방으로 들어서는 사내를 보았다.

상민 차림. 손에 칼을 들고 있었는데 피비린내가 왈칵 풍겨왔다.

"아니!"

순간 상황을 판단한 이우훈이 외마디 신음 소리를 내면서 몸을 날렸다. 빠른 반응이다. 괴한을 보고 나서 눈 깜박하는 순간에 반응한 것이다.

벽에 세워둔 장검을 잡았을 때 이우훈은 머릿속이 맑아지는 느낌이 왔다.

희망.

그러나 이산은 이우훈이 칼을 쥐고 맞서 싸우는 것을 허용할 생각이 없다.

대결할 상대로 보지 않는 것이다. 상대를 존중할 가치가 없다고 마음먹었기 때문이다. 이산의 칼날이 옆으로 흘렀다.

"악!"

이우훈의 신음이 방을 울렸다.

검풍(劍風)이 일어나 촛불 불꽃이 흔들렸다.

팔이 팔꿈치 아래 부분에서 절단된 이우훈이 비틀거리며 섰다. 기이하게도 절단된 손이 벽에 세워놓은 칼자루를 쥐고 있다. 칼의 일부분 같다.

"이, 이놈."

교활하고 표독한 심성을 갖췄지만 이우훈도 무장(武將)이다. 이우훈이 이산을 향해 포효하듯 말했을 때다.

이산의 칼날이 다시 흘렀다. 비스듬히 좌에서 우로 흐른 칼날이 이우훈의 머리를 몸과 떼어놓았다.

개성.

고니시가 6번대장 고바야카와 다다아케와 만났을 때는 미시(오후 2시) 무렵이다.

1월 12일.

평양성에서 패주한 지 사흘 후다.

"고니시 님, 고생하셨소."

진막에서 마주 앉았을 때 고바야카와가 위로했다. 6번대장 고바야카와의 군사는 15,700. 아직 6번대는 대전(大戰)을 치르지 않아서 군세(軍勢)는 그대로 유지하고 있다. 고니시가 쓴웃음을 지었다.

"고바야카와 님이 이곳에서 명군을 막아주셔야겠소."

"그러지요."

"내가 모리 님, 우키다 님의 병력을 지원해 드리지요."

고니시가 말을 이었다.

"이여송은 4만 5천 병력이지만 앞에 조선군을 방패로 내세우고 있소. 그런데 이번 평양성 싸움에서 조선군 정예가 다 상했어."

"들었습니다."

"그러니까 이번에는 명군(明軍)하고 직접 부딪칠 것이오."

"이런."

고바야카와가 수염 속의 이를 드러내며 웃었다.

"이번에 이여송을 잡게 되겠습니다."

"내가 이래서 고바야카와 님을 좋아한다니까."

따라 웃은 고니시가 말을 이었다.

"다른 사람은 적을 부풀리거나 위험성을 더 강조해서 제 공적을 키우는데 고바야카와 님은 다르시오."

"제가 개성에 주둔해서 근방 지리를 잘 압니다. 벽제에서 처리하지요."

고바야카와가 결연한 표정이 되어 말을 잇는다.

"벽제관 근처 지리가 제가 싸우던 고향 땅과 비슷합니다."

"무엇이?"

깜짝 놀란 선조가 앞에 선 병조판서 이한주를 보았다.

신시(오후 4시) 무렵.

의주 행재소의 청 안이다.

숨을 고른 선조가 이한주를 보았다.

"절도사가 죽었어?"

"예, 간천 현령이 전령을 보냈습니다."

이한주가 말을 이었다.

"어젯밤 자객이 침입해서 종사관 정기명과 병마절도사 이우훈을 베어 죽이고 도주했습니다."

"이런!"

눈동자를 굴리던 선조의 시선이 유성룡에게 옮겨졌다.

"이건 누구의 소행이오? 왜군이 자객을 보낸 것일까?"

"그런 것 같습니다, 전하."

고개를 든 유성룡이 선조를 보았다.

"왜군밖에 없습니다."

"절도사는 노중(路中)의 안전을 확인하려고 간 거요. 지금도 위험한가?"

"왜군이 평양에서 후퇴했다고 다 물러난 것이 아닙니다. 지금도 북방 여러 곳에 흩어져 있습니다."

"으음."

신음한 선조가 고개를 끄덕였다.

"조금 더 의주에서 머물기로 하지."

의주로 돌아온 이산이 거처에서 저녁을 마쳤을 때다. 박정양이 찾아왔다.

"방금 연락을 받았습니다."

자리에 앉은 박정양이 이산을 보았다.

"이우훈이 간천에서 죽었다는 보고를 받고 주상이 의주에서 떠나는 일정을 보류시켰다는군요."

이산은 쓴웃음만 지었고 박정양이 말을 이었다.

"유 대감께서 고맙다는 인사를 전하라고 하셨답니다."

고개를 끄덕인 이산이 입을 열었다.

"이건 내 주군이신 가또 님의 지시가 아니오. 내가 자의로 행한 일입니다."

"압니다."

박정양이 말을 이었다.

"장군께선 의인이시오. 조선 무장의 열 몫을 하고 계시는 분입니다."

이산은 입을 다물었다.

그렇다고 조선 왕조에 충성하지는 않는다.

기노가 찾아왔을 때는 평양성이 함락된 지 닷새 후다.

"가또 님이 한양성으로 철수하고 계셔."

방에 둘이 남았을 때 기노가 말했다.

"함경도에는 향도로 구성된 밀정대만 남겨놓았어."

"왕자들은?"

이산이 물었다. 가또군이 생포한 임해군, 순화군을 말한다.

"두 왕자는 지금도 데리고 있어."

기노가 말을 이었다.

"나도 한양성으로 철수할 예정이야."

"그럼 이천 분조에는 누가 있나?"

"광해군이 의주로 소환되었어."

"의주로?"

"분조를 폐쇄시킨 거야."

"……."

"평양성을 함락했으니 분조가 필요 없다는 것이지."

"그렇군."

"지금쯤 광해군과 분조(分朝) 관리들도 의주로 옮겨오는 중일 거야."

이산이 고개를 끄덕였다. 광해군의 분조(分朝)는 8개월 만에 끝난 셈이다. 그때 기노가 말을 이었다.

"가또 주군의 지시를 받고 왔어. 그대는 당분간 조선 왕의 주변에 머물러 있으면서 정보를 얻으라고 하셨어."

"……."

"광해군까지 조선 왕과 합류했으니 기회가 더 온 것이지."

"코다 영감이 철수 준비를 다 해놓았는데 중지시켜야겠군."

이산이 고개를 끄덕이며 말했다.

분조가 폐쇄되고 광해군이 행재소로 소환되었다. 이산은 광해를 다시 만날 수도 있는 것이다.

기노의 몸은 부드럽고 탄력이 강하다. 이제는 거침없이 이산에게 안긴 기노가 꿈틀거리며 몸을 붙였다. 방 안은 뜨거운 열기로 차 있다.

"한양성 근처에서 곧 명군(明軍)과 대전(大戰)이 치러질 거야."

기노의 숨결이 이산의 가슴을 훑고 지나갔다.

"이번에는 고바야카와 님이 주장(主將)으로 모리, 우키다 님의 군사를 지원받아서 일본군 병력은 4만 5천이야."

"……."

"명군(明軍)은 지난번 평양성 싸움에서 방패로 내세웠던 조선군 지원을 받지 못하고 명군(明軍)만으로 일본군과 대결하게 되겠지."

어둠 속에서 기노의 눈이 반짝였다.

"명군 4만 5천과 일본군 4만 5천이야. 이번에는 우리가 이겨."

"그런가?"

이산이 기노의 엉덩이를 끌어당겼다. 가또의 가신이 되었지만 아직 자신이 일본군에 소속되어 있다는 의식은 적다. 다만, 둘이 싸웠을 때 일본군이 이겼으면 좋겠다는 생각은 든다.

그때 기노가 길게 숨을 뱉었다. 더운 숨결이 가슴에 닿았다가 곧 서늘한 기운이 되어 흘러갔다.

"우리는 언제 마음 놓고 함께 있게 될까?"

이산은 대답하지 않았고 기노도 더 묻지 않았다. 아무것도 기약할 수 없는 상황이라는 것을 둘 다 알고 있기 때문이다.

기노가 떠난 다음 날 오후에 코다가 찾아왔다.

"기노 님이 들러가셨소."

이산과 기노와의 사이를 아는 터라 코다가 조심스럽게 말했다.

"당분간 우리도 산채에 머물러 있어야 된다고 하셨소."

"이천 분조(分朝)가 폐쇄되었다는 거야."

"이젠 임금 주위가 더 분주해지겠고, 주군의 할 일도 더 많아지셨습니다."

그러고는 코다가 고개를 들었다.

"관백께 주군 내력을 전했고 답을 받았습니다."

"……."

"황송하오나 관백께서 글을 읽지 못하시기 때문에 측근인 히데카스 님께 내 서신을 읽어달라고 부탁했지요."

"……."

"그랬더니 히데카스 님한테서 답신이 왔습니다."

어깨를 편 코다의 눈이 번들거렸다.

"관백께서 관심을 보이셨다고 합니다. '그렇다면 내 휘하에서 영주를 시켜도 좋다. 지금 영주 대부분도 백제계 후손이 아닌가?'라고 말씀하셨답니다."

코다의 목소리가 열기를 띠었다.

"전쟁이 좀 잠잠해지면 만나보겠다고 하셨답니다."

이산이 고개를 끄덕였다.

코다는 어떻게든 자신을 권부의 핵심으로 진출시키려고 하는 것이다.

명군(明軍)이 임진강에 포진했을 때는 1월 22일이다.

이여송은 평양성을 함락한 후에 서둘렀다. 승기를 놓치지 않으려는 의도다. 자신감이 붙었기 때문이기도 하다. 개성을 지키던 고바야카와가 임진강 아래쪽으로 물러났기 때문에 기세는 더 올랐다.

"한양성만 무너뜨리면 전쟁은 끝난다."

이여송이 눈을 치켜뜨고 앞에 선 장수들을 보았다.

"놈들이 전열을 정비하기 전에 부숴야 한다."

그때 동생 이여매가 나섰다. 이여송에게 직언할 수 있는 장수는 이여매, 이여백 두 동생뿐이다.

"도독, 조선군을 더 모으시지요. 앞에 세울 조선군이 부족합니다."

"시끄럽다!"

이여송이 소리쳤다.

"평양성 싸움에서도 조선 승병이 선봉을 섰다고 해서 대명군(大明軍)의 자존심이 상했다. 이번에는 요동군이 선봉이다!"

이여매가 입을 다물고 물러섰다. 명군(明軍)의 사기는 지금 하늘을 찌를 기세다.

"누구냐?"

별장 홍탁이 묻자 사내가 한 걸음 다가섰다.

"순찰사를 모시는 분 아니시오?"

"맞다. 그런데 왜?"

거칠게 되물었지만 사내는 시선을 내리지 않는다.

"순찰사께 드릴 말씀이 있소."

"네가?"

홍탁이 상민 복색의 사내를 훑어보았다.

신시(오후 4시) 무렵.

행재소 남쪽 경비대 막사 앞이다. 찾는 사람이 있다고 해서 홍탁이 나와 본 참이다. 그때 사내가 대답했다.

"별장께서는 선전관하고 잘 아셨지요?"

"누구 말이냐?"

"활 잘 쏘는 선전관 말이외다."

순간 숨을 멈춘 홍탁의 이맛살이 찌푸려졌다. 그러나 경솔하게 말을 뱉지는 않는다. 사내가 말을 이었다.

"그분께서 순찰사를 뵙자고 하시오."

"그대는 누군가?"

말을 높인 홍탁이 목소리를 낮췄다.

"그분이 근처에 계신가?"

"저는 그분의 수하올시다."

사내가 말을 이었다.

"근처에 계십니다."

유시(오후 6시)가 되었을 때 의주 서쪽의 압록강 변 폐가에 두 사내가 나타났다.

둘 다 변복한 무장 차림으로 허리에는 장검을 찼다.

어둠이 덮여가고 있어서 강 빛은 검었고 부서진 나룻배가 바람결에 흔들리고 있다.

그때 폐가 뒤쪽에서 사내 둘이 나타났다. 앞장선 사내는 이산이고 뒤를 조병기가 따른다. 홍탁을 만난 사내가 바로 조병기다.

이산을 맞은 두 사내는 순찰사 최경훈과 홍탁이다.

"오, 선전관."

이산을 본 최경훈이 두 손을 내밀며 다가왔다. 이산의 손을 움켜쥔 최경훈의 눈이 번들거렸다.

"살아 있었구려."

"오랜만에 뵙습니다."

홍탁과도 눈인사를 나눈 이산의 얼굴도 밝아졌다.

넷이 폐가의 부서진 의자를 세우고 앉았을 때 이산이 입을 열었다.

"이번 분조(分朝)가 해체되고 행재소에 합류하셨다고 들었습니다."

"세자께서 애쓰셨네."

최경훈이 말을 받았다.

"유 대감께서도 한숨 돌리셨고."

고개를 끄덕인 이산이 최경훈을 보았다.

"나리, 제가 가또 기요마사 님의 가신(家臣)이 되었습니다."

그 순간 최경훈의 눈이 흐려졌다. 멍한 표정이 되었다. 옆에 앉은 홍탁도 숨을 죽이고 있다. 그때 최경훈이 겨우 입을 떼었다.

"그게 무슨 말인가?"

"들으신 대로지요. 제가 가또 님 휘하에서 녹봉 1천 석을 받는 가신이 된 것입니다. 휘하에 1백 명 가까운 무사를 거느리고 있지요."

"허어."

"제가 명(明)의 후군 대장 황청을 베어 죽였습니다. 분조(分朝)의 집정이었던 유근수를 죽인 것도 저올시다."

"……."

"임금의 호위장이 된 절도사 이우훈을 간천에서 베어 죽인 것도 접니다."

"아니."

참을 수 없어진 최경훈이 입을 떼었을 때다. 이산이 덮듯이 말을 잇는다.

"이우훈은 의병의 공을 빼앗고 오히려 의병을 기습해서 몰살시킨 배신자, 반역자올시다. 내가 그것을 어떻게 알게 되었는지 아십니까?"

최경훈의 시선을 받은 이산의 목소리가 굵어졌다.

"개성 유수 박정양의 부탁을 받은 것이지요. 박 유수는 병판 이한주의 의뢰를 받았습니다."

숨을 고른 이산이 번들거리는 눈으로 최경훈을 보았다.

"병판은 누구의 의뢰를 받았는지 아십니까?"

이산이 한마디씩 말을 잇는다.

"유성룡 대감의 의뢰였소."

"그, 그럴 리가……."

겨우 입을 연 최경훈에게 이산이 말을 잇는다.

"유 대감도 제 존재를 알고 계십니다. 순찰사께서 유 대감께 확인하셔도 됩니다."

"……."

"저는 가또 님의 가신이지만 조선 조정의 썩은 무리를 도살하는 역할을 맡게 된 셈이지요."

그러고는 이산이 얼굴을 비틀면서 웃었다.

"세자께 말씀을 드려주시지요. 세자께서도 내막을 알고 계시라고 말씀을 드린 것이니까요."

"알겠네."

이윽고 최경훈이 천천히 고개를 끄덕였다.

"그대의 역할은 누구도 대신할 수가 없겠네."

"저는 조선 임금께 충성하지 않습니다."

외면한 이산이 말을 이었다.

"조선 백성을 위하는 것입니다."

"내 입장을 고집하지는 않겠네."

역시 외면한 최경훈이 대답했다.

"그대는 난세의 영웅이네."

결전의 날.

1월 27일.

이여송이 마상에 앉아 소리쳤다.

"북을 쳐라! 화포를 쏘아라!"

인시(오전 4시) 무렵.

이곳은 벽제관 근처 주막리.

전날에 비가 쏟아진 바람에 얼음이 모두 녹아서 사방은 진창이 되었지만, 이여송은 공격을 감행했다.

"꽝! 꽝!"

공격 신호로 화포가 천지를 진동했고 고수가 어지럽게 북을 쳤다.

그러자 선봉의 요동군 5천이 일제히 호각을 불면서 전진했다.

"기마군은 뒤로!"

요동군을 이끈 총관 추성경이 소리쳤다.

말발굽이 진창에 빠졌기 때문이다.

기마군 1,500이 요동군의 주력(主力)이나 진창에서는 보군보다 못하다. 말발굽이 쑥쑥 들어가면 보병의 먹이가 되는 것이다.

"온다."

고바야카와 다다아케는 용병술이 뛰어난 무장이다.

어젯밤 비가 내려 얼음판이 녹은 것을 본 고바야카와는 장졸들의 갑옷을 모두 벗겼다. 가슴 가리개만 채운 경장(輕裝) 차림으로 칼과 창만 쥐었다. 그리고 발에는 가벼운 짚신을 신었기 때문에 날렵하게 움직였다.

고바야카와가 선봉장 다케야마에게 지시했다.

"다케야마, 봄 전쟁 때의 경험을 살려라."

"옛!"

어깨를 부풀린 다케야마가 고개를 숙여 보이고는 뛰어나갔다.

봄 전쟁은 고향에서 눈이 녹을 때의 전쟁을 말한다. 다케야마가 여러 번 봄 전쟁에서 공을 세웠다.

요동군 5천의 뒤를 이여매가 이끄는 산해관 병력 1만이 따른다.

중장비로 무장한 정예군이다. 1만 중 3천이 기마군이었고 이여매는 기마군 중심에서 전진하고 있다.

"전진! 전진!"

부장들이 이곳저곳에서 고함을 쳤고 사방에서 호각 소리, 화포 소리가 진동한다. 대군(大軍)은 천천히 진군하고 있다.

"땅이 진창입니다."

부장 하나가 달려와 소리쳐 보고했다. 부장이 탄 말과 부장의 얼굴에도 진흙이 튀어서 모두 흙투성이다.

"잠시 후에는 왜군과 부딪치게 됩니다!"

백병전이다.

이곳은 황무지다. 옆쪽은 논밭이어서 기마군이 뛰기에 적당했지만 진창이다.

"이런!"

이여매가 혀를 찼다. 말이 진창에 발을 딛고 비틀거렸기 때문이다.

"앞쪽이 논밭이냐?"

소리쳐 이여매가 묻자 곧 부장이 대답했다.

"예, 장군."

그때 함성이 울렸다.

왜군과 부딪친 것이다. 이제는 밀고 나가는 수밖에 없다.

"탕탕탕탕탕탕."

조총의 발사음이 요란하게 울린다. 조총의 유효사거리는 50여 보 정도다. 이제 부딪쳤다는 증거다.

"와앗!"

함성이 울렸다.

"꽝, 꽝, 꽝, 꽝."

명군(明軍)의 화포 소리를 뒤쪽 중군의 중심에서 이여송이 듣고 있다.

벽제관 전투다.

"놈들이 들어왔다!"

선봉장 다케야마가 소리쳤다. 두 눈이 번들거리고 있다. 명군(明軍)이 논으로 들어온다.

"기다려라! 기다려!"

다케야마가 허리에 찬 칼을 빼 들었다.

고바야카와군의 최전선에 배치된 조총대가 계속해서 사격했지만, 명군(明軍)은 오히려 더 서둘러 전진하고 있다. 그래서 순식간에 요동군 5천이 다가오는 것이다.

이윽고 다케야마는 요동군 5천이 얼음이 녹아서 진창이 된 논으로 들어선 것을 보았다.

그때 다케야마가 소리쳤다.

"공격!"

그 순간 전령들이 뛰쳐나가면서 소리쳤고 부대장들이 따라서 외쳤다.

"공격!"

"와앗!"

함성이 울렸다. 그와 함께 선봉군 3천이 일제히 달려갔다. 진창이 된 논밭으로 뛰어든 것이다.

"와앗!"

명군이 맞받아 소리치면서 왜군을 맞는다.

"옳지! 쳐라!"

명군의 총관 추성경은 백전노장이다. 군사들의 함성만 들어도 승패를 알 정도다. 명군의 함성을 듣자 승리의 예감이 일어났다.

다만, 땅바닥이 '질어서' 걸리기는 했다. 그러나 그것은 왜군도 마찬가지일 것이었다.

다음 순간 앞쪽의 함성이 더 거칠어졌고 맹렬한 기합 소리로 바뀌었다. 곧 비명과 외침, 칼날 부딪치는 소리로 덮였다.

혼전, 대격돌이다.

일각(一刻)이 지났다.

함성 대신 외침, 신음, 말 울음소리, 칼 부딪치는 소리가 더 거칠어졌다.

지금 추성경은 선봉군의 뒤쪽에 위사대와 함께 서 있다. 그러나 앞이 막혀 있어서 한 걸음도 전진하지 못했다.

"쳐라! 밀고 나가라!"

칼을 뽑아 든 추성경이 고래고래 소리쳤다.

여기서 밀리면 끝장이다. 지금 왜군과 정면으로 부딪친 상태다. 여기서 밀리기 시작하면 뒤쪽의 산해관 병력 1만도 영향을 받는다. 1리(400미터) 간격은 두었지만 거센 물결과 부딪치게 되는 것이다.

그리고 그 뒤에는 도독이 이끄는 중군 2만이 있다.

"쳐라! 쳐라!"

말에서 내린 추성경이 악을 썼을 때다.

이쪽으로 얼굴을 보이는 명군(明軍)이 보였다. 그것이 둘이 되었다가 셋, 넷, 열이 되었다. 바로 앞에서다.

순간 심장이 철렁 내려앉은 추성경이 입을 딱 벌렸을 때다.

명군이 밀려오고 있다. 금세 10여 보 앞까지 밀려왔다. 도망쳐 오는 것이다.

"이놈들!"

추성경이 울부짖었다.

"돌격!"

다케야마가 칼을 치켜들고 소리쳤다.

"밀고 나가라!"

왜군 선봉군은 3천. 모두 날렵한 무장 차림이라 이리 뛰고 저리 뛰는 반면에, 명군(明軍)은 무거운 갑옷에 금세 헐떡이고 있다.

이각(二刻)이 지나면서부터 명군(明軍)이 지쳐 늘어졌고, 한 식경이 지났을 때는 진창에서 발을 떼지도 못하고 있다. 그러다가 몸을 돌린 것이다. 도망치는 것이다.

"놈들이 도망친다!"

이쪽저쪽에서 왜군이 소리쳤고 그것이 사기를 몇 배 높였다.

"와앗!"

왜군이 밀고 나가면서 명군(明軍)의 등에 칼질을 했다. 명군(明軍)은 진창에 넘어진다. 명군(明軍)의 몸이 진창에 쌓인다.

"죽여라!"

지휘관들이 고래고래 소리쳤고 왜군의 함성이 높아졌다.

중군(中軍)에서 그것을 본 고바야카와가 신호를 하자 허공에서 폭죽이 터졌다.

"꽝!"

그것을 신호로 전군(全軍)이 함성을 질렀다. 다음 순간 좌측과 우측에서 기마군이 명군의 본진을 향해 돌진했다.

선봉군 다케야마의 뒤를 이어 중군 1만이 밀고 나가면서 왜군이 3면(面)으로 공격해 나가는 것이다.

유시(오후 6시) 무렵.

대패한 이여송이 임진강을 건너 동파역에서 주위를 둘러보았다.

왜군에게 포위되어 구사일생으로 이곳까지 도망쳐 온 것이다.

선봉장 추성경은 전사했고 산해관 병력을 이끌던 이여매도 패주해서 아직 행방을 알 수 없다. 중군(中軍) 절반을 잃은 이여백이 겨우 군사를 수습해서 이곳까지 따라왔다.

어설프게 세워진 진막 안에서 이여송이 더운물을 서너 모금 마셨을 때다. 부총관 채성이 서둘러 들어섰다.

"도독, 왜군의 병력이 20만이 넘었습니다. 백제관에 전군(全軍)을 모아놓고 있었던 것입니다."

채성은 이여송의 부장(副將) 역할이었지만 문관(文官)이다. 평소에 기록을 맡거나 이여송의 서신을 대필해 주고 있다. 채성이 말을 이었다.

"아군보다 4배 이상의 대군(大軍)이었습니다."

그때 이여송의 두 눈이 번들거렸다.

"과연, 중과부적이었다."

"일단 군사를 더 뒤로 물리시지요."

그때 진막 안에 있던 순변사 이빈이 입을 열었다.

"아니, 그렇지 않소. 20만이라니. 벽제관에 모인 왜군은 많아야 5만이오."

"닥쳐라!"

채성이 버럭 소리쳤다.

"어느 앞이라고 나서느냐!"

"이보시오, 당신은 너무 부풀렸소."

그때 채성이 발을 들어 이빈의 다리를 찼다. 분이 난 이빈이 눈을 부릅떴을 때 유성룡이 앞을 막았다.

"순변사, 참게."

조선어로 말하자 이빈이 이를 악물었다.

"제가 저놈을 죽이고 죽겠소."

"참게. 일단 저자들을 달래야 하네."

그때 이여송이 채성에게 말했다.

"폐하께 상소문을 써라."

"예, 도독."

"왜군이 20만이 넘었지만 4만의 황군으로 개성을 탈환하고 대치 중이라고 해라."

"예, 도독."

"그러나 내가 추위에 병이 들어서 기동이 어려우니 지휘관을 교체해 달라는 말씀을 올려라."

"예, 도독."

"그리고 히데요시가 다시 20만 대군을 증원할 것 같다고도 써라."

"알겠습니다, 도독."

그때 자리에서 일어선 이여송이 말을 맺는다.

"우리는 내일 의주로 철군한다."

유성룡이 이빈에게 말했다.

"순변사, 종사관 양윤에게 가보게."

"예, 가지요. 그런데 무슨 일로 갑니까?"

이빈이 묻자 유성룡이 길게 숨부터 쉬었다.

"양윤이 만일의 경우에 대비해서 금괴를 갖고 왔네. 가서 금괴 10개만 가져오라고 하게."

"10괴나 말입니까?"

"서두르게."

그러자 이빈이 몸을 돌렸다.

술시(오후 8시)가 넘어서 산천은 다시 얼어붙었다. 어둠 속으로 이빈의 모습이 사라지자 유성룡이 어깨를 움츠렸다.

명군(明軍)의 진지 안이다.

패잔병 3만여 명이 모인 진지는 이제 조용해지고 있다. 벽제관 전투에서 대패한 명군(明軍)이 임진강을 넘어 주둔하고 있다.

"웬일이시오?"

유성룡이 들어서자 채성이 고개를 들었다.

채성의 진막 안이다.

채성은 촛불 밑에서 황제에게 보내는 상소문을 쓰는 중이었는데 손에 붓을 쥐고 있다.

다가선 유성룡이 탁자 위에 보자기를 놓았다.

"채 부장, 이걸 받으시오."

"뭡니까?"

채성이 눈을 가늘게 뜨고 붉은색 비단 보자기와 유성룡을 번갈아 보았다.

탁자 위에 놓인 보자기는 묵직했다.

유성룡이 보자기를 풀자 누런 금덩이가 불빛에 드러났다.

금괴다. 아이 손바닥만 한 금괴가 10개다.

채성이 고개를 들었을 때 유성룡이 말했다.

"도독을 설득할 수 있는 사람은 채 부장뿐이오."

"무슨 말씀이시오?"

"지금 여기서 도독이 철군한다면 패장이 되어서 돌아가는 것이오. 그것은 채 부장도 마찬가지. 앞으로 조정에서 황제를 모시게 되지는 못할 것이오."

"아니, 그것은……."

"잘 아시겠으나 내가 석 상서께 수시로 명군(明軍) 상황을 은밀히 보고하고 있습니다. 이번 벽제관 싸움은 어떻게 보고해야 될 것 같습니까?"

"……."

"채 부장의 공은 내가 크게 써서 석 상서께 보내드릴 겁니다."

유성룡의 두 눈이 불빛을 받아 번들거렸다.

"내가 조선군을 곧 총집결시킬 것이오. 그러니 부디 채 부장이 도독을 설득시켜 개성에서 더 이상 물러나지 말게 해주시오. 그것으로 채 부장은 대공(大功)을 세운 것이나 같소이다."

"알겠습니다."

채성이 고개를 끄덕였다.

"대감의 말씀이 이치에 맞소."

의주를 떠난 임금 행차는 정주에서 벽제관 패전 보고를 받았다. 패전한 다음 날 신시(오후 4시) 무렵이다.

"이런!"

선조가 전장(戰場)에서 달려온 별장 김중기를 보았다. 주위에는 대신들이 둘러서 있다.

"그럼 명군은 지금 어디에 있나?"

"임진강을 건너 동파역에서 군사를 수습하고 있습니다."

"왜군이 다시 북상해 오지 않겠느냐?"

"유 대감께서 곧 다시 보고를 드린다고 했습니다."

"허어! 이를 어이할꼬."

고개를 돌린 선조가 옆에 선 윤두수를 보았다.

"대감, 다시 의주로 돌아가야 되지 않겠소?"

"잠시 여기서 기다리시지요."

윤두수가 말했다.

"왜군이 바로 이곳까지 올라오지는 않을 것입니다."

"기마군이면 사흘 만에 이곳에 닿지 않겠소?"

"이 도독이 아직 생존하고 있는 데다 명군(明軍)이 남아 있다고 했습니다. 돌아가실 것까지는……."

그때 팔도 도순찰사 한응인이 입을 열었다.

"유 대감의 기별을 기다렸다가 돌아가시는 것이 나을 것 같습니다."

그 시간에 이산도 남쪽에서 달려온 부하 쇼타한테서 보고를 받는다.

쇼타는 왜군 진중에 있다가 돌아왔으니 가장 정확한 보고를 하는 셈이다.

쇼타가 왜군 선봉대의 작전에서부터 보고를 마쳤을 때 이산이 고개를 끄덕였다.

"고바야카와 님의 용병술이 놀랍다."

"지금 전군(全軍)이 한양성으로 철수하고 있습니다."

쇼타가 말을 이었다.

"명군(明軍)은 1만 5천의 사상자를 내었고, 일본군은 3천 정도입니다. 대승입니다."

그때 옆에 앉아 있던 코다가 거들었다.

"고바야카와 님은 히데요시 관백님의 최측근입니다. 전략이 뛰어나고 이에야스 님과 쌍벽을 이루는 분이시오."

코다가 다시 이산을 가르치기 시작했다.

"고바야카와 다다아케 님은 센코쿠 무장(武將)으로 관백님께서 이런 말씀을 하신 적도 있습니다."

어깨를 편 코다가 말을 이었다.

"'내가 죽은 후에 해 뜨는 곳의 서쪽은 고바야카와가, 동쪽은 이에야스가 통치하는 것이 합당하다.'고도 하셨습니다."

그래서 고니시는 명군(明軍)과의 대전(大戰)을 고바야카와에게 맡긴 것이다. 고바야카와는 당시 61세. 왜군 대장 중 가장 유력 영주다. 왜군의 실질적 지휘는 고니시가 맡고 있지만 고바야카와는 히데요시 관백의 분신이나 같다.

그때 이산이 고개를 끄덕였다.

"이제 임금이 다시 의주로 돌아가자고 하겠군."

그날 밤, 정주의 안가(安家)로 채분이 찾아왔다. 안방에서 이산과 둘이 마주 앉았을 때 채분이 말했다.

"이여송이 병이 났다고 상소를 올리고 도망치려고 했다가 유 대감이 손을 써서 겨우 개성으로 들어갔다고 해."

채분이 목소리를 낮추고 말을 이었다.

"그렇지만 임금은 명군(明軍)이 한양성에 입성할 때까지 이곳에서 움직이지 않을 작정이야."

"정주는 의주보다 불편할 텐데."

"의주로 돌아가고 싶겠지만 벼룩도 낯짝이 있는 법이니까."

"네 입이 거칠구나."

"저런 건 임금도 아니지."

채분이 반짝이는 눈으로 이산을 보았다.

"저런 임금에게 붙어서 아첨하는 무리는 더 가증스럽고."

그러더니 채분이 정색하고 이산을 보았다.

"참, 전라도 고부 군수 김동채가 왔어."

"누구야?"

"인빈의 친척."

"이순신을 모함하는 상소를 보냈다는 자 말인가?"

"이번에는 직접 상소를 들고 왔어."

채분의 눈이 반짝였다.

"경상 우수사 원균의 밀지까지 같이 들고 왔다는 거야."

"……."

"양 상책이 그러는데 김동채는 은밀히 내궁에 들어와서 인빈을 만나고 갔는데, 아직 임금을 보지는 않았어."

"……."

"그리고……."

채분이 바짝 다가앉았기 때문에 옅은 향내가 맡아졌다.

"고니시 측은 나를 의심하고 있는 것 같아. 양 상책을 직접 만나고 있어."

그때 이산이 빙그레 웃었다. 알고 있었기 때문이다.

"너한테 좋은 일이야."

이산이 말을 이었다.

"네 일이 줄어들수록 안전해지는 법이야."

"흥!"

코웃음을 친 채분이 눈을 흘겼다. 허리까지 비튼 것이 교태다.

"목숨 따위는 버린 지 이미 오래야."

"고니시 님 첩자단이 이 근처에 있을 것입니다."

채분이 돌아간 다음 날 아침, 코다가 말했다.

이산이 고개만 끄덕였다. 고니시의 의주 연락소를 기습해서 몰사시킨 장본인이 이산이다. 코다가 말을 이었다.

"양성규를 끌어들인 이상 고니시 밀정단과 부딪칠 필요는 없습니다. 당분간은 공존하시지요."

고니시 측은 밀정단 숙소를 기습한 것이 어영청 소속 별장이 아닌지 의심하겠지만 증거가 없다.

"채분이 고니시 측의 의심을 받는 것 같다고 하는군."

이산이 말을 이었다.

"양 상책이 심부름도 시키지 않는다는 거야. 고니시 측의 주문이 있었겠지."

"그렇다면 고니시 측에 누가 정보를 전해줍니까?"

"양 상책이 직접 만난다는 거야."

"그렇다면 우리한테만 오는군요."

"우리는 김상원의 보고까지 함께 받는 셈이지."

그때 방문 앞에서 인기척이 나더니 조병기가 들어섰다.

"다녀왔습니다."

윗목에 앉은 조병기가 이산을 보았다.

"김동채는 이곳에서 2리(800미터)쯤 떨어진 이방 집에서 묵고 있습니다."

조병기는 고부 군수 김동채의 숙소를 탐지하고 온 것이다.

"수행원은 다섯, 모두 군관들로 호위무사인 것 같습니다."

"언제까지 묵는다더냐?"

"이방 집 하인한테서 들었는데 기약하지 않았답니다."

"나라가 전쟁 중인데 그놈은 딴 일로 바쁘구나."

왜말로 주고받았기 때문에 코다도 다 듣는다. 그래서 이산에게 물었다.

"주군, 어떻게 하시려고 그럽니까?"

"김동채는 이순신을 모함한 상소를 갖고 온 자야."

이산이 말을 이었다.

"지난번에도 상소를 올렸고, 이번에는 원균의 상소까지 가져왔다는군."

"김동채가 인빈의 친척이라고 했지요?"

쓴웃음을 지은 코다가 제 말에 제가 대답했다.

"주군, 모함에 걸려 이순신의 목이 떨어지는 것이 일본군으로서는 만세천세를 부를 경사지요."

그때 고개를 든 이산이 코다와 조병기를 번갈아 보았다. 눈이 흐려져 있다.

"이순신을 만나고 싶다."

그런데 미시(오후 2시)가 되었을 때 안가(安家)로 순변사 최경훈이 찾아왔다. 최경훈에게는 안가 위치를 말해준 것이다.

방 안에 둘이 앉았을 때 최경훈이 굳은 얼굴로 말했다.

"세자께서 그대를 만나겠다고 하시네."

최경훈이 말을 이었다.

"어떤가? 오늘 밤에 나오겠는가?"

"그러지요."

대번에 대답한 이산이 정색하고 최경훈을 보았다.

"이것이 알려지면 곤란해지실 것입니다. 주의하셔야 될 것이오."

"내가 만류했지만 고집을 꺾지 않으셨네."

최경훈이 말을 이었다.

"특히 그대가 가또의 가신(家臣)이 되었다는 것에 충격을 받으신 것 같네."

이산은 시선만 주었고 최경훈이 길게 숨을 뱉고 나서 일어섰다.

"술시에 서쪽 두오산에 경수사라는 사찰이 있네. 그곳에서 만나세."

이산의 말을 들은 코다가 어깨를 부풀렸다가 내렸다.

"세자가 주군을 유인해서 잡으려고 하는 건 아니겠지요?"

이산이 이맛살만 찌푸렸고 코다가 고개를 돌려 옆쪽에 앉은 이쿠노를 보았다.

"이쿠노, 네 생각은 어떠냐?"

"그럴 리는 없다고 생각합니다."

"네 대가리 안에 생각이라는 칸이 있기나 하냐?"

"제가 주군을 따라갈 겁니다."

그때 코다가 이산을 보았다.

"주군, 바로 이것이오."

"뭐 말인가?"

"주군은 이제 1천 석 가신(家臣)이오. 영지에 속한 무사가 150명 가깝게 됩니다. 녹봉지의 백성은 2천 명이 넘습니다."

코다의 목소리에 열기가 띠어졌다.

"출산율이 높은 지역이어서 금세 백성이 늘어날 것이오."

"그만."

이산이 손을 들어 말을 막았다.

"말뜻은 알았다. 그럼 오늘 밤에는 이쿠노와 조병기만 데리고 간다."

처신을 신중하게 하라는 코다 식의 조언이다.

"네가 손 서방 집에 가야겠다."

김상원이 말을 이었다.

"오늘은 말을 전하거라. 이여송이 개성에 머물기로 했다. 유 대감이 겨우 만류했다는 것이다."

"그럼 임금은 언제 평양성으로 갑니까?"

채분이 묻자 김상원이 쓴웃음을 지었다.

"며칠간 여기서 더 머물기로 했어."

김상원이 지그시 채분을 보았다. 눈동자가 깊게 느껴졌다.

"이여송이 다시 마음을 바꿀까 봐 불안하기 때문이지."

"저런 자가 임금이라고."

"그리고 임금이 고부 군수 김동채의 상소와 원균의 밀서까지 다 읽었다고 전해라."

김상원이 말을 이었다.

"임금의 심사가 좋아졌다고도 전해."

"무슨 말씀이오?"

"이순신이 왜군의 뇌물을 받고 공격을 하지 않았다는 밀서를 읽었으니 이제 잡아들일 수 있는 것이지."

"정말입니까?"

"내가 궁(宮)에만 있어도 그놈들 속셈은 다 안다. 이순신의 명성이 높아지니까 임금이 불안해한다는 것까지 다 아는 놈들이야. 그 임금에 그 신하들이지."

김상원이 다시 시선을 주더니 몸을 돌렸다.

신시(오후 4시) 무렵이다.

이곳은 사옹원이 주방으로 쓰는 관아의 창고 옆이다. 김상원이 거침없는 걸음으로 창고 모퉁이를 돌아 사라졌다.

치맛자락을 감아쥔 채분이 서둘러 사랑채 숙소로 들어섰다. 옷을 갈아입어야 한다.

손 서방은 이산이 연락처로 만들어 놓은 거간상이다. 백정으로 고기를 취급했는데 손 서방을 통해 이산과 통해 온 것이다. 물론 고니시 측은 손 서방의 존재를 알지 못한다.

장옷으로 몸을 감싼 채분이 궁(宮)으로 사용하는 현청을 나왔을 때는 유시(오후 6시) 무렵이다. 겨울이어서 이미 주위는 어둡다.

대문 앞에 서 있던 군관들이 채분을 보더니 눈인사를 했다. 모두 채분과 안면이 있는 것이다. 대문 앞쪽에 모닥불을 펴 놓아서 서너 명이 불을 쬐고 서 있다.

채분은 얼굴만 내놓은 채 읍내로 종종걸음을 쳤다. 거간꾼 손 서방 집은 모퉁이 2개만 지나면 된다.

모퉁이 하나를 건넜을 때 채분이 뒤를 돌아보았다.

임금의 거처가 지척이어서 행인보다 군관, 군사들이 더 많다. 이쪽을 주시하는 사람은 없다. 채분이 다시 발을 떼었다.

두 번째 모퉁이를 돈 채분이 서너 발짝을 떼었을 때다. 뒤쪽에서 기척이 울렸기 때문에 채분이 고개를 돌렸다. 순간 채분이 숨을 들이켰다.

군관 하나가 바짝 다가서 있었다. 궁(宮) 대문 앞 모닥불 주위에 서 있던 군관 중 하나였던 것 같다.

채분이 걸음을 늦춘 순간이다.

어둠 속에서 흰빛이 번쩍였다. 칼 빛이다.

채분은 어깨에서 반대쪽 허리까지 갈라지는 충격을 받았지만 통증을 느끼지는 않았다.

언 땅바닥에 쓰러지면서 채분의 눈앞에 떠오르는 영상이 있다.

궁(宮) 안에서 심부름을 보낼 때의 김상원이 보내던 시선이다.

눈동자가 깊은 우물 속 같았지 않은가?

다음에 가물가물한 의식 속에서 이산의 얼굴이 떠올랐다. 목소리도 귀에 울렸다.

'네 일이 줄어들수록 안전해지는 법이야.'

그때 목숨 따위는 버린 지 오래라고 대답했던가.

경수사는 작은 절이다. 대웅전도 3칸밖에 안 되었고 요사채 하나만 옆쪽에 세워졌을 뿐이다.

대웅전 앞마당에 서 있던 조병기는 어둠 속에서 다가오는 사람들을 보았다.

넷이다.

하나가 앞장을 섰고 셋이 뒤를 따른다. 곧 사내들이 앞에 서더니 그중 하나가 물었다.

"선전관은 어디 계신가?"

"예, 대웅전에 계십니다."

조병기가 대답했을 때 대웅전 문이 열렸다.

"어서 오십시오."

모습을 드러낸 이산이 그들을 맞는다.

잠시 후에 대웅전에 촛불이 켜졌고 안에 셋이 둘러앉았다.

광해군, 이산, 그리고 최경훈이다.

나머지 수행원들은 모두 밖에 있다. 그때 광해군이 불빛을 받아 번들거리는 눈으로 이산을 보았다.

"그대, 이제는 왜장이 되었는가?"

광해의 목소리가 잠겨 있다. 그때 이산이 정색했다.

"송구스럽습니다."

"가또의 가신인가?"

"예, 저하. 이제 1천 석 녹봉을 받게 되었습니다."

"내가 왜국의 사정은 들었어."

광해가 흐린 눈으로 이산을 보았다.

"조선이 싫어서 떠났는가?"

"조선 조정이 역겨워서 그렇습니다."

이산의 시선이 옆에 앉은 최경훈을 스치고 지나갔다.

"간신들과 그들에게 둘러싸인 임금이 그렇습니다."

"말을 삼가게."

불쑥 목소리를 높인 최경훈이 끼어들었다. 최경훈이 말을 이었다.

"어느 안전이라고 입을 놀리는가?"

"황송합니다."

이산이 광해에게 고개를 숙였다. 그때 광해의 얼굴에 쓴웃음이 떠올랐다.

"내가 이 말을 들으려고 온 거야."

광해가 최경훈을 돌아보았다.

"순변사는 가만있게."

"예, 저하."

최경훈이 입을 다물었을 때 광해가 다시 이산을 보았다.

"내가 지금도 선전관이라고 부를 수는 없겠지?"

"예, 저하."

"그대가 왜장이 된 이유는 뭔가?"

"왜국의 영주가 되어서 왜놈들을 지배하고 싶었습니다."

이산이 바로 대답했다. 광해는 시선만 주었고 이산의 말이 이어졌다.

"왜놈들은 제 생모와 피만 받았던 생부까지 죽인 원수입니다. 왜인이 될 생각은 추호도 없고 왜인을 부리는 사람이 되고 싶습니다."

"왜인을 지배하는 조선인 말인가?"

"이씨가 세운 왕조가 조선이니 조선인으로 불리기도 싫습니다."

"말을 삼가게!"

다시 최경훈이 소리쳤을 때 이산이 쓴웃음을 짓고 광해를 보았다.

"세자께서 새 왕국을 세우신다면 존중하겠사오나, 지금의 조선 왕조는 망하는 것이 차라리 백성을 위하는 길입니다."

"입을 다물어!"

최경훈이 상반신을 세웠을 때다. 광해가 손을 들어 제지하더니 이산을 보았다.

"이보게, 이 공."

"예, 저하."

“내가 부탁할 일이 있어서 온 것이네.”

“말씀하시지요.”

“간신 하나를 처리해 주게.”

이산이 숨을 죽였고 광해의 말이 이어졌다.

“그대가 반역자 이우훈을 베었다는 이야기도 들었네.”

“…….”

“고부 군수 김동채를 죽여주게.”

광해의 눈빛이 강해졌다.

“그런 자가 바로 조선인의 이름을 더럽히는 놈이네. 내 부탁을 들어주겠는가?”

안가(安家)로 돌아온 이산에게 코다가 다가왔다.

자시(밤 12시)가 다 되었다. 집 안은 조용했지만 모두 이산을 기다리고 있었다. 방에 따라온 코다가 조심스럽게 앞에 앉는다.

“주군, 잘 다녀오셨습니까?”

“세자의 부탁을 받았어.”

코다는 시선만 주었고 이산이 말을 이었다.

“이순신을 모함한 김동채를 죽여 달라는 거야.”

“주군을 암살자로 부리려는 모양이군요.”

숨을 고른 코다가 이산을 보았다.

“주군, 드릴 말씀이 있소.”

“뭔가?”

“채분 님이 궁(宮)에서 나왔다가 거리에서 칼을 맞고 죽었소.”

“…….”

“해시(오후 10시)경에 시신이 발견되었는데 강도의 소행으로 덮인 것 같소.”

고개를 든 코다가 이산을 보았다.

"주군, 고니시 측이 채분 님의 정체를 파악한 것 같습니다."

"양성규가 가담한 것 같아."

"주군께서도 그렇게 생각하시는군요."

그때 외면한 이산이 입을 다물었기 때문에 코다가 옆얼굴에 대고 말했다.

"주군, 히데요시 관백께서 모시던 오다 노부나가 님이 계셨습니다."

"……."

"용장이셨지요. 지장이기도 하셨습니다. 미쓰나리한테 배신을 당하지만 않으셨다면 지금 관백이 되어 계셨겠지요."

"……."

"그 노부나가 님이 하신 말씀이 있습니다. 여자에 취하면 술에 취하는 것보다 세 가지나 해독이 있다는 것입니다."

그때 고개를 든 이산이 코다를 보았다.

"우선 김동채를 베어 죽이기로 하지."

코다가 숨을 들이켰을 때 이산이 말을 이었다.

"나는 오다보다도 여자에 강한 사람이야. 오다 어머니가 욕을 당하고 적장에게 찔려 죽었다고 하더냐?"

코다의 시선을 받은 이산이 빙그레 웃었다.

"영감은 쓸데없는 비유를 안 하는 게 낫다."

그때 코다가 커다랗게 고개를 끄덕였다.

"지당하신 말씀이오."

그러나 잠깐 이산의 주의를 분산시켜 현실을 무디게 만들었다.

이것이 노회한 코다의 수작이다.

"이게 사실이냐?"

선조가 손에 든 탄원서를 흔들면서 물었다.

술시(오후 8시) 무렵.

임금의 침소 옆 마루방에 셋이 모여 있다. 임금의 앞에 김동채가 무릎을 꿇은 채 앉아 있고 옆쪽에 팔도순찰사 한응인까지 셋이다. 기둥에 매단 양초 2개가 마루방을 비추고 있다. 김동채가 고개를 들었다.

"예, 전하. 사실입니다."

"이순신이 왜장 와키자카 야스하루로부터 금화 3백 냥을 받았단 말이냐?"

"예, 전하."

김동채가 말을 이었다.

"왜군한테서 빼앗은 이순신의 답례 서신이 그 증거이옵니다."

"으음."

신음을 뱉은 선조가 앞에 놓인 서신 하나를 집어 들고 보았다. 이순신이 와키자카에게 보낸 서신이다. 금화 3백 냥을 보내줘서 잘 받았다는 이순신의 자필 서신인 것이다.

선조의 시선이 앞에 놓인 다른 서신으로 옮겨졌다. 이것은 원균의 탄원서다. 이순신이 와키자카의 수군 함대가 옥포 앞바다를 지난다는 보고를 받고도 그냥 보냈다는 탄원서다. 그냥 보냈기 때문에 왜군 함대 1백여 척을 격파할 기회를 놓쳤다는 것이다.

선조가 고개를 들고 한응인을 보았다.

"이게 이순신의 친필이 맞는가?"

"예, 전하."

어깨를 편 한응인이 말을 이었다.

"전란이라 이순신의 필적을 모을 수가 없었기 때문에 내용을 가리고 이순신의 친지에게 대조시켰더니 모두 맞는다고 했습니다."

"그런가?"

눈을 가늘게 뜬 선조가 김동채를 보았다.

"백성들이 이순신을 따르느냐?"

"예, 전하."

고개를 든 김동채가 선조를 보았다.

"전라 좌수영 근처에 모인 백성이 수십만입니다. 이순신의 말이면 불 속이라도 뛰어듭니다."

"……."

"누구의 말도 듣지 않습니다. 오직 이순신의 말만 듣습니다."

"……."

"전라도 관찰사가 상관인데도 명령을 듣지 않습니다. 관찰사는 체면 때문에 말도 못 하고 있습니다."

"알았다."

마침내 선조가 외면하고 말했다.

"물러가라."

궁(宮)을 나온 김동채가 현청의 대문을 나왔을 때는 술시(오후 8시)가 넘었다. 대문 밖에서 기다리던 고석조가 다가왔다.

"나리, 잘 끝내셨습니까?"

"잘되었다."

어깨를 부풀렸다가 내린 김동채가 얼굴을 펴고 웃었다.

"수십만 백성들이 이순신을 따른다고 했더니 임금의 얼굴이 일그러지더군."

"그것 보십시오."

따라 웃은 고석조가 옆으로 붙어 섰다. 발을 뗀 둘 앞뒤로 둘씩 군관들이 붙어 섰다. 김동채가 데려온 경호무사들이다. 일행은 곧장 어둠에 덮인 거리로 들어섰다.

고석조는 병방비장으로 조선검의 고수(高手)다. 김동채의 심복으로 모든 것을 상의하는 사이다. 고석조가 말을 이었다.

"이순신의 한마디면 백성들이 들고일어날 것이라는 말씀도 하셨습니까?"

"그래. 불 속에라도 뛰어들 것이라고 했지."

고개를 든 김동채가 얼굴을 펴고 웃었다.

"임금의 숨결이 가빠지더군. 그 후부터는 눈만 껌뻑이다가 물러가라고 했다."

"곧 이순신에게 금부도사가 사약을 갖고 내려가든가 압송되겠습니다."

고석조가 어깨를 부풀리면서 말했다.

이순신의 친필을 위조한 것도 고석조인 것이다.

모퉁이를 돌았을 때 곧 숙소인 이방 사택이 보였다.

대문에 등을 매달아 놓아서 표시가 난다. 대문 앞에는 창을 쥔 군사 하나가 서 있었는데 주위는 한적하다. 김동채가 고개를 돌려 고석조를 보았다.

"내일쯤 임금의 조처가 있겠지."

김동채가 번들거리는 눈으로 고석조를 보았다.

"그것을 보고 빈 마마께 인사를 드리고 돌아가겠다."

"그렇게 되면 나리는 대공(大功)을 세우시는 것이오."

고석조가 말을 이었다.

"이순신이 새로운 이씨 왕조를 세울지도 모르지 않습니까?"

대답을 들으려고 고석조가 고개를 든 순간이다.

"퍽!"

무딘 충격음과 함께 김동채의 얼굴에 화살이 박혔다.

"억!"

엉겁결에 외마디 외침을 들은 고석조가 한 걸음 뛰어 물러섰다. 동시에 허리에 찬 장검을 빼 들었다. 그 순간 얼굴에 화살을 맞은 채 서 있던 김동채가 뒤로 반듯이 넘어졌다. 화살이 두 눈 사이에 깊숙이 박힌 채다.

"이놈!"

칼을 쥔 고석조가 주위를 둘러보면서 소리쳤다. 호위 군관들도 일시에 주위로 벌려 섰다. 사방이 담장과 저택으로 둘러싸인 길 복판이다. 드문드문 행인이 있지만 아직 이쪽으로 다가오지는 않는다.

그 순간이다.

"퍽!"

다시 날아온 화살이 고석조의 목에 박혔다. 화살 끝이 반대편으로 빠져나왔기 때문에 꿰어진 형국이다. 입을 딱 벌린 고석조가 화살대를 움켜쥐었지만 성대를 뚫어서 소리가 나오지는 않았다.

"가자."

지붕 위에서 몸을 일으킨 이산이 이쿠노에게 말했다. 손에는 활을 쥐고 있다.

"예, 주군."

놀라 입만 벌리고 있던 이쿠노가 서둘러 따라 일어섰다.

이곳은 김동채와 1백 보쯤 떨어진 사당의 지붕 위다. 이산과 이쿠노가 이곳에서 기다리고 있었다. 이방 집 대문 앞이 훤히 드러났지만, 사이에 주택 지붕이 10여 채 있어서 이쪽은 눈에 띄지도 않는다.

"무어?"

앙칼지게 소리친 인빈이 앞에 선 양성규를 보았다.

자시(밤 12시) 무렵.

"고부 군수 김동채가 죽었어?"

"예, 마마."

고개를 숙인 양성규가 말을 이었다.

"조금 전에 숙사 앞에서 화살에 맞아 살해되었습니다."

"화살에 맞아? 누구의 소행이냐?"

"화살을 확인했더니 명군(明軍)에 소속된 남군(南軍)이 쓰는 화살입니다."

"명군(明軍)이?"

"예, 마마."

"김동채는 지금 어디에 있어?"

"시신을 숙소 마루방에 옮겨놓았습니다."

그때야 정신을 수습한 인빈의 눈에서 눈물이 쏟아졌다.

"아이구, 이 일을 어쩌나?"

김동채는 인빈 김씨의 6촌인 것이다.

선조한테는 다음 날 진시(오전 8시) 무렵에 승지 안학이 보고했다.

선조가 온빈 한씨의 방에서 나온 후다. 안학의 보고를 들은 선조의 얼굴이 굳어졌다.

"김동채가 죽어?"

"예, 전하."

"살에 맞았단 말이냐?"

"예, 전하. 명(明)의 남군(南軍)용 살이라고 합니다."

"명군(明軍)이 왜?"

선조의 목소리는 비명 같았다. 그때 안학이 고개를 들었다.

"지난번 남군(南軍)이 도독의 직할군에게 도살된 후로 흩어져 야적이 되었습니다."

"그래서 김동채를 죽였단 말이냐?"

안학이 입을 다물었다.

그러나 가능성도 있는 것이다. 어쨌든 김동채와 고석조의 몸에 박힌 살이 남군용(南軍用)이 아닌가?

그때 선조가 흐린 눈으로 안학을 보았다.

"도대체 누구란 말인가?"

고개를 든 안학의 시선을 받더니 선조가 길게 숨을 뱉었다. 그러나 더 이상 입을 열지는 않는다.

<3권에 계속>